최후진술

강만수

서울대에서 법을 뉴욕대에서 경제를 공부하고, 공직에서 기획재정부 장관으로 일했으며,
2022년 《한국소설》에 단편 〈동백꽃처럼〉으로 등단. 단편 〈쪽새미 애가〉 〈세종로 블루스〉
〈환란 전야〉 〈애비는 어이하라고〉 중편 〈최후진술〉 발표. 소설집 《최후진술》 출간.
한국소설가협회 「2024 신예작가」 선정.
snowkang21@naver.com

차례

동백꽃처럼　　　　7

쪽새미 애가　　　　39

세종로 블루스　　　　69

케네디공항의 해프닝　　　97

환란전야　　　111

어떤 총리　　　145

애비는 어찌하라고　　157

최후진술　　　187

작품 해제　　-허윤　　283

작가의 말　　　297

단편 　　　　　　　　　　　동백꽃처럼

동백섬 너머로 해가 기울고 있었다.

백사장에 밀려오는 파도 소리는 50년이 흘러도 그대로였고 갈매기가 끼룩거리는 소리도 변함이 없었다. 그러나 내 얼굴에는 주름이 흐르고 반백이 된 머리카락은 바닷바람에 날렸다.

나는 그녀를 '시갈'이라 불렀다. 바다를 나는 갈매기 모습이 그녀를 닮은 것 같았고, 그녀의 이름도 바다 해海와 아들 자子로 된 해자海子였기 때문에 갈매기를 뜻하는 영어 단어 시갈로 부르게 된 것이다. 어쩌다가 한마디씩 툭툭 던지는 그녀의 말이 갈매기 소리와 비슷하기도 했다.

이른 봄 해변에는 바람과 파도와 갈매기 그리고 나뿐이었다.

C 호텔로 가는 백사장에 내 그림자가 길게 뻗어 파도에 출렁거렸다.

'저는 해자의 언니입니다. 옛날 일들이 기억나신다면 이 번호로 전화 부탁드려요. 해자에 대해서 꼭 들려주고 싶은 이야기가 있습니다.'

지난주에 도착한 이 한 통의 문자는 나의 일상을 흔들어 놓았다. 그날 나는 오래전 야간열차에서 시작된 이야기가 되살아나 밤잠을 설쳤다. 내가 그녀와 야간열차에서 두 번이나 우연히 만난 건 아무리 생각해도 같은 자리에서 벼락을 두 번 맞는 것만큼 희박한 확률의 일이었다. 50년의 세월을 뛰어넘어 다시 그녀를 만난다는 것도 그 정도의 확률이리라.

다음 날 내가 전화했을 때, 그녀의 언니는 해자가 알츠하이머병에 걸렸고 앞으로 남은 시간이 길지 않다는 사연과 함께 그녀가 옛날 일들은 거의 다 잊어버렸는데 TV 뉴스에서 내 얼굴을 보고는 야간열차에서 있었던 이야기를 여러 번 하더라고 했다. 추풍령을 지날 때 울리던 기적 소리와 그때 주고받았던 시 이야기를 생생하게 하더라는 것이다. 내가 공직에서 물러난 이후에는 뉴스도 보지 않고, 야간열차 이야기도 끊고, 허공을 보는 시간이 많아졌다고 했다. 의사가 기억을 살리고 유지하는 것이 수명 연장을 위한 좋은 방법의 하나라고 하며 나를 한번 만나 보라고 권하더라고 했다. 동생에게 나를 만나겠느냐고 물었더니 미소를 지었다고 했다.

언니의 말로는 50년 전 동생이 나와 헤어진 다음 주에 부산 대청동 메리놀수녀원에 들어갔고, 수녀가 되어서는 캐나다 밴쿠버에 가서 장애아를 돌보면서 살았다는 것이다. 3년 전 알츠하이머병에 걸렸고, 귀국해서는 메리놀수녀원에 머물면서 메리놀병원에서 치료받으며 살고 있다고 했다. 언니는 떨리는 목소리로 동생을 위해 한번 만나줄 수 있겠냐고 간청했다. 나는 그 간청에 이끌려 제대로 대답도 하지 못하고 '예, 예'하다가 결국 만나겠다는 약속을 하고 말았다.

오늘 오후 5시, 해운대 C 호텔 커피 라운지! 약속한 시각, 약속한 장소에 도착했다.

라운지에 들어가 발아래 파도가 치는 창가에 입구를 보고 앉았다. 나는 그들의 얼굴을 알아볼 수 있을까? 그녀를 만나면 어떻게 부를까? 수녀님이라고 부르기도 그렇고 해자 씨라고 부르기도 그렇고, 그리고 시갈은 주로 편지에서나 불렀던 이름이고.

10분 정도 기다리자 베이지색 코트를 입은 노령의 여인이 감색 코트를 입은 여인을 부축하며 들어왔다. 얼굴에 남은 옛 모습에 그들을 단번에 알아보았다. 나는 입구로 가서 그들을 맞아 자리로 안내했다. 베이지색 코트를 입은 언니는 흰 머리를 뒤로 걸어 올렸고, 시갈은 머리에 진홍색 털모자를 썼는데 얼굴에는 주름이 잔잔히 흘렀다. 목이 중간 정도 올라간 붉은 색 스웨터를 입은 것이 감색 코트 깃 안으로 보였다. 수녀복을 입지 않았지만, 수도자의 기품이 느껴졌고, 얼굴에는 병색이 흘렀다.

"정말로 오래간만입니다."

"예, 부산까지 와 주셔서 고맙습니다."

나의 인사에 언니가 대답했고, 그녀의 눈길과는 마주치지 못했다. 그녀의 눈길은 초점이 없어 보였다. 나는 그녀의 얼굴을 보며 다시 물었다.

"얼마 만이지요?"

"……"

나의 거듭된 물음에도 그녀는 말이 없었다. 나는 오래간만이라는 것과 얼마 만이냐는 말 외에 다른 할 말을 찾지 못했다. 그녀는 원래도 말이 없는 사람이었다. 웨이터가 오자 그녀의 언니는 아메리카노 커피를 시켰고 나도 같이 시켰다. 커피가 나올 때까지 나는 그녀의 언니와 근황에 관해 몇 마디 얘기했을 뿐이었다.

커피를 마시며 언니가 들려준 바로는 3년 전에 캐나다에서 돌아온 후 오늘이 가장 밝은 표정의 외출이었다고 했다. 외출 때도 항상 수녀복을 입었는데 오늘은 귀국해서 처음 평복으로 외출하게 되었고, 진홍색 털모자와 붉은색 스웨터를 그녀가 직접 골라 입었다고 했다. 언니와 이야기하는 내용을 안다는 듯 그녀의 눈동자가 움직였다.

나는 그들과 함께 2층의 일식당으로 올라갔다. 대학생 때부터 그녀가 가장 좋아하는 음식은 초밥이었다. 달맞이곶 아래까지 길게 뻗은 백사장과 하얗게 부서지는 파도가 보이는 창가에 자리를 잡았다. 나는 모둠초밥에 전복과 멍게를 시켰다. 특별히 화이트 와인 석 잔도 주문했다. 나는 그녀의 언니와만 이런저런 얘기를 이어갔다. 먼저 전복과 멍게가 와인과 함께 나왔다. 나는 무슨 말을 하고 와인 잔을 부딪칠까 생각하며 머뭇거리다가 말없이 언니와 잔을 마주치고는 테이블에 놓여있는 그녀의 잔에도 살짝 부딪쳤다.

돌돔 초밥을 가운데 두고 여러 종류의 초밥과 함께 주방장 특선이라고 하며 성게 알 초밥도 나왔다. 시갈은 전복과 멍게는 초고추장에 찍어 먹고 초밥은 간장에 찍어 먹었다. 그녀는 와인을 아주 조금 한 모금을 마셨다. 언니는 그녀가 오늘 많이 먹는다고 말했고 그녀는 표정이 없었다. 나는 메리놀수녀원 이야기와 밴쿠버 이야기를 듣고 싶었지만, 언니가 전화로 말한 것 이상을 알려 하지 않았다.

그녀의 표정은 처음보다 밝아진 것 같았지만 말이 없었다. 나는 옛날 기적 소리를 울리며 기차가 달리던 동해남부선 철길을 바라보았다. 언젠가 그녀와 송정 해변에 갔던 일을 얘기했으나 그녀는 기억이 나지 않는 듯했다. 내가 정부에서 일할 때 밴쿠버에 출장 간 일이 있었다고 말하며 밴쿠버가 아름다운 도시였고, 스탠리 파크에 있는 토템 폴이 우리나라 장승과 닮았다고 이야기할 때 안다는 듯한 표정을 지었다.

가로등이 줄을 이어 해변을 밝혔다. 언니는 우리에게 동백섬을 함께 걸으며 데이트하라면서 밤 10시에 호텔로 그녀를 데리러 오겠다는 말을 남기고 떠났다.

우리도 일식집을 나와 C 호텔 후문으로 연결된 둘레길로 향했다. 가파른 돌계단을 올라 발아래 조명등이 비추는 인어상이 보이는 벤치에 앉았다. 길게 뻗은 해운대 밤바다에는 파도 소리만 잔잔히 들렸다.

우리가 마지막으로 만났던 날, 그녀가 원했던 대로 나는 아무것도 묻지 않았다. 그저 아픈 헤어짐을 가슴에 묻었을 뿐이었다. 오랜 세월이 흐른 지금 무엇을 말할 수 있을 것인가? 우리는 파도가 철썩거리는 밤바다의 인어상만 바라보고 있었다.

*

　내가 그녀를 두 번째 만난 것은 1967년 4월 부산역에서 밤 10시에 서울로 가는 보통 급행열차 은하호에서였다. 봄비가 조금 내리던 밤이었다. 보통 급행열차는 좌석 지정 없이 두 사람씩 마주 보고 앉게 되어있지만 실제로는 세 명씩 여섯 명이 비좁게 앉았다. 그날 밤 내 좌석 안쪽에 먼저 자리 잡은 중년 아저씨는 우리와 함께 앉을 몸이 작은 총각이나 처녀를 고르느라 사람들이 자리 있느냐고 물으면 있다고 하다가 출발 시간이 가까워도 앉힐 사람을 찾지 못했다. 열차가 출발하기 직전에 몸집이 조금 있는 아줌마가 앉을 수 있느냐고 물어 와 하는 수 없이 그러라고 했는데 실제로 앉은 사람이 그 아줌마의 동생 해자 씨였다.
　언니가 잡아준 내 옆자리에 그녀가 앉은 후 열차는 서서히 움직이며 부산역을 출발했다. 언니는 창밖에서 동생 쪽으로 손을 흔들었고, 플랫폼에서 환송객들이 흔드는 손길을 지난 은하호는 북으로 달렸다. 열차는 여러 번 길게 빠~앙~ 기적을 올리며 봄비 내리는 낙동강 굽이 철길을 철커덕거리며 달렸다. 경전선을 타고 온 서부 경남 승객들이 삼랑진역에서 승차하자 열차 안은 어수선해졌다. 자정 지나 도착한 대구역에서는 많은 사람이 또 탔다. 좌석을 못 잡은 사람들은 양쪽 출입문 쪽에 섰는데 운 좋은 사람은 문간 바닥에 앉거나 좌석 팔걸이에 걸터앉기도 했다. 여기저기서 술을 마시며 떠드는 소리가 들렸다.

열차가 왜관의 낙동강 철교를 지날 즈음에는 비가 그쳤고 차창 밖에는 산기슭의 웅크린 모습이 불빛에 살같이 지나갔다. 내 좌석 창 측 중년 아저씨는 코를 골았고 앞자리 청년들도 잠이 들었다. 사람들은 머리를 오른쪽 왼쪽으로 젖히고 잠들었다. 열차가 추풍령을 오를 때 창밖은 캄캄한데 불빛이 보이는 굽이마다 기적을 울렸다.

나와 옆에 앉은 그녀만 잠들지 않고 있었다. 열차가 터널을 지나고 굽이를 돌면서 기적을 울리며 심하게 쏠렸다. 나는 왼쪽으로 기울며 그녀의 어깨를 밀치게 되어 미안하다는 표정을 지었다. 그녀는 괜찮다는 뜻으로 미소를 보냈다.

그리고 침묵을 그녀가 깼다.

"지난 겨울방학 때, 야간열차를 타고 부산에 내려갔지요?"

"그랬는데요?"

"S 법대에 다니시죠?"

지난 겨울방학 때 친구들과 함께 서울역에서 야간열차를 타고 부산으로 내려갔던 일을 생각했다. 대학생들은 특급 열차보다 주로 요금이 싼 보통 급행열차를 탔다. 밤 10시에 서울역을 출발하여 밤

새도록 밤하늘 은하수 아래를 9시간 달려 다음 날 새벽 7시에 부산역에 도착하는 은하호였다. 대전 대구를 경유하는 은하호는 읍 단위 이상 역에는 대부분 섰기 때문에 방학 때면 귀향하는 대학생들로 가득 찬다. 좌석을 잡으려면 개찰이 시작되자마자 경주하듯이 달려가거나 아니면 입장권을 사서 미리 들어가 기다리다가 객차가 플랫폼에 들어오면 재빠르게 자리를 잡아야 했다. 그때 우리는 네 명이었는데 자리는 두 개를 겨우 잡아 번갈아 가며 앉아서 갔다. 우리는 오징어와 소주를 사서 먹고 마시며 이야기하며 갔다. 그때 건너편 좌석에 여대생들이 여럿 타고 있었는데 복도 쪽에 앉은 여대생이 내게 팔걸이에 걸터앉게 해주었던 기억이 났다. 그녀가 진홍색 코트를 입었다는 생각까지 났다.

"맞아요. 어떻게 그걸 알지요?"

"가슴에 달고 있는 배지를 보았지요. 한일회담과 3선 개헌에 관해 열심히 이야기하더군요."

"그랬지요. 데모의 중심이 S 법대였으니까요."

"데모에도 불구하고 결국 한일회담은 체결되었잖아요?"

"그랬지요. 한일회담으로 얻은 청구권 자금이 3선 개헌으로 가는 마중물이 될 것이라고 해요."

"그렇게 생각해요?"

"나는 잘은 몰라요. 공화당의 개헌 연구에 참여했던 교수를 통해 흘러나온 얘기라고 해요. 3선 개헌을 못 막으면 대만 장개석의 총통제로 가게 된다고도 했어요."

"부산에는 무엇 때문에……?"

"결혼식에 왔다 가는 길입니다. 내가 아르바이트를 하던 집의."

내가 고등학교 때 가정교사를 하던 집의 주인은 나를 자식같이 대해 주었는데 그 집 장녀 결혼식에 내려왔다가 올라가는 길이었다. 나는 아르바이트한다는 필요 없는 말까지 했는데 야간열차에서 일어난 두 번의 우연이 그렇게 만들었던 것 같았다.

"서울에서도 아르바이트하세요?"

그때 가난한 대학생들은 가정교사를 하며 검정색으로 물들인 군복 한 벌로 사철을 버티는 경우가 많았는데 내가 입은 검정색 군복을 보고 그렇게 생각한 모양이었다.

"예. 고3을 가르치고 있어요."

귀밑머리가 조금 흘러내린 그녀의 옆모습을 보니 하얀 살결에 눈썹이 가지런했다. 나는 고등학교 독일어 교과서에 실린 괴테의 시 「미뇽」의 삽화로 나오는 머리카락 날리며 창공을 바라보는 여인의 그림이 생각났다. 그 시와 그림이 좋아 그 페이지를 오려서 육법전서에 책갈피로 넣고 다녔는데 오늘 바로 그 미뇽이 다가온 것 같았다.

나는 어떤 거부할 수 없는 감정에 끌려서 노트를 꺼내 「미뇽」을 적었다.

「Mignon」 미뇽

Nur wer die Sehnsucht kennt, 그리움을 아는 자만이

Weiß, was ich leide! 나의 괴로움을 알아주노라

Allein und abgetrennt 홀로 떨어져

Von aller Freude 모든 기쁨으로부터

Seh ich ans Firmament 나는 창공을 바라보노라

Nach jener Seite. 저 멀리

Ach! der mich liebt und kennt. 아! 나를 사랑하고 알아주는 이는

Ist in der Weite 저 멀리 있구나

Es schwindelt mir, es brennt 어지럽고 타노라

Mein Eingeweide. 나의 애간장이

Nur wer die Schnsucht kennt 그리움을 아는 자만이

Weiß, was ich leide! 나의 괴로움을 알아주노라

나는 「미뇽」을 그녀에게 주었다. 그녀는 조용히 읽었다.

"참 좋은 시군요."

"내가 암송하는 유일한 독일 시입니다. 사실은 입시 공부로 외웠습니다."

그녀도 노트를 꺼내 무엇을 적어주었다.

"「산비둘기」라는 시인데 읽어보세요."

산비둘기 두 마리가
귀여운 마음으로
서로 사랑하였답니다
그 나머지는 말할 수 없답니다

프랑스 시인 장 콕토의 시라고 했다. 내 고향마을 뒷산에서 구꾸구꾸 하고 울던 산비둘기를 생각했다. 추풍령 은하 아래서 산비둘기 이야기는 이렇게 시작되었다. '나머지'가 무엇인지는 생각도 못하고.

은하호 열차는 영동을 지나 으스름달이 산하를 비추는 금강 변을 달렸다. 모두 잠에 빠져 있었다. 우리는 괴테와 콕토에 대해 이야기했다. 열차가 대전역에 들어서자 모두 우르르 플랫폼으로 나가 가락국수를 먹었다. 우리도 사람들을 따라 나가 국수를 후루룩 마시듯이 먹고는 열차에 올랐다.

열차가 천안을 지나 안성평야를 달릴 때 먼동이 트고 산등성이들이 모습을 드러내기 시작했다. 나는 물에 젖은 솜같이 피곤함에 절었다. 열차가 한강철교를 지나며 요란하게 철커덕 소리를 낼 때까지 깜빡 졸았다.

서울역에서 나는 그녀의 큰 트렁크를 들었다. 개찰구를 빠져나와 광장을 지나고 큰길을 건너서 버스정류장으로 갔다. 그녀의 트렁크는 무거웠다.

나는 그때까지 그녀의 이름도 어느 대학에 다니는지도 묻지 않았다. 나는 대학 들어와서 고시에 합격할 때까지 여자를 사귀지 않겠다고 다짐했고 그때까지 지키고 있었다. 시골에서 나를 바라보며 농사짓는 어머니를 생각하면 그래야만 했다. 고등학교 때부터 시작한 가정교사도 빨리 벗어나고 싶었다.

버스를 기다리는 동안 머리카락이 날리는 그녀의 옆얼굴에 미농의 모습이 다시 겹쳤다. 지금까지 한 번도 알지 못했던 감정에 끌려 나는 그녀를 다시 만나고 싶다는 생각을 했다. 그대로 헤어질 수 없다는 생각이 밀려왔다.

"이름을 알 수 있을까요?"

"김해자입니다."

머뭇거리지 않고 그녀가 대답했다. 아직 신촌으로 가는 그녀의 버스는 오지 않았다.

"학교는요?"

"H 대 도안과입니다."

내가 탈 성북동 가는 버스가 왔지만 나는 그녀의 무거운 트렁크를 버스에 실어주기 위해 그녀의 버스가 올 때까지 기다렸다.

"전화번호는 ……"

"32국에 4780번입니다."

고시 합격할 때까지 여자를 만나지 않겠다는 나의 다짐이 흔들린 순간이었다. 그녀의 대답은 같은 자리에서 두 번 벼락 맞는 확률의 우연한 만남이 산비둘기 이야기로 바뀌는 도화선이었다. 그것이 슬픈 전설이 될 줄은 꿈에도 모르고.

신촌 가는 버스에 그녀의 트렁크를 올려주고 나는 성북동으로 가는 버스를 탔다. 내가 기숙하는 동천학사는 성북동 버스 종점에 있었는데 이화동 S 법대 캠퍼스까지 걸어 다닐 수 있는 거리였다. 나는 애써 그녀의 기억을 지우며 일상으로 돌아갔다. 최루탄 맞으며 데모하고, 도서관에서 공부하며, 청운동 전차 종점 뒤 청와대 서편에 있는 큰 저택에서 K 고등학교 3학년을 시간제로 가르쳤다. 내가 가정교사를 하면서도 데모에 참여하게 된 것은 친구 때문이었다. 대학에 들어와 나에게 가정교사 자리를 두 번이나 소개해 주면서 친해진 그 친구는 S대 전체 수석으로 입학했는데 한일회담 반대 데모부터 박정희의 3선 개헌 음모의 분쇄 데모까지 핵심 주동자였다. 나는 그를 따라 플래카드를 들기도 하고 혈서를 쓰기도 하며 함께 행동했고, 종로 5가 골목에서 빈대떡에 막걸리를 마시며 나라를 걱정했다. 데모하는 나를 걱정하던 시골 어머니는 동생을 시켜 '아버님 위독. 급거 귀향 요망'이라는 전보를 보내 나를 붙잡기도 했다. 하지만 S 법대생 대부분은 데모에 참여하지 않았고 도서관에서 고시 공부하다가 휴교령이 내리면 산속의 절로 들어가 공부했다. 나는 휴교령이 내려도 가정교사 때문에 아무 데도 갈 수 없었다.

그렇게 일상으로 돌아가 지내던 어느 날, 도서관에서 공부를 마치고 성북동 기숙사로 걸어가던 밤이었다. 대학천 가로등 아래 팔짱을 끼고 얘기하며 걷고 있는 동급생을 보는 순간, 나도 그녀를 만나야 한다는 운명 같은 생각이 솟아올랐다. 혜화동 로터리에서 공중전화 박스에 들어가 그녀의 전화번호를 돌렸다. 하숙집 아줌마가 그녀에게 전화를 바꾸어 주자 나는 바로 내일 오후 5시 광화문 비각 뒤 금란다방에서 만나자고 말했다. 그녀가 예라고 대답하자 전화를 끊었다. 이유를 알 수 없는 충동적인 행동으로 나의 다짐은 간단하게 깨졌다.

그녀와의 만남은 내가 청운동 고3을 가르치는 동안은 월요일 오전 10시에 금란다방에서 이어졌다. 대학입시를 앞두고 주말에 집중적으로 가르치고 월요일은 쉬었기 때문이었다. 태양이 눈 부신 여름날 교외선을 타고 일영 냇가로 가서 그녀가 이젤에 캔버스를 걸고 그림 그리는 모습을 바라보았다. 여름방학에는 부산 해운대 백사장과 동백섬을 걸었다. 낙엽이 지는 가을날에 북한산 계곡을 걸었고, 눈 오는 겨울날에 창덕궁 비원의 눈길을 걸었다.

그녀를 만난 후 갈수록 공부도 데모도 시들해졌다. 그녀를 만날수록 더 만나고 싶고, 생각할수록 더 생각이 나고, 얘기할수록 더 얘기하고 싶은 목마름이 나를 사로잡았다. 그녀는 종이와 풀을 섞어 붙이고 검정색과 회색과 진홍색 물감을 칠한 벽걸이를 만들어 내 기숙사 방에 걸어 주었고, 검은 바탕에 진홍색 원과 삼각형이 그려진 넥타이도 만들어 주었다. 나는 그녀의 생일날 광화문에 있는 고급 일식집 '일력'에서 가정교사 월급으로 초밥을 사주었는데 와사비가 코를 찔러 눈물을 흘리기도 했다.

대학 3년 동안 한일회담 반대에서 시작하여 3선 개헌 반대로 이어지는 데모로 캠퍼스는 낭만은커녕 최루탄 연기가 자욱한 날이 많았고, 수시로 내리는 휴교령 때문에 강의도 시험도 제때 치르지 못했다. 친구들과 어울려 종로 5가 골목에서 막걸리에 취해 교가를 패러디한 '오늘 데모 내일 술집 S 법대다'를 외치며 비틀거리고 토하고 꼬꾸라지는 날이 많아졌다. 계속 말을 바꾸어 장기 집권으로 가는 군사정권에 저항하면서 아프리카보다 못사는 조국의 참상에 우리가 분노할 때, 중산층은 꿈과 희망이 사라진 조국을 등지고 브라질로 이민을 떠나기 시작했다.

　겨울방학 때 부산을 갔던 나는 낙동강의 강바람을 맞으며 그녀와 구포대교를 걸어서 건너고 둑길을 발이 시리도록 걸었다. 붉게 넘어가는 저녁놀을 보면서 암울한 조국을 떠나 브라질로 가고 싶다는 이야기를 했다. 그해 한국외환은행이 브라질 상파울루지점을 개설하게 되어 그 은행에 들어가면 브라질을 갈 수 있을 것 같기도 했다. 그래도 조국인데 꿈이었던 고시를 한 번이라도 도전해보는 것이 좋겠다고 그녀는 말했고 나는 그러겠다고 약속했다.

　대학 4학년이 되자 나는 중3을 가르쳤는데, 그때는 일요일에 쉬게 되어 그녀를 따라 명동성당에서 함께 미사를 드렸다. 미사를 마치면 소문난 종로2가 '미진'에서 메밀국수를 먹기도 했다. 어느 일요일에는 외화 전문 '중앙극장'에서 세계적인 인기 영화 <부베의 연인>을 보았다. 감옥에 있는 부베를 면회 가는 연인 역으로 최고의 인기를 누리던 클라우디아 카르디날레가 그녀와 닮았다고 생각했다. 고시 공부를 하는 둥 마는 둥 준비하여 4학년 때 처음 치른 시험에서 낙방하고 말았다. 낙방이 발표된 날 친구들과 삼각산 아래

진관사 계곡에서 취하고 허우적거렸다. 며칠 후 나는 그녀의 서교동 하숙집과 가까운 대폿집에서 정신이 나가도록 막걸리를 마시고는 남은 길은 이민뿐이라고 얘기했다. 그래도 한 번 더 도전해보라는 그녀의 간절한 설득에, 시험에 합격하는 날에 만나겠다고 호기롭게 약속하고 다시 공부에 들어갔다. 하지만 열심히 준비했는데도 불구하고 대학을 졸업한 그해에 또 떨어지고 말았다.

그해 가을에는 군대 징집을 더 이상 연기할 수 없어 창원훈련소에 입소하였는데 난데없이 폐결핵 판정을 받아 3일 만에 귀향 조처되었다. 길게 뻗은 훈련소 버드나뭇길을 걸어 나오면서 인생이 끝난 것 같은 절망에 울었다. 고향 가는 버스를 타고도 가눌 수 없이 눈물을 계속 쏟았다. 폐결핵은 고시의 도전도 이민의 꿈도 모두 암울하게 만들었다. 고향에 돌아간 다음 날 보건소에 등록하고 매일 파스를 스무 알씩 한 움큼을 먹으며, 한 주일에 한 번 스트렙토마이신 주사를 맞으며 폐결핵 치료에 들어갔다. 나는 의사가 지시하는 대로 약을 먹고 어머니가 정성을 다해 만들어 주는 개소주를 먹으며 치료에 전념했다. 그래도 한 가지 줄은 잡고 있어야 살아있는 의미가 있을 것 같아 보건소장과 고시의 도전에 대해 의논했다. 그는 정신력이 폐결핵을 극복하는 데 중요하다면서 나의 도전에 동의했다. 그 대신 하루 오전 2시간 오후 2시간 공부하고 10시간 이상 잠을 자도록 권고했다.

고향 집에서 다시 고시 공부에 들어갔다. 주체할 수 없이 마음이 흔들릴 때는 밤늦도록 들길을 걸었다. 그녀를 생각하다가 잠을 이루지 못하던 어느 날 나는 무작정 버스를 타고 부산으로 가서 수정동 그녀의 집 골목길까지 갔다가 돌아왔다. 야위어진 몰골을 가지고 그녀를 만나기 싫었다. 내가 처음 낙방하고 한강 변에서 막걸리 대포로 취했을 때 사실상 고시에 합격하지 못하면 만나지 말자는 약속도 했던 것이다.

부산에 갔다 온 뒤로는 더욱 성실하게 약을 먹고 주사를 맞고 개소주를 먹으며 하루 네 시간 공부하고 밤이 되면 잤다. 눈물이 날 정도로 외로우면 달을 보며 노래 부르며 들길을 끝없이 걸었다. 모든 일이 정지된 속에서 오전 두 시간 오후 두 시간 공부는 집중력을 높여주어 공부가 더 잘되는 것 같았다. 오랫동안 객지를 떠돌다가 매일 어머니가 정성껏 마련하는 식사를 하는 것도 치료를 빠르게 했다. 나의 폐결핵은 석 달 정도의 치료를 받자 남에게 전염시키지 않는 수준으로 좋아졌다.

그렇게 고시 준비를 한 다음 해 5월, 세 번째 도전에 기적같이 합격하여 산비둘기 전설은 이어지게 되었다.

"일어설까요?"

"……"

그녀는 말없이 일어섰다. 우리는 동백섬 동남쪽 벼랑 위에 만든 둘레길로 들어섰다. 서로 비껴 걸을 수 있는 넓이에 나무로 만든 둘레길은 흔들거렸다. 나는 기우뚱거리는 그녀의 왼쪽 팔을 잡고 부축했다. 그녀는 얼굴을 돌려 고맙다는 눈빛을 보냈다. 나무 둘레길을 지나 도로에 올라설 때까지 그녀를 부축하여 걸었다.

동백섬 남단 최치원 선생이 남겼다는 '海雲臺해운대'가 음각된 바위가 내려다보이는 전망대에 올라 대한해협 밤바다를 보았다. 멀리 오륙도 등대 불빛이 밤바다를 비추었다. 대학생 때 '해운대석각'까지 내려가 바위 위 천막 횟집에서 멍게와 해삼을 먹었던 추억이 떠올랐다.

"저 아래 해운대석각 보여요?"

"……"

"대학 3학년 여름방학 때 저기서 멍게와 해삼을 먹었는데!"

"예……"

그녀가 처음 한 말이었다. 석각을 바라보는 그녀의 눈빛이 살아

나는 것을 느꼈다.

"그때 7월 초에 휴교령이 내려 여름방학이 두 달이나 되었지요."

"예."

그녀는 처음으로 눈가에 가느다란 웃음을 지었다.

"그때 내가 해자 씨를 '시갈'로 불렀던 것이 기억나요?"

그녀가 답이 없었는데도 나는 또 물었다.

"그날 소주에 취해 비틀거리며 벼랑을 올라올 때 내 손을 잡고 끌어주었는데."

그녀는 대답 대신 머리를 끄덕이었다. 가로등에 비친 그녀의 얼굴은 처음으로 생기가 도는 것 같았다. 잃었던 것을 되찾으려는 듯 멀리 밤바다를 보고 있었다. 바닷바람이 그녀의 흰 머리칼을 날렸다. 저쪽 한 쌍의 젊은이 이외에는 우리 둘뿐이었다.

*

내가 대학을 졸업한 다음 해 5월에 응시한 행정고등고시 재정직에 합격한 것이 발표된 것은 한 달 후 6월이었다.

고향에서 서울신문에 발표된 합격자 명단을 본 그 날 나는 그녀에게 합격 소식과 함께 부산으로 간다는 전보를 쳤다. 그녀가 대학을 졸업하고는 부산에 머물리라 생각해서였다. 우리는 그동안 연락을 끊고 있었다. 합격할 때까지 찾지 않겠다고 스스로 다짐도 했지만, 폐결핵에 걸린 후로는 고시에 대한 자신도 건강도 잃었기 때문에 편지를 보내지 않았다. 그러나 이제는 합격도 하고 폐결핵도 거의 나았다.

나는 전보를 친 다음 날 부산으로 갔다. 자갈치시장 시외버스 정류장에서 내려 서면행 버스를 탔다. 초량을 지나 고관 입구에서 내려 그녀의 집으로 가는 수정동 길을 걸었다. 여름날 오후 태양은 뜨거웠다.

과연 부산에 있을까? 어떤 변화는 없었을까? 첫 말은 어떻게 할까? 2년이라는 세월은 어떤 변화가 일어나는데 충분한 시간이었다. 모든 것이 불확실했다. 나는 그녀의 집과 반대 방향으로 걸었다. 그녀가 다닌 K 여고 교문이 나왔다.

K 여고 교문 앞에서 한참을 서성거렸다. 언젠가 그녀를 집에 데려다줄 때 들었던 이야기가 생각났다. 그녀가 S 의대에 떨어졌을 때 알 수 없는 충동으로 입시 공부 때 먹다가 남은 각성제를 몽땅 먹었다가 앰블란스에 실려 대학병원에 가서 깨어났다는 이야기. 다음 해 방향을 틀어 미술대학을 갔다는 것이다. 그때 진폭이 큰 그녀의 행동에 매우 놀랐다. 어느 날 그녀가 S 의대 입학원서에 붙였던 것

이라며 머리를 두 갈래로 묶은 사진을 주더니 얼마 후 그것을 빼앗 듯이 되찾아 갔다. 그녀와 만나는 동안 예고도 설명도 없는 그녀의 행동에 당황했지만, 그때마다 나는 순종적이었다.

    나는 학교 앞 공중전화 박스에 들어가 그녀의 집으로 전화를 걸었다. 그녀가 전화를 바로 받았고 나는 K 여고 교문에서 기다리겠다고 말했다. 그날 우리는 해운대 백사장을 걸었고 동백섬 천막 횟집에서 합격 축하 맥주를 마셨다. 대한해협의 밤바다는 파도가 높게 철썩거렸다.

*

    밤바람에 한기가 돌았다. 나는 섬 마루에 올라가겠느냐고 물었고 그녀는 머리를 끄덕였다. 도로를 건너 돌계단을 올랐다. 내가 앞장서서 몇 걸음을 올라가는데 그녀가 멈추어 섰다. 힘들어 보였다. 손을 내밀자 그녀는 내 손을 잡고 돌계단을 올랐다. 처음으로 눈빛이 서로 정면으로 마주쳤고 처음으로 미소보다 크게 웃었다. 가파른 길에 그녀를 끌다시피 하다 보니 나도 숨이 찼다. 소나무 사이로 불빛이 쏟아졌다.

    마루에 올라 벤치에 앉았다. 긴 세월에 소나무들이 크게 자라

바다는 보이지 않았다. 보안등 불빛 아래 늦게 핀 동백꽃 몇 송이가 보였다. 우리가 처음 만난 그해 겨울방학 동백꽃 만발한 섬 마루에 올랐을 때 그녀가 동백꽃 같은 볼을 가졌다고 생각했다. 세월이 흐른 지금도 그녀의 볼에는 동백꽃의 홍조가 흐르고 있었다.

"옛날에 이곳에 왔던 기억이 나요?"

"예. 동백꽃이 많았는데!"

처음으로 문장으로 이루어진 말을 했다. 그녀의 눈길은 불빛에 비친 동백꽃을 확실하게 향하고 있었다.

"대학 3학년 겨울방학이 끝나가던 2월이었던 같아요."

"날씨가 추웠어요, 그때."

그녀가 두 번째 문장으로 된 말을 했다.

"백사장에서 발이 파도에 빠졌던 일 기억나요? 천막을 치고 모래로 덮은 벙커 횟집에서 아나고를 먹었지요."

"그랬어요?"

그녀가 처음으로 나를 보며 물었다. 내가 오늘 여기까지 오기를 잘했다는 생각이 들었다. 그날 가스등 켜진 모래 벙커 횟집에서 소주에 취한 일과 파도가 높았던 일을 얘기하고, 추풍령의 「산비둘기」와 「미뇽」 이야기를 하며 그녀의 기억을 살려보려고 애썼다. 그녀는 계속해서 문장으로 된 말을 했다.

그녀의 눈에 초점이 생겼다는 것과 그녀의 얼굴에 웃음이 있었다는 것과 그녀가 문장으로 된 말을 했다는 것으로 충분한 만남이었다. 그녀의 언니 말대로라면 내가 그녀의 수명을 얼마간 연장하게 만든 것이다. 지금 내가 그녀를 위해 할 수 있는 일을 최대로 한 것이라는 생각이 들었다. 그녀가 왜 수녀가 되었는지, 밴쿠버에서 어떻게 살았는지, 여전히 궁금했지만 나는 묻지 않았다.

*

고시에 합격하고 그녀를 만난 몇 달 후 나는 재경사무관으로 발령받아 경주세무서로 가는 길에 다시 부산에 들렀다. 그날 그녀의 언니와 어머니를 만났는데 그녀의 형제는 여자만 다섯이고 그녀는 셋째였다는 것을 알았다.

토요일이면 나는 오전 근무를 마치고 그해 개통된 경부고속도로를 타고 부산에 갔다. 해운대를 많이 갔지만 오륙도가 발아래 있는 태종대도 가고 낙동강 하구 에덴동산에도 갔다. 주일에는 그녀를 따라 범일동 성당에서 미사를 드렸다. 그리고는 밤 9시 마지막 고속버스를 타고 경주에 돌아왔다.

나는 경주에 가서 처음에는 시내 황오동에서 하숙을 하다가 신라 역사를 공부하고 싶은 마음에 남산 탑골의 옥룡암으로 거처를 옮겼다. 남산으로 불리는 금오산은 산 전체가 불상과 암자로 가득하여 신라 문화가 아름답게 보존된 곳이다. 화창한 봄날 그녀와 함께 탑골을 타고 남산에 올라가 해가 기울 때까지 불상들을 구경했다. 어둠이 내릴 때 옥룡암 사랑채에 돌아와 저녁밥을 먹고는 택시를 불렀는데 택시가 늦게 오는 바람에 9시에 출발하는 부산행 고속버스 막차를 놓치고 말았다. 우리는 하는 수 없이 옥룡암으로 돌아와 밤을 지내게 되었다. 대학생 때 명동성당에서 우리는 순결 서약식에 참여한 후 순결에 대해서는 서로를 믿었다. 나는 사랑채 아궁이에 장작으로 군불을 때 방을 따뜻하게 하였다. 자정이 넘도록 이야기하다가 새벽에 그녀가 먼저 잠에 곯아떨어지자 나는 그녀에게 이불을 덮어주었다. 나는 벽에 기대어 잠을 잤다.

다음 날 그녀의 어머니 드리라고 경주 명물 황남빵을 사서 보냈는데 별일 없이 지나갔다고 했다. 그 일이 있은 다음 주말에 부산에 갔다. 우리는 해운대로 가기 위해 택시를 탔는데 그녀는 아무 말도 없다가 D 여고 앞에서 택시를 세우고 나를 거기서 기다리게 하고는 범일성당 안으로 들어갔다. 한 시간 정도 지나서 나오더니 아무 말 없이 다시 택시를 탔다. 우리는 동백섬으로 가서 해운대석각 옆 천막 횟집을 찾아 아나고와 함께 맥주를 마셨다. 그녀는 오늘 범일

성당에 가서 신부님에게 수녀가 되겠다고 서약을 했다는 것이었다. 그리고는 아무것도 묻지 말라고 했다. 그녀는 말이 없었고 나는 맥주만 마셨다. 그녀는 말하기 싫을 때는 무엇을 물어도 대답을 하지 않는 사람이었다. 나는 그날 아무 말도 못 하고 술만 마시다가 밤늦게 그녀를 수정동 집에 데려다주었다. 그녀는 끝내 한마디 말도 하지 않았다. 산비둘기 이야기는 이렇게 황망하게 끝났다.

나는 옥룡암 풍경소리에 많은 밤을 울었다. 애간장은 타고 어지러웠다. 그렇게 겹겹이 쌓아 올렸다가 툭 떨어져 버린 인연이 슬펐지만, 내가 할 수 있는 일은 아무것도 없었다. 우리가 왜 그래야 했는지도 알 수 없었다.

*

봄날 밤공기는 차가웠다. 나는 벤치에서 일어섰다. 보안등 불빛이 쏟아졌다. 50년 전같이 오늘도 헤어짐을 말없이 받아들여야 했다.

"9시 반이 지났네요. 언니가 10시에 데리러 온다고 했는데."

"……"

"수녀님! 일어설까요?"

"예."

시갈로 부르고 싶었지만 수녀님이라고 불렀다. 그녀와 눈길이 마주쳤다. 불빛에 보인 그녀의 눈망울엔 눈물이 고여 있었다.

나는 눈을 감고 기도를 했다.

"주여! 이 영혼을 불쌍히 여기소서. 오늘의 만남으로 얼마간이라도 이 생명을 연장해 주시기를 간구합니다. 천국으로 부를 때까지 그녀에게 평화를 주소서."

나는 그녀에게 손을 내밀었다. 그녀의 눈물방울이 내 손에 떨어졌다. 천국에서 만나자는 그녀의 마지막 말로 들렸다.

밤바람이 소나무 사이로 소슬하게 불었다.

늦은 밤 파도 소리도 어둠에 묻혔다.

우리가 호텔 커피 라운지로 갔을 때 언니가 기다리고 있었다.

"정말 감사합니다. 형제라고는 해자밖에 남지 않은 터라 저에게도 큰 위로가 되었습니다."

"아니, 그러면 언니와 동생은 ……"

놀라는 내 모습에 언니가 더 놀란 듯 눈이 커졌다. 깊은숨을 쉬고 나서 조용히 무겁게 말했다.

"다들 먼저 세상을 떠났지요. 집안에 말 못 할 내력이 있어서 ……. 그래서 해자는 의사가 되려는 생각도 했지요. 결국 수녀원에 들어가게 되었지만!"

나는 더 이상 아무 말도 할 수가 없었다. 그녀는 라운지 창밖의 바다만 바라보고 있었다. 초점 없는 그녀의 눈빛이 평화로워 더 슬퍼 보였다.

두 손을 잡으며 악수하고 시갈을 떠나보낼 때 그녀의 눈망울에 맺힌 눈물을 보았다. 돌아서 가는 그녀의 진홍색 털모자를 보면서 나는 처음 만났던 야간열차에서 그녀가 입었던 진홍색 코트를 생각했다.

나는 밤의 백사장을 걸었다.
우리가 만나서 헤어질 때까지의 사연들이 모래알처럼 발끝에 밟혔다.
파도 소리가 시갈의 울음소리로 들렸다. 아픔이 가슴에 밀려왔다.
추풍령 야간열차에서 산비둘기로 만나, 해운대 백사장에서 갈매기로 정을 주었고, 동백섬에서 동백꽃처럼 빨갛게 피었었는데. 그 시절 그녀의 눈동자는 슬펐고 나의 마음은 목말랐고 두 영혼은 가난했었는데.

그녀의 언니에게서 들은 '말 못할 내력'은 50년 전 그런 이별에 대한 또 다른 의문을 불렀지만, 그녀는 오늘도 말이 없었고 나는 모든 것을 또 묻었다. 사연을 그녀에게 묻지 않고 내 가슴에 묻는 것이 내게 주어진 운명인 것처럼. 그것이 그녀를 위해 내가 해줄 수 있는 마지막 일인 것처럼.

50년 전 '나머지'는 말할 수 없다던 그 산비둘기, '그리움'을 남기고 말없이 떠났던 그 미뇽, 오늘은 '말 못 할 내력'을 남기고 또 말없이 떠났다. 차가운 겨울에 진홍색 꽃을 피우고, 봄이 오면 꽃송이 통째로 툭 하고 떨어지는 동백꽃처럼!

2022 가을

단편

쪽새미 애가

같은 집에서 하숙하는 정 주사가 퇴근 시간에 내게 전화를 했다. 월말도 되었으니 오륙구에서 술이나 한 잔 하자는 것이었다. 오륙구는 쪽새미 술집의 이름인데 전화번호가 569번이라 그렇게 불렀다. 벌써 50년이 지난 옛 시절의 이야기다.

쪽새미는 한복 입은 아가씨가 방에 앉아서 술을 따르고 젓가락으로 술상을 두드리며 노래 부르는 방석집과 의자에 앉아서 막걸리를 대폿잔에 따르고 탁자를 두드리며 노래하는 니나노집이 섞여 있는 술집 동네였다. 지금은 경주쪽샘지구 유적발굴터가 들어선, 팔우정 로타리와 황남대총과 첨성대를 잇는 삼각형의 가운데에 자리

잡고 있었다. 십여 호가 넘는 술집들이 외양은 기와나 슬레이트 지붕을 인 평범한 가정집과 같으나 대문에 깃대를 세우고 전등을 달아 간판을 대신했고 술집 이름은 전화번호로 대신했다. 마을 가운데 바가지로 물을 푸던 샘이 있다고 쪽새미라고 불렀다는데 전하는 말로는 신라 때부터 술집 동네였다고들 했다.

  나는 세무서 정문을 나와 중앙통을 걸어서 경주시청을 지나고 황남대총 앞을 지나 쪽새미에 들어섰다. 택시 한 대가 겨우 지날 정도의 골목길은 포장이 되지 않아 먼지가 날았다. 해가 지자 술집마다 대문에 새운 깃대에 전등불이 켜지기 시작했다. 쪽새미 중앙에 있는 삼거리 골목에서 미추왕릉 쪽으로 들어서 첫 집 오륙구에 도착하니 대문에 전등불이 밝게 켜져 있었다. 주인 고 마담은 반갑게 마당까지 나와 나를 맞이하고는 정 주사가 있는 안방으로 안내했다. 안방 아랫목에는 정 주사가 한복을 차려입은 이 양과 함께 고스톱을 치고 있었다. 고 마담은 오늘 직접 담은 법주法酒가 잘 익었고 새 아가씨도 왔다고 했다. 법주는 찹쌀과 대추 국화 솔잎 등을 재료로 천년의 비법으로 담그는 경주의 토속 술로 명성이 높았다. 당시 법주는 주세법에 의한 허가를 받지 않은 밀주에 해당하였기 때문에 밀주를 단속하는 세무서 사람들에게는 특별히 마음먹은 경우에만 제공되었는데 그 맛은 아주 뛰어났다.

고 마담은 연보라 저고리에 연두 치마를 입고 머리를 두 갈래로 묶은 아가씨와 술상을 마주 들고 들어왔다. 하얀 백상지를 덮은 술상에는 생선회와 데친 오징어 그리고 파전이 차려져 있었다. 고 마담은 특별히 담은 법주 주전자를 연보라 저고리 아가씨에게 건네며 나에게 한 잔을 따르게 했다.

"정길녀입니다."

그녀는 머리 숙여 인사를 하고 두 손으로 주전자를 잡고 법주를 따랐다. 그녀의 얼굴은 어리고 여려 보였다.

"영감님 잘 모셔라."

대답은 정 주사가 했다. 총각인 나를 영감으로 부르는 것이 어색했지만 나의 계급이 재경사무관이라고 그렇게 불렀다. 지방에서는 관리官吏에 대한 존칭으로 '관'이 붙는 3급 이상은 영감으로, '리'에 속하는 4급 이하는 주사로 불렀는데 정 주사는 5급 을류 사세서기보司稅書記補였지만 4급 갑류 계급인 주사로 불렀다.

법주를 한 잔 마시고 나자 고 마담은 길녀가 술집에 처음 나온 갓 스무 살의 처녀라고 했다. 길녀는 얼굴에 아직 어린 태를 벗지 못했지만, 연보라 저고리 맵시만큼이나 고왔다. 우리는 법주를 한 잔씩 따르고는 길녀가 오류구에 온 것을 축하해 주었다.

법주가 두 주전자째 나오고 얼근히 취했을 때 정 주사는 젓가락 장단으로 <충청도 아줌마>를 불렀고 이 양은 <동백 아가씨>를 불렀다. 술집이 처음이라는 길녀도 서투르기는 하지만 젓가락 장단에 <흑산도 아가씨>를 불렀다. 정 주사가 앵콜을 청하자 두 번째는 <섬마을 선생님>을 불렀다. 그녀가 노래 부르는 모습은 바다 가운데 갇힌 섬마을 아가씨처럼 애처롭게 보였다. 나도 차례가 되어 '인생은 나그네 길'하며 <하숙생>을 불렀다. 노래와 법주를 주고받다가 모두 취했다. 자정이 되어 두 아가씨는 양장으로 갈아입고 정 주사와 넷이서 택시를 타고 불국사 입구 다보호텔 나이트클럽으로 갔다. 새벽이 오도록 맥주를 마시고 트위스트를 추었다. 경주는 관광도시라 특별히 통행금지가 해제되어 있었기 때문에 1차로 식사를 하고, 2차로 술을 마시고, 자정이 지나면 3차로 나이트클럽으로 가는 것이 풀코스였다.

그날 밤 나는 길녀가 문무왕의 수중 왕릉이 바라보이는 동해안에서 국민학교를 졸업하고 농사일을 하다가 쪽새미로 왔다는 이야기를 들었다.

*

며칠 후 점심시간에 서장과 함께 검정색 관용 지프차를 타고 경주를 남북으로 가로지르는 중앙통을 달렸다. 신라의 고도 경주의 가을은 시내 곳곳에 동산만큼 거대한 왕릉이 있어 천년 왕국의 장엄함이 서려 있다. 그날은 신라문화제가 열려 농악대의 선도에 따라 화랑과 원화로 뽑힌 총각과 처녀가 참가하는 축제행렬이 중앙통을 지나고 있었다. 축제로 고도 서라벌의 분위기는 더 고담하였다.

중앙통 뒷길 성림장 마당에 들어서자 주인 김 마담이 버선발로 댓돌에 나와 우리를 맞았다. 흰머리가 성성한 서장은 안방 문을 열고 들어서자 병풍 앞 방석에 앉은 젊은 대구지방국세청장에게 방바닥에 넙적 엎드려 큰절을 올렸다. 이런 인사를 처음 보는 나도 머뭇거리다 바닥에 무릎을 꿇고 큰 절을 했다.

"청장님, 경주에 오셔서 영광입니다."

"최 서장, 반갑네요. 그동안 별일 없었어요?"

"청장님 덕분에 잘 있습니다."

"강 사무관도 잘 있고?"

청장이 나에게도 안부를 물었다. 청장이 나를 과장으로 안 부르고 사무관으로 부른 것은 존칭의 의미가 있었다. 경주세무서 서장은 3급 갑류 재경서기관이고 과장의 경우 총무과장은 3급 을류 재경사무관이지만 나머지 과장은 정년을 앞둔 고참 4급 갑류 사세주사였기 때문이다.

"예, 잘 있습니다."

인사를 마치자 김 마담이 성림장의 가오마담 이 마담과 두 아가씨를 데리고 방에 들어왔다. 요정의 주인은 마담으로 불렀고 아가씨는 아무개 '양'으로 불렀는데 아가씨의 대장 격은 가오마담 즉 얼굴마담으로 불렀다. 그들은 문지방을 넘자 이 마담부터 오른쪽 무릎을 세우고 다소곳이 앉아 고개를 숙여 절을 하며 자기 이름을 소개하였다. 이 마담은 구석에 있는 화투 담요를 우리 앞에 끌고 와서 익숙한 솜씨로 화투를 척척 치더니 고스톱 패를 청장과 내 앞에 나누어 주었다. 이럴 때 하급자는 자연스럽게 져야 하는데 나는 얼떨결에 이기고 말았다. 셋째 판을 치고 있을 때 점심상이 들어왔다. 상사의 돈을 딴 것이 미안해서 돈을 돌려주려 했으나 그대로 가지라고 했다. 주머니에 넣었는데 실수 한 기분이었다.

하얀 백상지를 깐 밥상에는 가운데에 갈비찜이 있고 닭찜과 회까지 열 가지가 넘는 안주와 반찬들이 가득 놓여 있었다. 경주는 신라가 도읍으로 정할 만큼 형산강 일대의 평야가 비옥해 농산물도 풍족하지만, 동쪽 해변 감포는 일제 강점기 때부터 유명했던 고래잡이 어항으로 수산물도 풍부하여 음식 차림이 다른 도시에 비해 수준이 높다고 했다. 얼굴마담이 청장 옆자리에 앉고 서장과 내 옆에도 아가씨가 앉았다. 우리는 먼저 맥주부터 한 잔 마셨다. 아가씨들은 연신 안주를 밥그릇 옆에 놓인 접시에 올렸다.

맥주를 석 잔째 마실 때 청장이 다음 주말 국회 재무위원들이 경주에 들른다고 했다. 부산지방국세청과 부산세관에 대한 국정감사를 마치고 대구에 가는 길에 경주에서 하루를 자게 되는데, 저녁 식사는 경주 최고 요정 성림장에서 하고, 술은 숙소인 불국사관광호텔에서 하면 좋겠다고 했다. 그 호텔은 특별한 룸도 있고 밴드도 좋으니 그렇게 하라는 것이었다. 서장은 차질 없이 잘 준비하겠다고 말하고 우리는 대낮에 맥주를 얼큰하게 취하도록 마셨다.

경주는 여관과 식당과 술집으로 가득 찬 한국 최고의 관광도시였다. 전국에 자정부터 새벽 4시까지 통행금지가 실시되고 있었지만, 당시 경주는 관광진흥을 위해 통금이 폐지되었다. 통금이 없는 경주의 손님 접대는 통금이 있는 다른 도시와 달리 자정이 되면 통금 없는 새벽을 즐기는 3차를 가야 제대로 하는 접대였다. 술집은 요정과 방석집과 니나노집 3등급으로 갈렸다. 1등급인 요정은 한복을 차려입은 아가씨들이 장구를 치고 노래하거나 한두 명으로 이루어진 악단의 연주에 맞추어 노래하고 술과 식사를 하는 곳이다. 내국인들이 주로 가는 황오동 성림장과 일본인 관광객들이 주로 찾는 교동 요석궁이 대표적인 요정이었다. 일제 강점기 기생양성조합이었던 권번을 이어받은 기생학원에서 춤과 노래를 배운 아가씨들도 요정에 있었다. 둘째 등급 방석집은 식당이라는 간판을 달고 방에서 술을 팔았고, 마지막 등급 니나노집은 주로 '대포'라는 간판을 달고 탁자에서 큰 사발로 막걸리를 팔았다.

*

나는 세무서로 돌아와 서장과 함께 다음 주말 토요일에 온다는 국회의원 접대계획을 의논하였는데 숙소는 국회의원들은 불국사관광호텔로, 비서관 등 수행원들은 불국사 입구 다보호텔로 정했다. 관광호텔은 특급호텔을 뜻하고 그저 호텔은 일반 호텔을 뜻했다. 저녁 식사는 성림장에서 하고, 밴드를 불러 노래하는 본격 술자리는 시내에서 떨어져 있고 조용한 불국사관광호텔의 '대통령방'에서 하기로 정하였다. 대통령방은 대통령이 경주에 오면 술을 마시는 방인데 호텔 정면에 T자 모양으로 튀어나온 2층에 특별히 만들어진 호화스러운 방이지만 평시에는 국회의원 같은 귀빈도 사용할 수 있었다. 국회의원을 수행하는 비서관들은 성림장 이웃 동산식당에서 식사를 하고, 이어서 숙소로 정한 다보호텔 나이트클럽 특별 룸에서 술을 하기로 정했다. 문제는 9명이나 되는 국회의원들이 성림장에서 식사할 때 접대하는 아가씨를 고르는 일과, 아가씨가 따로 없고 필요할 때 부르는 대통령방의 술자리에 아가씨를 어떻게 동원하는가에 있었다. 술값과 밥값과 팁을 정해야 했는데 나로서는 처음 하는 일이었다. 모든 접대를 내가 책임지고 준비하기로 하고 서장과 협의를 마쳤다.

대학을 갓 졸업한 나로서는 조선 왕조 시대에 사또를 위해 색시를 구하는 채홍사가 되는 기분이 들었지만 업무의 하나로 받아들였다. 내가 하숙비 정도의 첫 월급을 받을 때부터 공직의 모든 것이 불가사의하고 부조리한 것의 연속이었다.

나는 그날 저녁 노련한 경주 토박이 행정계장과 함께 다시 성림장에 가서 김 마담과 접대계획을 의논했다. 술값과 팁은 세무서가 충분히 줄 터이니 최고로 대접해야 한다고 강조했다. 1인당 술값은 내 월급의 반이나 되는 1만 원으로 정하고 팁은 1인당 천 원으로 정했다. 김 마담은 그날 다른 손님은 받지 않고 아가씨도 베스트로 들여보내겠다고 했다. 그러나 성림장의 아가씨들이 다른 집에 가서 술을 따르는 것은 관례상 어렵다고 했다. 3차를 위해 따로 아홉 명의 아가씨를 구해야 하는 일이 남게 되었다.

다음 날 점심때 나는 행정계장과 함께 세무서 사람들이 자주 가는 동산식당에 가서 그곳을 수행원들의 저녁 식사 자리로 정했다. 여기는 아가씨들이 일대일로 대접하는 것이 아니라 손님 두어 명에 한 아가씨가 접대하는 곳이고 밴드도 없어 술값과 팁은 성림장의 반이 안 되었다. 나는 이런 결과를 정리하고 타이프로 쳐서 문서로 만들어 서장에게 보고하였다.

    다음 날 저녁 나는 하숙집에서 저녁을 먹고 정 주사와 함께 오류구 고 마담을 찾아가 3차를 위한 아가씨 조달에 대해 의논했다. 고 마담은 오류구에 있는 다섯 명은 가능하고 그 이상은 옆집과 의논해 보겠다고 하여 고 마담에게 책임을 지우고 나는 정주사와 함께 맥주를 마셨다. 그날도 술값과 팁 모두 정 주사가 냈다. 내가 계급도 높고 월급도 많은데 정 주사가 내는 것이 항상 미안했으나 그것도 계급이 낮은 사람이 술값을 내는 일선 관청의 오랜 관례로 받아들였다. 어차피 나도 정주사도 월급으로는 살아갈 수 없고 모두 자기 위치에서 자기 책임으로 자구책을 만들어 살아가는 부조리를 공직에 머무는 한 피할 수 없었다. 내 월급의 반이나 되는 요정의 1인당 술값이 시대상의 암울함을 한 마디로 대변해 주었다. 그런 술값으로 접대하고 접대받는 공직 세상은 요지경일 수밖에 없었다.

    다음 날 고 마담은 여섯 명은 구했는데 3명은 어렵다고 했다. 나는 다시 성림장 김 마담에게 그날 국회의원 방에 들어가지 않은 사람 셋만 뽑아 달라고 부탁하여 어렵게 숫자를 맞추어 냈다. 서장에게 보고했더니 총각이 아가씨 구한다고 수고했다며 사전에 확인을 잘해서 차질이 없도록 해야 한다는 것을 강조했다. 그리고 성림장 저녁 식사에는 재무장관이 참석하게 되었다고 하며 대구지방국세청장이 경주 톨게이트에서 장관과 국회의원들을 영접하여 저녁식사를 함께 한다고 했다. 나는 공직에 들어와 처음 준비한 큰일이 술판과 채홍사 노릇이었다는 것에 씁쓸한 기분을 지울 수 없었다.

*

다음 주 토요일 오후에 대구지방국세청장이 경주세무서에 도착해 행사 계획을 보고 받고는 5시경 지난해 개통된 경부고속도로 경주톨게이트로 재무장관을 마중하러 나갔다. 나도 서장과 함께 관용 지프차를 타고 함께 나갔는데 오후 5시가 조금 지나 장관이 검은 승용차를 타고 톨게이트를 지나 우리가 줄을 서서 기다리는 영접 구역으로 왔다. 청장과 서장 그리고 나는 장관께 인사를 했다. 신문에서만 보던 재무장관을 처음 보니 마음이 떨렸다. 그는 접대 준비에 수고했다고 인자하게 말했다. 국회의원들도 얼마 지나지 않아 톨게이트에 도착하여 간단하게 우리의 영접을 받은 후 경찰차의 선도로 시내 성림장으로 향했다. 까만 승용차 행렬이 조용한 도시를 요란하게 달렸다.

　해 질 무렵 성림장에 도착한 장관과 국회의원 일행은 안방을 옆방과 연결한 큰 방에 들어갔다. 국회의원 접대는 서장이 맡기로 하고 나는 동산식당에 가서 비서관과 수행원들을 접대하였다. 비서관들과 국회 재무위원회 직원들은 안방에 그리고 운전수들은 옆방에서 식사하도록 했다. 나는 비서관들과 함께 저녁식사를 하고 국회의원들의 술자리를 준비하기 위해 먼저 일어섰다. 국회의원들이 10시에 도착하기로 한 불국사관광호텔 대통령방으로 가서 호텔 지배인과 함께 준비상황을 점검했다. 좌석 배치와 밴드를 점검하고 옆방에 대기하는 아가씨들도 확인했다. 곱게 한복을 입은 길녀는 나에게 어색한 웃음을 보냈다. 10시 지나 국회의원들이 도착하여 대통령방에 자리를 잡았다. 나는 세무서장에게 나머지 일을 인계하고, 다보호텔 술자리에 들렀다가 행정계장에게 마무리를 부탁하고 하숙집으로 돌아왔다. 그런 정도로 채홍사 노릇을 마무리하고 싶었다.

*

　일요일 지나 월요일 아침에 출근을 했다. 서장 비서가 야단이 났다면서 빨리 서장실로 올라오라고 했다. 급히 2층 서장실로 갔더니 서장의 얼굴이 하얗게 질려 있었다. 그는 나에게 보라며 Y 일보를 던지듯이 주었다.

"읽어봐요. 큰일 났어."

「국정감사로 내려와 여자 끼고 술판 벌여」라는 제목으로 불국사관광호텔에서 술을 마시다가 흥이 난 국회의원들이 호텔 잔디밭에서 아가씨들과 음란행위를 했다는 내용이 일면 톱기사로 났다. 기사에는 음란행위의 현장이라며 희미한 불빛 아래 사람들의 사진도 실렸다. 성림장에서 저녁 식사를 하고 대구로 떠난 장관과 지방청장도 참석한 것으로 나와 더욱 난처한 처지가 되었다.

"왜 호텔에 있지 않고 갔어요? 호텔에 남아 기자의 접근을 막았어야지."

"예 죄송합니다. 다른 호텔에서 비서관들 모신다고 ……."

"그래도 그렇지 이 사람아. 갔다가도 다시 와서 만약의 사태를 대비했어야지."

평소 아버지같이 인자하던 서장이었는데 그날은 역정을 냈다. 나도 처음으로 당하는 큰일이고 보니 아무 생각도 나지 않았다. 서장의 얘기로는 자정이 넘자 일부는 아가씨들과 잔디밭에 나갔는데 자기도 무슨 일이 일어났는지는 모른다고 했다. 다만 장관과 청장은 동석하지 않았다는 것을 강조했다. 서장은 특별히 장관과 청장도 참석했다는 오보는 필연코 다른 신문에 나지 않도록 조치하라고 했다.

나는 아래층으로 내려와 내 자리에 털썩 앉았다. 무슨 조치를 누구에게 어떻게 해야 할지 아무 생각도 나지 않았다. 겁먹은 내 얼굴을 보고 평소 나에게 모든 일을 형님같이 일깨워 주는 행정계장이 걱정스러운 얼굴로 다가왔다.

"왜 그러능교? 무슨 일입니꺼?"

"사고가 났어요, 큰 사고가."

"무슨 사곤데 이야기해 보이소."

나의 얘기를 들은 그는, 먼저 전화로 장관과 청장 참여는 오보라고 설명하고, 추가로 기자 설명회를 하자고 했다. 나는 그의 제안대로 경주 주재 중앙지와 지방지 그리고 방송까지 12명의 기자들에게 전화를 걸어 장관과 청장은 참가하지 않았다는 점을 강조하고 11시에 세무서에서 설명회를 하겠으니 와 달라고 말했다.

11시에 기자들이 모여들자 총무과 방 가운데에 임시로 배치한 의자에 앉게 했다. 먼저, 장관과 지방청장이 참석하지 않았다는 점을 다시 한 번 강조하며 설명을 시작했다. 술판은 국정감사와 관련한 통상적인 접대였고, 그날 밤 현장에 있었던 서장이 얘기한 대로 일부 국회의원이 자정 넘어 잔디밭에 나갔다는 것도 설명하였다. 나는 국회의원들의 음란행동을 추궁하는 기자의 질문에 제대로 답변을 못했다.

설명회를 끝내고 점심시간이 되어 기자들과 함께 동산식당에 가서 점심을 먹었다. 나는 이제 공무원 된 지 한 해도 채 안 되었으니 잘 봐 달라고 머리 숙여 부탁했다. 식사 후 사무실에 돌아와 서장에게 경과를 보고하자 그런 정도로 되겠느냐며 앞으로 일어날 일에 대해 걱정했다. 가까이 있는 울산방송에서 국회의원들의 음란행위를 하루 종일 뉴스 때마다 보도함으로써 사태는 심각하게 되었다.

나는 사태를 자세히 알아보려고 퇴근 시간에 정 주사와 함께 오륙구에 갔다. 고 마담과 길녀를 불러 무슨 일이 있었는지 물어보았다. 길녀는 말없이 울기만 하더니 방을 나가버렸다. 고 마담이 말했다.

"그날 밤 모두 술에 취해가지고 밴드에 마차 노래하고 춤을 추었다 카데예. 12시가 넘어 마침 보름이라 달빛이 대통령방 앞 잔디밭을 훤히 비추었는데 흥을 못 이긴 국회의원 서이가 아가씨를 끌고 나갔답디더. 그라고는 아가씨를 끌어안고 야단을 치다가 나중에는 별 야한 짓을 다 했다 캐예. 그래서 길녀는 못 견디고 도망쳐 왔다 캅디더."

"그래요? 다른 아가씨도 도망쳤는가요?"

"길녀는 아직 남자 경험이 없어 가이고 겁이 나서 그랬다 캅디더. 다른 아가씨는 그대로 있었다 카데예. 가는 참 착한 아이라요. 어릴 때 교회도 댕겼다 카고요.

모든 게 내가 잘 못 한 게 아인가 생각됩니더. 죄송합니더. 내가 잘 못 했심더."

나는 더 물을 기분이 아니었다. 왠지 갈녀에게 미안한 생각도 들었다. 국민학교를 졸업하고 농사를 지으며 어렵게 살던 길녀는 아버지가 위암에 걸려 경주기독병원에 입원하게 되자 수술비를 마련할 수 없는 상황이 되어 선금 오만 원을 받고 오륙구에 오게 되었다고 고 마담이 눈물을 글썽이며 말했다. 나는 정 주사와 막걸리 몇 잔을 마시고 오륙구를 나왔다.

다음 날 아침 조간 중앙지에 국회의원들의 대통령방 술판과 음란 행각이 보도되었다. 나는 서장과 조간을 보고 아무 대책도 없이 큰 걱정을 안고 내 자리로 내려왔다. 점심시간이 되었지만, 식사할 마음이 아니어서 담을 이웃한 경주박물관에 갔다. 평소에도 내가 한가할 때면 박물관을 찾았는데 그날은 에밀레종이 있는 정원을 서성거렸다. 평소 차를 마시며 신라 얘기를 들려주던 관장이 점심을 먹고 들어오다가 서성거리는 나를 보고 웬일이냐고 놀라며 다가

왔다. 나는 대통령방 술판 이야기를 하고는 사태가 심각하게 되었다고 했다. 그는 지난번에 왔을 때 다음번에 오면 에밀레종을 한 번 쳐 보이겠다고 약속했는데 오늘 내 심란한 마음을 위해 종을 쳐 주겠다고 했다. 에밀레종은 세무서 내 자리에서 창문을 열면 바로 담장 너머에 있었다. 관장은 귀빈이 오면 가끔 에밀레종을 쳤고 나는 그 은은한 종소리를 가끔 들었다. 그는 종각 문 자물쇠를 열고 나와 함께 들어가 세 번 타종을 했다. 종이 울릴 때마다 우레 같은 소리로 시작하여 끊어질 듯 이어지는 여음이 잔잔하게 흘렀다. 종 치기를 마치고 관장이 직접 따른 녹차 한 잔을 마시고는 무거운 마음으로 사무실에 돌아왔다.

  퇴근 무렵 서장이 불러 올라갔더니 그는 근심스런 얼굴로 대구지방청장으로부터 나의 사표를 제출하라는 통보를 받았다고 했다. 그는 사표를 피한 것 같았지만 묻지 않았다. 나는 멍하니 서 있다가 내 자리로 돌아왔다. 사표를 어떻게 써야 하는지를 행정계장에게 물었다. 나는 그의 권유대로 '사직서'라는 제목 아래 '소직 일신상의 이유로 사직코자 합니다'라고 간단히 적은 아래 내 이름을 쓰고 도장을 찍어 서장에게 제출했다. 공직에 들어 온 지 한 해도 안 되어 사표를 제출하니 그저 허망하기만 했다. 낙심 가득하여 하숙집에 돌아왔다.

하숙집에서 이른 저녁상을 물리는 순간 정 주사가 내가 사표를 냈다는 소식을 들었다면서 오륙구로 오라고 전화를 했다. 세무서 일은 아침에 출근하여, 어제 조사하거나 징수한 세금에 대해 계장과 과장에게 차례로 복명하고, 점심때쯤 관할 구역인 경주시와 월성군과 영천군에 출장을 나가는 것이 보통이어서 특별한 경우가 아니고는 저녁에 사무실로 돌아오지 않고 바로 퇴근하는 것이 보통이었다.

술상과 함께 들어온 고 마담은 나의 사표 소식에 자기가 잘못해서 그렇게 되었다면서 어쩔 줄 몰라 했고 길녀는 말없이 울었다. 정 주사는 그런 일로 사표를 낸 데 대해 분개하면서 술이나 마시자고 했다. 우리는 막걸리를 많이 마셨다. 정신이 나갈 정도로 취해서 그날 밤 무슨 일이 있었는지 기억이 없었다.

*

다음 날 수요일 점심때가 다되어 비몽사몽간에 일어났다. 하숙집 아주머니가 걱정하며 차려주는 점심을 먹고도 술이 깨지 않았다. 사표를 내고 사무실에 나가기도 그렇고 수리가 되지도 않았는데 안 나가기도 그랬다. 나는 망설이다가 수운 최제우 선생의 생가가 있는 현곡을 찾았다. 지난번에 왔을 때는 선생의 생가를 둘러보았는데 이번에는 앞산 용담정에 올랐다. 산길을 오르며 무능한 사직과 부패한 관료에게 고통 받는 민초를 불쌍히 여기고 그들을 구하려던 수운 선생의 우국을 생각했다. 도탄에 빠진 사직과 민초들을 구제하려는 그의 제세구민濟世救民은 세상을 어지럽히고 민초를 속인 혹세무민惑世誣民이 되었다. 그는 동학을 포교한 지 3년째인 41세에 처형되고 말았다. 계곡에 떨어진 낙엽을 밟으며 선생의 허무한 생애를 생각하니 가슴이 아려왔다. 고등학교와 대학을 가정교사를 하면서 어렵게 공부하여 행정고시에 붙고, 대통령 이름으로 재경사무관에 발령받았는데, 한 해도 안 돼 사표를 내야 하는 내가 서글퍼졌다. 못사는 조국을 잘 사는 나라로 만드는 대열에 참여하려 했는데, 기회도 주지 않는 조국이 원망스러웠다.

경주로 올 때 나는 다산의 목민심서를 읽고 선한 목민관이 되어 보겠다고 생각했는데 처음부터 뜬구름 잡기였다. 첫 월급으로 하숙비 18,000원이 조금 넘는 21,000원을 받았다. 그날 경주에 사는 대학 친구가 한턱내라고 해서 성림장에서 밴드도 부르고 신나게 술을 마셨는데 월급이 다 날아갔다. 자식 노릇은커녕 내 앞을 가리기도 힘든 월급이었다.

세무서에는 소득세와 법인세를 부과하는 직세과와 주세와 소비세를 부과하는 간세과 그리고 세무사찰을 하는 조사과를 두어 고참 주사가 과장을 맡았고, 나는 내부 사무와 회계만 하는 총무과를 맡고 있었다. 세금을 매기는 직세과와 간세과와 조사과는 부과과로 불렀는데 그 직원들은 출장비와 고지서와 우표와 전화 요금까지 관련 비용은 모두 납세자로부터 직접 조달하여 지급하였다. 총무과는 그 비용을 예산으로 지급한 것으로 꾸며 매달 그렇게 만든 돈을 나누어 가졌는데 나에게는 매달 5,000원을 월급에 얹어 주었다. 처음에는 받을 수도 안 받을 수도 없어 난처했는데 그것을 받지 않으면 현실적으로 생활할 수 없었다. 더구나 월급의 하나로 생각하고 있는 다른 직원들에게 큰 짐을 지우는 일이라 관례대로 받았다. 설령 예산으로 출장비를 지급한다 해도 하루 출장비가 50원인데 자장면이 40원이었으니 교통비를 감안하면 실비와는 거리가 멀어 어차피 출장 가는 직원들은 스스로 비용을 조달해야 했다. 그렇게 조달하는 비용과 함께 계장과 과장 그리고 서장에 이르는 단계마다 도장 값으로 상납금도 만들어야 했다. 사실상 제도화된 조세청부업의 먹이사슬 구조는 강고하게 형성되어 있었다. 직원들의 월급은 어차피 하숙비 18,000원 아래였으니 처음부터 정직이나 합리와는 차원이 다른 세상이었다.

    우리의 국민소득은 1960년대 들어 겨우 100달러를 넘어 아프리카 가나 수준을 넘어섰지만, 부패는 민속으로 정착되어 있었다. 내가 경주에 온 그해 겨울, 세무서 앞에 있는 오뎅집에서 정종 대포를 마시며 서장은 나에게 공직자의 길에 대해 여러 얘기를 해 주었다. 그는 일제 강점기에 판임관으로 공직을 시작하여 내년에 정년을 맞는 사람이었다. 내가 그와 나눈 공직 부정의 진화과정에 관한 다음과 같은 대화는 너무 슬펐다.

"옛날에는 이렇지 않았어. 일제 때는 술 한 병 정도의 선물을 주고받았지. 월급으로 먹고 살 수 있었어. 뇌물이라고 말 할 수 없는 선물이었지. 해방 후 자유당 때는 닭 한 마리, 크게는 쌀 한 가마를 주고받았어. 그때까지는 현물을 주고받았는데 5·16 군사 혁명 후 봉투가 생겼어."

"왜 봉투가 생겼어요?"

"군사정부의 감시를 피하기 위해서지. 겉으로는 뇌물을 안 받는 척하고 뒤로 받는 거지. 세무서를 차지한 군인들이 시작했어. 논산훈련소에서 담뱃갑에 담배는 빼고 돈을 채워 주던 행태에서부터 생긴 것이라고들 했어."

"인사에도 봉투가 오간다고 들었습니다."

"그것도 예전엔 일부에서만 은밀히 돈이 오갔어. 요즘은 아예 공공연히 요구하고 가격까지 정해져 있지. 사실상 제도화 된 거지.

과장급의 경우 대구 가는 데는 50만 원, 서울 가는 데는 100만 원이라고 해. 재벌들이 모여 있는 S 세무서 법인세과장으로 가는 데는 300만 원을 바쳐야 한다나."

"그 큰돈을 어떻게 마련하지요? 그리고 누구에게 줘야 됩니까?"

"그게 능력이야. 어떤 친구는 빚을 내서 100만원을 마련하고 보자기에 싸서 서울로 갔는데 전달할 방법이 없었다고 해. 그래서 희망 자리를 적은 명함을 넣은 돈 보자기를 인사계장 집 담장 넘어 던졌다는 군. 그리고 그는 서울로 가게 되었고 본전을 뽑고도 남았다고 하더군. 강 과장도 여러 모로 잘해야 서울도 가고 청장도 되지."

꿈속의 대화 같았다. 나는 믿을 수 없었다. 서장은 달관한 사람의 허허로운 웃음을 지으며 정종 대폿잔을 단 번에 비웠다. 당시 대한주택공사가 서울 반포에서 분양한 25평 아파트가 120만 원이었는데 노른자위 법인세과장으로 가는 데는 아파트 두 채가 넘는 돈을 바쳐야 한다는 것이었다.

내가 어떻게 대구로 가고 서울로 갈 수 있는지 생각이 떠오르지 않았다. 세무서를 둘러싼 먹이사슬도 무서웠다. 세무서가 업자 특별히 양조업자 위에 있는 포식자라면, 그 위의 포식자는 바로 세무서 앞에 자리한 경찰서였고, 최상위 포식자는 공무원을 수사하고 구속하는 검찰청이었다. 세무서 주변을 도는 정보과 형사도 무서웠는데 세무서는 그들의 밥이었다.

해가 산을 넘어 그림자를 드리울 때 용담정을 내려왔다.

*

다음날 늦게 일어나 아침 식사를 한 다음 불국사로 갔다. 다보탑과 석가탑을 돌아보고 토함산을 걸어서 올라갔다. 석굴암에 갔을 때 해가 중천을 넘었다. 멀리 산 아래 문무왕 수중릉이 있는 동해를 바라보니 산 그림자가 내리고 있었다.

한 해가 안 되는 공직생활을 회상해 보았다.

지난해 늦은 가을 그해 1970년에 개통된 경부고속도로를 타고 경주에 왔다. 하숙비 정도인 첫 월급을 받고는 할머니와 어머니의 빨간색 내복을 사 드렸다. 벚꽃 핀 봄날에 아버지 어머니를 모시고 불국사를 구경시켜 드렸다. 그것이 내가 한 자식 노릇의 모두였다.

내가 경주에 간 다음 해 들어 정부는 생계급도 못 받는 공직자들의 기강을 바로잡고 부정부패를 뿌리 뽑겠다고 나섰다. 고속도로를 타고 수시로 대구에서 감사팀이 들이닥쳐 출근 시간, 공무원 배지 착용, 점심시간 준수까지 감찰하기 시작해 위반자는 시골 세무서로 좌천시켰다. 우리 세무서에서 몇 달 사이에 직원들 5명이 검찰에 잡혀갔다. 영천 금호강변에서 세무서 직원이 변사체로 발견되었는데 세금을 가혹하게 매겨 맞아 죽었다고 보도되어 설상가상이었다. 간세과장은 관내 탁주양조장으로부터 정기 상납을 받았다고 검찰에 구속되었는데 그가 상납 받은 돈으로 나와 술을 마셨다고 진술하는 바람에 나도 불려가 조사를 받았다. 양조장으로부터 상납 받은 돈으로 사무비를 쓰고 사무비 예산은 총무과가 나누어 쓰고 있는 것을 검찰이 알았다면 더 큰 문제가 될 뻔했다.

서산에 지는 해를 보며 토함산을 내려왔다.

*

다음날이 되어도 상부에서는 아무 연락이 없었다. 그 전날 내게 정 주사는 사표가 서울의 국세청 본청에 올라갔다고 했다. 나는 정한 데 없이 하숙집을 나섰다. 쪽새미를 옆으로 지나 미추왕능 길을 걸었다. 첨성대를 지나 계림을 걸어 반월성에 올랐다. 반달같이 휘어진 넓은 궁궐터를 둘러선 나무들은 단풍으로 물들기 시작했다. 남쪽 끝에서 반월성을 내려 남천 둑길을 걸었다. 한참을 가다가 내를 건너 남산 탑골로 들어섰다. 기슭을 올라 불상을 가득 새긴 큰 바위를 만났다. 돌부처를 바라보며 숨을 고르고 다시 산길을 올랐다.

　발아래 저 멀리 불국사가 보이는 넓고 편편한 바위에 올랐다. 바위에 앉아 눈을 감았다. 공직은 그 자체가 부정과 부패로 얽혀진 거대한 부조리의 세계였다. 그 속에서도 작은 정의를 실천하며 살아가는 것이 책임감 있는 길이라고 생각하여 견디고 왔지만 조세 청부업이라는 거대한 구조는 내 힘으로 어쩔 수 없었다. 내가 잘해 보려고 하는 작은 일들은 도도히 흐르는 강물에 물방울 하나 떨어뜨리는 것에 불과했다. 후배들에게 이런 부조리를 계속 넘겨주어야 하는 현실이 가슴 아팠다.

　햇살이 등 뒤 산마루를 넘어서고 그림자가 탑골을 덮었다. 자리에서 일어나 남산을 내려왔다. 옥룡암 앞을 지나다가 함께 고시를 공부하던 선배를 만났다. 다음 해 시험을 위해 지난달에 이곳에 왔다고 했다. 툇마루에 앉아 내가 사표를 냈다는 얘기를 하고 공무원으로 산다는 것 자체가 부조리라고 말했다. 나는 법당 처마 끝에 달린 풍경소리를 듣고 옥룡암에 머물고 싶다는 생각이 들었다. 허망한 마음을 달래고 싶었고 다른 길도 생각해 보고 싶었다. 당장 들어갈 수 있는 빈방이 있다는 말을 듣고 해 질 녘에 하숙집으로 돌아왔다.

　하숙집에 돌아오니 정 주사가 내가 올 때를 기다리고 있었다. 함께 나가 황오동 시장통 고깃집에서 소금구이를 먹으며 소주를 마셨다. 그날은 술값을 내가 냈다.

정 주사는 오륙구로 가서 한 잔 더 하자고 했다. 나는 몸도 마음도 지쳐 가고 싶지 않았지만 강제로 끌려 오륙구에 갔다. 그날 밤은 정 주사도 술을 별로 마시지 않았고 이 양도 길녀도 노래를 부르지 않았다.

정 주사는 영천이 고향이고 대구의 명문 K 고교를 나왔지만 집안 형편이 어려워 대학을 나오지 못했는데 일도 잘했고 인품도 준수했다. 그가 술에 취해 노래할 때는 삶의 서러움이 묻어났다. 대구 방직공장에 다니다가 벌이가 좋아 쪽새미로 왔다는 것 이외에 아무것도 말하지 않는 이 양의 웃음에는 깊게 잠긴 허무가 보였다. 국민학교 학력으로는 농사일 외에는 기댈 데가 없었고 아버지에게 닥친 암이라는 병마를 해결할 방도가 없어 오륙구에 왔다는 길녀는 언제나 슬퍼 보였다. 오륙구에서 말없이 막걸리를 마셨던 우리들은 바닷바람에 밀려오는 모래에 묻혀 빨간 봉우리만 내밀고 있는 해변의 해당화였다.

나는 혼자 젓가락 장단을 치며 '차라리 재가 되어 숨진다 해도 아아 너를 안고 가련다 불나비 사랑'하고 <불나비>를 나직하게 토해냈다. 우리들은 세무서가, 쪽새미가 불빛이라고 날아들었다가 불

쪽새미 애가

에 타 재가 되는 불나비가 되어갔다. 가난한 조국의 거부할 수 없는 현실에 순종할 수밖에 없는 우리들 정 주사와 이 양과 길녀와 나의 젊음은 시대의 아픔이었다. 구정물 먹고 마시고 토하며 살아가는 공직자들의 삶도, 가난의 멍에를 메고 허덕이는 민초들의 삶도 슬픈 노래였다.

왜 우리들은 쪽새미에서 애가를 불러야 했을까?

*

다음날인 토요일, 소식이 궁금하여 세무서에 나가봤으나 아무 소식이 없었다. 하숙집에 돌아와 짐을 트렁크에 담고 택시를 불러 옥룡암으로 갔다. 나는 법당 옆 사랑채에 있기로 했다. 햇살이 내리는 작은 툇마루가 있고, 앞에는 탑골에서 내려오는 개울이 흐르고, 건너는 소나무가 암자를 향해 드리워져 있었다.

방에 트렁크를 내려놓고 툇마루에 앉았다. 따스한 가을 햇살이 내리고 있었다.

단풍이 들고 있는 탑골 골짜기를 걸었다. 중턱에 올라 널따란 바위 위에 앉았다. 눈을 감고 명상을 했다.

어떻게 살아야 한단 말인가? 무엇을 어떻게 하라는 말인가? 공직자로 산다는 것 자체가 부정이었고, 집이 있다는 그것 자체가 부정 축재였다.

사표를 낸 차제에 그만둘까? 그런다고 세상은 달라질까?

어쩌란 말인가?

해가 금오산을 넘어갔다.

내 마음 깊은 곳에 조용한 울림이 들려왔다.

『내 영혼아 네가 어찌하여 낙심하며 어찌하여 내 속에서 불안해 하는가 너는 하나님께 소망을 두라 그가 나타나 도우심으로 말미암아 내 하나님을 여전히 찬송하리로다』

해거름이 써늘할 때 탑골로 내려왔다.

옥룡암에 다다랐을 때 행정계장과 정 주사가 툇마루에 앉아 있는 것이 보였다.

왜 왔을까? 무슨 소식이라도? 사표가 수리되었을까?

한동안 우두커니 서 있었다. 다리가 휘청거렸다. 사표를 내고 난 뒤로 흘러간 닷새 동안의 피로가 한꺼번에 몰려드는 것 같았다. 한 해도 채우지 못한 공직 생활의 고뇌와 피로가 몰려든 것일 수도 있었다. 어렵게 공부하며 열심히 달려왔던 학창시절의 피로까지 겹쳐서 몰려드는 것 같았다.

여기서 주저앉을 수는 없었다. 슬픔과 오류를 밟고서라도 전진해야만 했다.

쪽새미 애가는 그만 해야 했다.

나는 툇마루의 그들을 향해 천천히 발을 내디뎠다.

어둠이 내리고 풍경이 울렸다.

2022 겨울

단편 　　　　　　　　　세종로 블루스

창 아래 세종로의 은행나무 잎이 무성한 여름날 오후였다. 주말 내내 동료 직원들과 함께 밤이 늦도록 만든 보고서를 들고 내 방을 나섰다. 복도에서 엘리베이터를 기다리다가 다시 내 방에 돌아가 보고서를 책상 서랍에 넣어버렸다. 사직서만 양복 안주머니에 넣고는 다시 방을 나섰다. 3년이나 지난 일을 끄집어내서 문제 삼는 것은 시대의 아픔이라고 생각되었다. 어차피 제물로 삼겠다면 그럴 수밖에 없을 것이고 또 떠나는 마당에 그들에게 충성을 바칠 이유도 없었다.

재무부는 중앙청 앞 세종로 동쪽에 회색빛의 날렵한 8층 쌍둥이 건물 중 북쪽에 자리하고 있었다. 6·25전쟁 후 폐허가 된 세종로에 미국의 원조자금과 필리핀의 기술로 지은 것인데 남쪽 건물에는 미국 대사관이 들어 있었다. 내 방은 세종로가 내려다보이는 재무부 8층 서북쪽 끝 모서리에 있었다. 나는 청사를 나와 세종로를 걸어 올라가서 중앙청을 오른쪽으로 돌아 경복궁 동쪽 길을 걸었다. 청와대로 가는 돌담길은 고궁 높은 담장 아래 플라타너스 가로수가 가지런해서 언제나 청결하고 고담했다. 청와대 비서실에서 자료를 급히 요구하는 경우 택시가 안 잡히면 서류 봉투를 들고 뛰어가기도 하던 길이다. 지금 내가 가는 곳은 청와대를 지나 삼청동 골짜기 감사원 아래 자리 잡은 중앙교육연수원이다. 걷기에는 상당히 먼 거리였지만 오늘은 그냥 걸어가고 싶었다. 삼청동 길을 따라 국무총리 관저 옆을 지날 때는 오후의 태양이 내리쬐여 이마에 땀이 흘렀다.

지난해 부산에서 시작된 '부마사태'의 피바람은 박정희 대통령의 피살로 이어진 후 올해 광주에 몰아쳤고 서울로 올라와 관청에도 세차게 불었다. 그들은 직업공무원 사회를 통째로 흔들었는데 우리는 나뭇잎같이 그저 흔들렸다. 재무부에서도 많은 동료와 선배가 이유도 알려지지 않고 특별한 절차도 없이 그저 사무실을 떠났다. 그들이 공직사회를 혼돈으로 몰고 가는 이유는 무엇일까. 나는 왜 사표를 내야 할까. 이 생각 저 생각 하며 걷다가 삼청동 세거리에서 감사원 가는 길로 꺾어 들었다.

중앙교육연수원 정문에는 총을 멘 군인이 보초를 서고 있었다. 분위기는 삼엄했다. 수위실을 지키는 군인에게 공무원증을 주고는 출입증을 받아 가슴에 달고 텅빈 운동장을 걸었다. 화단에 수선화가 피어 있었다. 건물 중앙에 있는 현관에는 커다란 글씨로 내리쓴 '국가보위비상대책위원회'라는 나무 간판이 무겁게 걸려 있었다. '국보위'라고 불리며 거의 매일 뉴스에 나오는 간판이라 눈에 익었다. 나는 무엇을 보위하고 왜 비상인지 알 수 있는 자리에 있지 않아 무엇인가 살벌함을 느꼈다.

현관에 들어서 계단을 올라 통보받은 대로 3층 복도 서쪽 끝에 있는 방으로 갔다. '재무분과위원장'이라는 돌출 팻말 아래 달린 문으로 들어갔다. 대령 계급장을 단 군인이 나를 맞았다. 그는 군대식 말투로 자기를 보좌관이라고 소개하고는 내가 누구인지 확인한 다음 대기 의자에 앉으라 했다. 잠깐만 기다리라고 하고는 안쪽 문으로 들어갔다. 한참을 기다렸더니 그 대령이 나를 안으로 안내했다.

*

강의실로 쓰던 큰 방의 벽 쪽에 있는 책상으로 다가가 육군 소장인 재무분과위원장에게 인사를 했다. 나는 선 자세로 장군에게 나를 소개했다.

"재무부 세제국 간접세과장으로 부가가치세 도입을 담당했던 사람입니다."

장군이 회의용 탁자를 가리키며 앉으라고 했다. 예비군 훈련장에서 멀리 장군을 본 적은 있었지만 가까이 직접 만난 것은 처음이었다. 장군이 앉고 나는 그의 왼쪽에 창을 바라보고 앉았다. 보좌관 대령이 나를 마주 보고 앉았다. 장군의 얼굴에는 오랜 야전 생활이 빚은 구리색의 강인함이 배어있었고 녹갈색 군복의 어깨 위에 달린 두 별은 묵직하게 번쩍였다. 이렇게 가까이에서 별을 본 것은 처음이었다. 잎이 무성한 목련 나무가 창가에 다가와 있었다.

"보고 들어 봅시다."

장군의 목소리는 연병장에서 호령하는 장교의 구령 같았고 표정은 근엄했다.

"보고할 내용이 간단하여 보고서 없이 구두로 보고하겠습니다."

"간단하다니요?"

그는 고압적으로 말했다. 처음부터 방향이 빗나가는 것을 느꼈다. 비상계엄을 선포하고 삼권을 장악한 군인들이다. 모든 것이 자신들 손안에 있어서인지 원기가 넘쳐 보였다. 그들은 자기들 기준에 따라 언론사도 재벌기업도 마음대로 통폐합시키고, '불량배'를 삼청교육대에 잡아가 '순화'淨化시키고, '부정부패'와 '무사안일' 공무원을 '정화'淨化시키고 있었다. 시류를 타고 쏟아지는 투서에 따라 많은 공직자가 자기도 모르게 오물이 되어 정화되었다. 처가가 부자였던 어떤 국장은 어느 날 갑자기 짐을 싸서 나갔고, 형이 고위 권력층이었던 어떤 과장도 어딘가 불려 갔다가 돌아와 짐을 싸서 나갔는데, 아무도 정확한 이유를 몰랐다. 옆방 동료 과장은 과거 사귀던 여자와 헤어지고 다른 여자와 결혼했는데 옛 여자의 투서로 물러났다는 소문이 돌았다. 머리카락이 길다고 혹은 치마가 짧다고 잡아가던 유신 시대보다 더 살벌한 분위기였다. 언론도 그들 통제 아래 있어서 누가 왜 사라지는지 제대로 알지 못했다. 언제 목이 날아갈지 모르는 공포가 일상이었다.

"예! 간단합니다. '부가가치세법을 폐지한다.'는 한 줄의 개정안이면 됩니다."

나는 마음을 가다듬고 목소리를 낮게 깔고 대답했다. 내가 그렇게 말했을 때 그의 얼굴이 경직되었다. 그는 한참 동안 나를 쳐다보았다. 나는 호랑이 앞의 작은 생쥐가 되어 그의 눈을 초점 없이 바라보았다. 죽기 아니면 까무러치기가 아니라 이미 죽은 것과 같은 상태였기 때문에 아무것도 보이지 않았다. 사람은 막다른 골목에 이르면 처음엔 공포를 느끼다가 다음에는 체념에 이르고 그리고는 생명에 내재하는 마지막 용기를 불러내는 것 같았다. 그는 말없이 있다가 입을 열었다.

"부가가치세를 도입한 이유가 무엇이었습니까?"

"미군 철수에 따른 자주국방 재원을 마련하기 위해서였습니다. 아시는 바와 같이 자주국방을 위해 처음에는 방위성금을 받았고 이어서 방위세를 받았지만, 방위산업 육성을 위한 재원까지 마련하기에는 부족해 근본적인 대책으로 부가가치세를 도입하게 되었습니다."

나는 부가가치세 도입의 배경을 간단하게 대답했다.

"그런데 왜 국민이 반대하는 부가가치세를 도입하게 되었습니까?"

"부가가치세가 가장 좋은 제도라고 평가되었기 때문이었습니다."

"그래요? 그러면 부가가치세를 폐지하면 어떤 문제가 있어요?"

그는 나의 거침없는 대답에 무엇인가 이상하다고 생각하는 듯했다.

"예, 국방비 상당이 없어지는 상황이 됩니다. 아니면 같은 규모의 다른 정부 업무를 못 하게 되겠지요. 부가가치세 수입은 국방비보다 많습니다."

"그러면 간단한 문제가 아니지 않아요?"

"제가 지시받은 사항은 부가가치세 폐지가 결정되었으니 부가가치세 폐지 방안을 보고하라는 것이었습니다. 지난번 국보위 상임위원회에서 폐지를 결정할 때 관련된 문제에 대하여 검토했으리라고 생각했습니다. 사표를 제출하라는 지시에 따라 사표도 가지고 왔습니다."

나는 양복 오른쪽 안주머니에서 사직서가 든 봉투를 꺼내 탁자 위에 올려놓았다.

"아니 국방비 재원이 없어지다니, 그렇게 함부로 말해요?"

"예, 그렇습니다. 함부로 말해서 안 되지요. 폐지를 결정할 때 문제에 대한 검토가 없었습니까?"

장군은 말이 없었다. 나는 계속 말을 이었다.

"나라를 다스리는 데는 최소한 3대 행정이 필요하다고 합니다. 외부의 침략을 방어하는 국방행정, 내부의 도전을 제압하는 경찰행정, 그리고 그 비용을 조달하는 조세행정입니다. 국가 존립을 위한 최소한의 행정이지요. 다른 행정은 없어도 나라가 잘되느냐 못

되느냐의 문제에 국한되지만, 이 세 가지 행정은 국가가 존립할 수 있느냐 없느냐의 문제입니다. 그런데 이 3대 행정은 국민의 자유와 재산을 빼앗는 것을 본질로 한다는 점에서 '수탈 행정'이라고 불립니다. 그래서 가장 큰 세입을 올리는 부가가치세 폐지는 중대한 문제지요."

"문제는 부가가치세가 국민의 원성을 사서 각하께서 서거하신 10·26사태가 일어난 원인의 하나라는 것입니다. 원성이 높은 부가가치세는 폐지해 국민의 뜻을 받들어 주어야 한다는 것입니다."

그는 단호하게 말했다. 박정희 대통령이 중앙정보부장의 권총에 피살된 것은 미국 카터 대통령의 미군 철수를 내세운 '인권 외교'에 의한 유신체제 압박과 김영삼 신민당 당수의 국회의원 제명으로 일어난 '부마사태' 때문이라는 것은 다 아는 일이었다. 분개한 부산 시민이 부가가치세의 폐지를 주장하며 서부산세무서와 영도세무서를 방화하였는데 여당인 공화당의 고위당직자가 '부가가치세에 대한 불만이 대통령 서거의 요인이었다'고 말함으로써 부가가치세를 폐지해야 한다는 의견이 나오게 되었다. 그 후 국가보위비상대책위원회 상임위원회는 부가가치세의 폐지를 의결함과 동시에 부가가치세 도입을 추진한 사람들에 대한 정화작업을 추진하기에 이르렀다. 부가가치세 도입을 담당했던 국장과 차관보는 한직으로 밀려났고 그때 장관은 부정 혐의로 수사를 받게 되었는데 담당 과장이었던 나는 사표를 내게 된 것이었다.

"예, 부가가치세에 대해 국민의 원성이 있었지요. 원성은 세금이 잘 못 되어도 일어나지만 잘 되어도 일어납니다. 탈세가 어려우면 국민은 싫어합니다. 부가가치세는 인간이 고안한 조세 중 가장 탈세가 어렵다고 합니다. 미군의 철수에 대응한 자주국방을 위해서 세금을 성실히 내는 사람에게 더 받는 것보다 탈세하는 사람들에게 더 받아내는 것이 좋겠다는 대통령의 뜻에 따른 것입니다. 부가가치세는 당시 재정학에서 '인간이 만든 최선 최후의 조세'라고 불렸습니다. 탈세가 어려운 반면 공평하고 수출하는 기업에는 부담이 없는 최선의 제도로 평가되었기 때문에 유럽이 공통 세제로 채택하였습니다. 부가가치세는 자주국방 재원 조달에 가장 좋은 조세라고 판단하여 도입한 것입니다."

"그래요? 국민의 원성을 듣지 않고 세금을 거두는 다른 방안은 없다는 것입니까?"

그의 태도가 조금 바뀌는 것 같은 느낌이 왔다. 비서를 불러 커피를 가져오라고 했다. 커피가 들어오기까지 대화는 중지되었다. 나는 커피를 반 정도 마시고는 내친걸음대로 보고를 이어갔다. 나라에 대한 마지막 임무를 수행한다는 마음으로.

"국민의 원성을 듣지 않는 세금은 사실상 없지요. 자진해서 내고 싶은 대로 내게 하면 원성이야 없겠지요. 그러면 국가 유지는 어려워지겠지요. 미군 철수에 따른 자주국방을 위해 많은 국민이 방위성금을 자진하여 납부하였습니다. 이어서 방위세법을 만들어 다른 세금에 10%를 얹어 받았지요. 그런 방법은 탈세하지 않고 성실하게 세금을 내는 사람에게 더 받게 됨으로써 납세의 불공평을 더 심하게 만드는 결과가 되었습니다. 근본적인 대안으로 1977년에 부가가치세를 도입하게 되었습니다.

세금은 내고 싶은 사람만 내고, 법은 위반해도 감옥 가고 싶은 사람만 가게 하고, 군대는 죽어도 좋은 사람만 가게 한다면 원성이야 없앨 수 있겠지만 나라가 유지되겠습니까. 조세행정은 경찰행정과 국방행정과 같이 강제적이어야 하고 거부하는 사람은 공동체에서 떠나야 하는 것입니다. 국민의 원성은 불가피한 것입니다.

아침에 일어나서 수돗물을 마셔도, 차를 타고 출근을 해도, 점심때 밥을 먹어도 그 요금 속에는 여러 명목의 세금들이 포함되어 있지요. 월급날은 근로소득세를 내야하고, 재산을 쌓으면 재산세를 내다가 죽을 때 상속세를 내야 하지요. 사람은 세금과 죽음을 피할 수 없다고 합니다."

"원성이 불가피하다면 원성이 적은 세금을 도입하는 방법은 없었어요?"

장군의 목소리가 누그러진 것을 느꼈다. 그의 표정도 처음보다는 덜 적대적이었다. 나는 잠시 대답을 멈추었다. 그는 입맛을 쩍 다셨다. 미국에서 경제학 박사를 받았다는 보좌관 대령이 처음으로 입을 열었다.

"부가가치세 말고 다른 방법은 없을까요?"

나는 길게 숨을 쉬고는 차분히 말했다.

"신세新稅는 악세惡稅라는 격언이 있습니다. 세금은 불공평할 때 원성이 있고, 탈세가 어려울 때도 원성이 있지만, 새로운 세금도 싫어한다고 합니다. 어려운 과정을 거쳐 정착 단계인 부가가치세를 폐지하고 다른 세금을 도입하면 다시 새로운 원성을 들어야 합니다."

나의 대답에 보좌관 대령은 더 묻지 않았다. 나는 이어 말했다.

"원성을 없애는 방법은 사실상 없습니다. 황당한 말이지만 세금을 안 받거나, 내고 싶은 대로 내라고 하기 전에는."

장군의 표정이 조금 일그러졌다. 내친김에 계속 나갔다.

"인간이 공동체를 이루기 전에는 세금이 없었겠지요. 아파트에 살면서 관리비를 내지 않고 사는 방법이 있을까요?"

탁자 위에는 나의 사직서가 든 봉투만 댕그랗게 놓여있었다. 한동안 침묵이 흘렀다. 장군이 물었다,

"그러면 당초에 부가가치세는 누가 도입하자고 주장했습니까?"

"정부에서 처음 부가가치세 도입을 주장한 사람은 경제기획원 A 국장이었고 그에게 부가가치세를 소개한 사람은 독일에서 부가가치세를 공부한 S 대학 B 교수라고 들었습니다. 그들이 당시 부총리 겸 경제기획원 장관과 청와대 비서실장에게 자주국방을 위한 재원으로 부가가치세가 최선의 방안이라고 보고하여 시작된 거라고 했습니다."

장군은 혼잣말하듯이 무겁게 입을 뗐다.

"지금 국보위에 나와 있는 A 국장과 B 박사 말입니까?"

"예, 그렇습니다."

당시 국보위 상임위원회에는 미국에서 경제학 박사학위를 받고 경제기획원에서 모든 경제 정책의 기획을 맡고 있던 A 국장이 상임위원으로 파견 나가 있었고 B 교수는 전문위원으로 나가 있었다.

"그러면 폐지를 결정할 때 그들은 왜 문제를 제기하지 않았지?"

장군은 보좌관을 향해 혼잣말하듯 중얼거리더니 나에게 물었다.

"그러면 재무부는 어떤 입장이었습니까?"

"신중한 입장이었습니다. 재무장관은 청와대 경제수석으로 있을 때부터 신세는 악세라는 격언에 따라 신중한 입장이었다고 합니다. 도입한다고 하더라도 유럽에서도 3년 정도의 작업을 거쳤으니 우리도 3년의 준비기간은 필요하다는 입장이었다고 합니다. 그러나 당시 대통령이 가능하면 빨리 도입하기로 결정하고 그를 재무장관으로 보내게 되었습니다. 그래서 그가 철저한 준비와 함께 모든 작업을 진두지휘하게 되었던 것입니다."

청와대 K 경제수석이 재무장관으로 와서, C 세제국장을 팀장으로, 부가가치세 도입에 적극적인 경제기획원 A 국장과 부가가치세를 처음 소개한 B 교수 그리고 우리 방 C 국제조세과장을 실무책임자로 한 <유럽 부가가치세 시찰팀>이 만들어졌고, 영국, 독일과 프랑스를 시찰하게 되었다. 그 결과 제출된 출장보고서를 토대로 최초의 부가가치세 도입방안이 마련되었다. 이때 A 국장과 B 교수는 출장보고서와 함께 A4 용지 두 장에 9개 조문으로 된 부가가치세법의 대강을 만들어 우리 방에 보내며 6개월 준비하여 도입하자는 입장이었다. 당시 부총리 겸 경제기획원 장관도 그들과 같은 입장이었다. C 과장과 그 아래 사무관으로 일했던 나는 해외 시찰팀의 보고서를 토대로 대통령에게 보고하기 위해서 작은 병풍식 차트로 된 보고서 『부가가치세 도입방안』을 만들었다. 장관은 이렇게 최초로 만들어진 공식 문서를 대통령에게 보고하였는데, 보고서는 '熙' 자로 된 대통령의 사인 아래 '1975.10.15.'이라는 날짜가 뚜렷이 적혀 내려왔다. 장관은 이 보고서를 C 과장과 나를 불러 내려주면서 '두 박사가 문제야. 백면서생이 무얼 안다고. 학자는 자기주장을 하면 끝이지만 행정은 책임을 져야 해. 국민도 받아들여야 하고. 그 친구들 당장 내년에 하자고 야단이었는데 겨우 대통령을 설득해서 지금부터 준비 작업을 해서 내년에 입법하고 내내년 7월에 시행하기로 했으니 앞으로 잘해보자'라고 말했다.

"그러면 재무장관이 처음부터 주도하여 도입한 것이 아니라는 말입니까?"

"물론 담당 장관이니까 도입을 주도했지요. 부가가치세를 입법할 때부터 기업의 반대가 많았는데 1977년 7월 1일 시행을 앞두고는 전국적으로 반대가 더욱 심해지자 부총리와 다른 경제 장관들 모두 물가상승이 우려된다는 이유를 들어 실시를 연기하자고 했습니다. 그러나 재무장관은 법이 통과되었고 부가가치세는 종래와 달리 원자재에 대한 세금을 공제함으로써 세금 위에 또 세금을 매기지 않기 때문에 오히려 물가하락 요인이 있다는 논리를 들면서 문제없다고 주장했습니다. 이에 따라 대통령은 자주국방과 방위산업 육성을 위한 재원 마련을 위해 부가가치세 도입은 불가피하다는 결단을 내린 것입니다. 그 과정에서 모두가 반대하는데 K 재무장관이 부가가치세를 밀어붙였다는 말이 나오기는 했습니다."

나는 실무 사무관으로 외국 조세제도를 조사 연구하는 일을 맡고 있었는데, 독일, 프랑스와 영국의 부가가치세 즉 Value-added Tax 관련 자료를 번역하다가 부가가치세를 가장 잘 아는 사람이 되어 얼떨결에 부가가치세 작업을 맡게 되었다. 그러다가 과장으로 승진하여서도 그 업무를 계속 맡게 되었다, 1975년에 준비 작업을 하고 1976년 법안을 국회에서 통과시키고 1977년 7월 1일부터 시행하기로 짜인 일정에 따라 밤낮도 주말도 없이 일했다. 한국은행 조사부와 함께 국민소득계정을 분석하여 몇 퍼센트의 부가가치세를 도입하면 없어지는 과거 간접세 세입을 확보할 수 있는지를 검토한 다음 국제통화기금(IMF) 재정국과 협의하였다. 1년의 작업을 거쳐 영업세, 물품세, 직물류세, 석유류세, 전기가스세, 통행세, 입장세, 유흥음식세 등 8개 간접세를 10% 세율의 부가가치세 하나로 통합하는 혁신적인 안을 만들게 되었다. 이렇게 마련된 법안은 야당과 경제계의 강한 반대가 있었지만 1976년 정기국회에서 통과되었다. 10%의 부가가치세가 시행된다고 해서 단순히 물가가 10% 올라가는 것은 아니다. 과거 원자재에 매기던 영업세, 물품세, 석유류세 등 8개의 간접세를 폐지하고 10%의 부가가치세를 매기는 것이기 때문에 논리적으로 전체 물가상승은 없지만, 현실적으로 상품에 따라 올라갈 것은 올라가고 내려갈 게 안 내려가는 문제가 있었다. 실제로 유럽에서도 내려갈 것도 따라 올라가는 물가의 편승 인상이 문제가 되었다. 이에 대처하기 위하여 국세청 정예 조사요원 100명을 동원하여 300여 개 주요한 상품의 원가와 간접세 부담을 분석하고 10% 부가가치세를 매길 때의 가격변동을 품목별로 예측하였다. 이렇게 하여 「주요 품목 가격변동표」를 준비하고 시행에 앞서 납세의무자들을 지도하는 물가안정 대책도 마련하게 되었다.

시행일이 다가오자 부가가치세가 탈세하기 어려운 세금이라는 것을 알게 된 전국의 모든 경제단체가 4월부터 본격적으로 반대하기 시작했다. 전국경제인연합회와 대한상공회의소와 중소기업중앙회는 물가상승을 명분으로 내세워 연기라도 하자고 주장하게 되면서 국면은 어렵게 돌아갔다. 부총리와 상공부 장관과 농수산부 장관 건설부 장관 등 경제장관 모두가 경제계에 동조하기 시작했다.

시행을 한 달여 앞둔 5월 재무부와 같은 청사에 있는 경제기획원 5층의 부총리실 옆방, 푸른 응접의자가 놓인 녹실에서 부가가치세 시행 여부를 결정할 마지막 회의를 하게 되었다. 상공부 장관과 농수산부 장관이 앞장서 물가상승을 우려하며 시행을 연기하자고 주장했고 처음에 조기 도입을 주장하던 부총리는 세입 차질과 민심 이반까지 우려된다면서 시행 연기에 동조하고 나섰다. 우리 장관은 부가가치세는 본질적으로 물가에 중립적이고 가격의 편승 인상은 행정지도로 막겠다고 주장했지만 설득되지 않았다. 조기 도입을 주장하던 A 국장도 배석하였지만 평소 주요 안건에 실무적 견해를 밝히던 것과 달리 말이 없었다. 장관은 물 잔으로 탁자를 치면서 '내가 신중하게 추진하자고 할 때 내년에 당장 하자고 주장하던 부총리가 이럴 수가 있어요? 사람을 나무에 올려놓고 흔드는 거요? 내가 대통령에게 직접 가서 담판 지을 테니 대통령의 결정에 따릅시다.'라고 강력히 주장하고는 회의를 끝내게 되었다. 회의에 배석했던 나는 장관을 따라 회의장을 나왔다.

7층 재무장관실로 돌아와서도 화를 삭이지 못한 장관은 나에게 부가가치세를 시행할 때 물가가 어떻게 변동되는가와 행정지도 방안을 다섯 페이지 정도의 보고서로 만들라고 지시했다. 준비한 「주요 품목 가격변동표」와 함께 내일 대통령에게 보고하겠다고 했다.

장관은 다음날 내가 만든 보고서를 대통령에게 보고하고 돌아와 "잘됐어! 각하께서 예정대로 7월 1일 시행하라고 하셨어. 국민의 반대가 많아 민심은 우려된다고 했더니 각하는 정치는 내가 걱정하니 장관은 경제나 챙기라고 하시면서, 자주국방과 방위산업 육성을 위한 재원을 마련하는 데 최선의 방안이라면 물가상승 억제에 만전을 기하면서 시행하라고 하셨어. 나는 자신 있다고 했지. 어이, 물가도 세입도 자신 있지?"라고 나에게 다짐하며 의기양양해 했다. 박정희 대통령은 미국 카터 대통령이 유신체제를 문제 삼아 미군 철수를 제기했을 때 가장 큰 정치적 위기를 맞았다. 미군 철수에 대비해 국방 전력을 증강시키고 방위산업을 육성하기 위해서는 GDP의 3%에 미치지 못하는 국방비를 5%로 올리는 것이 절체절명의 과제였기 때문에 부가가치세 도입은 대통령의 최대 관심사였다. 당시 영업세, 물품세, 석유류세 등 8개의 간접세가 서로 얽혀 복잡했고 탈세도 만연해 매년 연말이면 세입이 모자랐고, 12월에 가서 부족한 세금은 내년 세금에서 미리 당겨 받는 조상징수早上徵收라는 편법으로 재정을 꾸려가고 있었다. 각종 간접세가 부가가치세 하나로 통합되어 모든 매출과 함께 원자재의 매입이 다 세무서에 보고되고 컴퓨터로 처리되는 것이 납세자에게는 큰 족쇄였다. 특히 지방의 양조업자 등 여당인 공화당을 지지하는 지방 토호 세력들이 탈세가 어렵다는 이유로 반대하고 나섰다.

    부가가치세 작업을 하는 과정에서 장관이 여러 번 세입과 물가에 문제가 없겠느냐고 물었을 때 최일선에서 싸우는 과장으로서 자신감을 보여야 했다. 누구도 장담할 수 없는 일이었기 때문에 내심으로는 걱정이 되어 밤낮을 가리지 않고 준비했다. 시행 첫해인 1977년이 지났을 때 세입과 물가는 기적같이 우리가 예상한 대로 나왔다. 이 결과를 보고받은 장관은 '어이, 너 말이야, 세입이 모자라면 네게 물어내라고 하려 했어. 물가도 잘됐지만, 세입이 예측대로 나온 게 기적이야. 솔직히 나도 걱정 많이 했어'하며 크게 기뻐했다. 그날 저녁 장관은 부가가치세 도입을 위해 수고한 사무관과 주사 그리고 여직원까지 전원을 불러 재무부 청사 뒤 청진동에서 저녁을 사 주었다. 그 후 세입은 매년 예산보다 초과 징수되는 놀라운 성과를 이루어 세금을 앞당겨 받는 조상징수는 사라졌다. 만성적인 재정적자가 해결됨으로써 우리는 IMF 회원국 중 가장 튼튼한 재정 제도를 확립하게 되었다. 그러나 세상이 바뀌자 내가 장관 앞에서 보인 담당자로서의 자신감과 장관이 사 주는 격려의 식사가 대통령도 장관도 반대하는 부가가치세를 과장이 나서 무리하게 밀어붙였다는 책임 추궁의 빌미가 되었고 오늘 사표를 들고 오게 된 계기가 되었다. 튼튼한 재정에 대해 누구도 말이 없었다.

장군은 한참을 생각하다가 보좌관 대령에게 말했다.

"어떻게 된 거야? 장관이 과장을 데리고 모두가 반대하는 것을 무리하게 추진했다는 정보는 문제 있는 거 아니야?"

김 대령은 말이 없었다. 장군은 나에게 다시 물었다.

"재무장관이 처음부터 주도한 것이 아니라는 말이지요? 그리고 장관도 대통령도 반대하는데 담당 과장이 앞장섰다는 것도 사실이 아니고요?"

"물론 제가 반대 여론에 부딪혔을 때 준비를 철저히 하였으니 문제없다고 말했고 장관과 청와대에도 그렇게 보고했지요. 또 반대 여론을 진정시키기 위해 전국 상공회의소를 돌며 설명도 했습니다. 이것을 두고 장관과 대통령이 반대하는데도 제가 앞장섰다는 말이 나온 것 같습니다. 제가 실무를 담당한 과장으로서 자신감을 보이고 노력을 했던 것은 사실입니다. 그러나 과장이 어떻게 대통령도 장관도 반대하는 일을 추진할 수 있었겠습니까? 정말 그랬다면 내일 그만두어도 공직자로서 영광이라 생각합니다. 세상이 바뀌어 책임 문제가 나오니 그렇게 된 게 아닐까요? 부가가치세 도입으로 많은 사람이 훈장을 받았지만 저는 못 받았습니다."

해야 할 말은 다 했다. 조국에 대한 마지막 봉사로 생각하고. 장관부터 여직원까지 모두를 대신하여.

"........."

나는 창 너머 하늘을 바라보았다. 부가가치세 도입을 위해 주말도 밤낮도 없이 일한 세월을 생각했다. 영국에서는 250명의 태스크 포스가 3년을 일해 도입했고, 일본은 우리보다 3년 먼저 시작했지만 아직 준비 중인데…, 우리는 사무관 한 명, 주사 세 명, 여직원 한 명, 그리고 나까지 5명이 해냈다. 어쩌다 밤 9시 전에 일이 끝나면 청진동 빈대떡집에 가서 막걸리를 마시며 영국 공무원 250명이 한 일을 우리는 5명이 1당 50으로 한다고 자부와 자조가 섞인 말을 하며 일했는데, 이제 책임을 지고 사표를 내게 되었으니 허망했다.

장군은 혼잣말로 되뇌었다.

"장관 구속은 문제 있는 거 아니야?"

내가 모를 말을 장군이 했다. 국장도 차관보도 이미 한직으로 밀려났고 부가가치세를 도입한 다음 해에 물러난 장관도 수사받는 상황이었다. 무서운 일들이 진행되고 있다는 감이 왔다. 장관이 구속되는가. 그렇게 나라를 위해 헌신하고 청렴했던 장관이. 언론사도 재벌기업도 마음대로 통폐합하는 그들이 무엇인들 못 하랴. 나는 마음이 어지러웠다.

장군은 깊은 생각에 잠기는 듯했다. 아무도 말이 없었다. 그의 표정은 내가 방을 들어올 때의 근엄했던 표정이 아니었다. 무언가 고민으로 일그러진 얼굴이었다.

장군은 보고를 끝내자고 했다. 나도 더 할 말이 없었다.

나는 사표를 탁자 위에 두고 일어나 장군의 방을 걸어 나왔다. 뒤에서 대령에게 A 상임위원과 B 전문위원을 부르라고 하는 장군의 목소리가 들렸다.

내가 긴 복도를 걸어서 아래층으로 내려가는 계단 앞에 왔을 때 복도 저쪽에서 업무수첩을 들고 이쪽으로 오는 A 상임위원을 보았고 현관을 나설 때 운동장 저 끝 별관에서 걸어오는 B 전문위원을 보았다.

현관을 나와서 총을 든 군인들 앞을 지날 때 나의 존재가 왜소함을 느꼈다.

*

연수원 문밖으로 나온 나는 삼청동 길에 들어섰다. 내가 열정을 바친 3년의 수고가 징계의 대상이 되었다는 사실에 허망함을 지울 수 없었다. 그들이 차지한 조국은 내가 충성을 바친 조국과 다르다는 생각이 들었다.

사무실로 가고 싶지 않았다. 발길을 삼청공원으로 돌렸다. 북악산 그림자가 나무들 무성한 삼청동 골짜기를 덮고 있었다. 개울 위 다리를 건너 소나무 우거진 공터로 갔다. 예비군 훈련 때면 오던 낯익은 곳이었다. 소나무 아래 바위에 앉았다.

그들은 스스로 차지한 권력의 칼을 마구 휘둘렀다. 주권자인 국민 누구도 그들에게 그런 칼을 주지 않았다. 오래전부터 군인들은 누구도 주지 않은 권력을 스스로 차지하였고 계속 새로운 명분을 내세우며 권력은 연장되고 전제화 되었다. 지난해에는 그들끼리 총질로 보스를 살해했고 그들끼리 싸움으로 상사와 동료를 축출한 후 소장파들이 권력을 잡았다. 그들의 눈에 거슬리는 사람은 몰아내고 공직자는 오물처럼 정화 시켰는데, 시류를 타고 살아가는 사람들은 때를 만난 듯 등장하였다. 부풀리거나 거짓을 섞은 정보들은 경쟁자나 구원을 가진 자를 제거하는 도구가 되었다. '사회정화'라는 이름으로 청소되어가는 우리는 소리 없이 스러져갔다. 군인이 국방을 버리고 정치를 하며 부가가치세 폐지를 결정하고 공무원을 청소하는 것은 시대의 패륜이라는 생각이 들었다.

그들의 편에 선 A와 B 두 사람을 생각했다. 부가가치세 폐지를 결정할 때 그들은 어떤 역할을 했을까? 부가가치세를 도입한 장관이 수사받을 때 그들은 무슨 생각을 했을까? 맡은 일을 열심히 수행한 과장이 사표를 쓰는 데 대해 그들의 역할은 무엇이었을까? 시류를 타고 강자에 동조하여 피바람 부는 권력의 잔치에 참여하는 그들의 행태는 시대의 비극이라는 생각이 들었다.

역사는 승자들이 기록한다. 민중은 패자들에게 돌을 던지고 피흘림에 환호한다. 나라를 위해 진정으로 일한 사람이 파직당하고 감옥서 슬프게 삶을 마감하는 모순이 역사에는 많았다. 그렇다고 강자들이 진정한 승자가 될 수 있을까?

구름이 몰려오더니 바람이 불어왔다. 시간이 많이 흘렀다. 삼청공원에 산 그림자가 짙게 깔렸을 때 나는 공원을 나왔다. 삼청동 길을 힘없이 걸어 총리 공관을 지났다. 경복궁을 돌아 세종로에 들어섰을 때는 자동차의 헤드라이트가 켜지고 퇴근하는 사람들의 발걸음도 바빴다.

재무부 청사 8층 세제국으로 올라갔다. 보통 때 같으면 밤늦도록 일하는 것이 보통인데 '정화'의 바람이 몰아치는 공직 세상은 일손을 놓고 모두 퇴근하고 없었다. 우리 국도 모두가 퇴근했고 내 옆방에서 두 직원이 바둑을 두고 있었다.

내 방에 들어갔다. 책상 위 석간신문에 K 전 재무장관이 구속되었다는 뉴스가 일면 톱으로 실렸다. 재벌들에게 은행 대출을 알선해 주고 거액의 뇌물을 받았다는 것이다. 아까 장군이 혼자 중얼거리듯이 장관 구속이 문제가 있는 것 아니야 하던 말이 생각났다. 당시 재무부 이재국이 은행 대출에 대한 전반적인 지휘 감독을 하고 있었으니 대기업의 거액 대출은 어쩌면 모두 장관이 알선했다고 볼 수도 있을 것이라는 생각이 들었다. 명절이면 돈 봉투를 주고받는 것이 민속화 된 공직사회에서 선물과 뇌물의 한계는 불분명했다. 안 잡히면 선물이고 잡히면 뇌물인 게 공직사회의 일상이었다. 생계를 유지하기도 힘든 월급을 받으며 공무원이 살아간다는 것 자체가 부정의 반증이었다. 자식을 대학에 보내고, 집을 가지고 있다면 그것이 뇌물의 확실한 물증이었다. 맡은 권한을 활용하여 축재하는 공직자들 때문에 대부분의 공직자가 민중의 지탄을 받았다. 그렇게 구정물 마시고 토하는 공직자들의 길은 항상 외롭고 위험했다. 성실히 일하고 정직하게 사는 공직자에게 '조국'은 어둠을 밝히는 등불이었고 하나의 신앙이었다. 그리고 공직 그 자체가 '시대의 아픔'이라는 생각을 지울 수 없었다.

어찌해야 하나? 내일 사무실로 나오는 것도 그렇고 나오지 않는 것도 그렇고. 나라에 헌신하며 청렴하다고 평가받던 장관도 정화 대상이 되었다는 것이 가슴 아팠다. 나는 존경했고 그는 나를 아꼈는데. 국장과 차관보는 이미 밀려났고 많은 동료가 이미 정화되었기 때문에 나도 정화의 대열을 벗어나기 힘들 것이라는 생각이 들었다.

그래 집으로 가자. 내가 충성을 바친 조국과 그들의 조국은 다르다.

업무일지가 적힌 수첩을 챙기고 내가 심혈을 기울여 볼펜으로 눌러 쓴 부가가치세법 초안과 영국의 부가가치세에 관한 귀중한 자료는 특별히 챙겼다. 대한민국 국장國章이 찍힌 대통령의 임명장을 챙기고 월급이 입금되는 통장도 챙겼다. 마지막으로 기억하고 싶은 자료 몇 가지를 챙겨 보자기에 쌌다. 나머지 개인 물건들과 책들은 나중에 직원들에게 보내 달라고 하기로 했다.

회전의자에 앉았다. 대학을 졸업하고 행정고시를 거쳐 신라의 고도 경주에서 공무원을 시작한 지 10년이 채 안 되는 공직생활이었다. 재무부로 와서 보낸, 밤낮도 주말도 없었던 날들이 주마등처럼 스쳐 갔다. 아프리카보다 가난한 나라를 잘 사는 나라로 만들기 위해 일한 날들. 청진동 골목의 빈대떡에 막걸리를 마시며 토하며 나누던 나라 걱정. 선진국을 따라가기 위해, 일본에 더 당하지 않기 위해, 그들이 놀 때 일해야 했고, 250명이 한 일을 우리는 5명이 한다며 호기롭게 부딪쳤던 막걸릿잔들. 부가가치세법을 만든다고 추석날도 설날도 일했던 1976년!

열정과 꿈은 부서졌다. 내일 출근하지 말자. 그들의 조국과 돌아서자.

재무부 청사를 나섰다. 세종로에는 바람이 불고 밤비가 내리고 있었다. 사무실로 돌아가서 우산을 가지고 올까 생각하다가 그냥 비를 맞고 가기로 했다. 되돌아가고 싶지 않았다. 늦은 시간인데도 미국 대사관에는 불이 환하게 켜져 있었다. 광화문 네거리에 내리는 빗살이 불빛에 흩날렸다.

밤비가 두 뺨을 때렸다. 비를 맞으며 세종로를 홀로 걸었다. 마음이 울적했다.

아아! 나의 조국이여!

2023 가을

엽편

케네디공항의 해프닝

토요일 이른 아침 테너플라이 집을 나섰다. 허드슨 강변 팰리세이즈 파크웨이를 달려 조지 워싱턴 브리지를 건넜다. 뉴저지 포트리와 뉴욕 맨해튼을 잇는 2층 현수교는 위층 왕복 8차선, 아래층 왕복 6차선 총 14차선으로 된 다리인데 미국에서 아름답기로 유명하지만 통행량도 엄청나다. 오늘은 주말 아침이라 한적하여 내 차는 쌩쌩 달렸다. 다리를 지나 맨해튼에 들어 양키 스타디움이 보이는 할렘 강변길을 달리다가 트라이보로 브리지(지금은 로버트 케네디 브리지)로 건너가 톨게이트에서 2달러짜리 토큰 하나를 던지고 썩 지났다. 트라이보로 브리지는 맨해튼, 브롱스와 퀸스 3개 보로 즉 구가 연결되는 다리라는 뜻인데 평소 톨게이트를 통과하려면 길게 줄을 서야 하지만 오늘은 한산했다. 다리를 지나 케네디 공항으로 연결되는 그랜드센트럴 파크웨이에 들어갔다. 왼쪽으로 국내선이 취항하는 라과디아 공항을 지나 뉴욕 메츠의 홈구장인 셰이 스타디움(지금은 시티 필드)을 오른쪽에 두고 달렸다. 다시 밴위크 익스프레스웨이로 갈아타고 롱아일랜드섬을 가로질러 존 F 케네디 국제공항으로 갔다. 뉴욕 재무관으로 오면 300번 정도는 트라이보로 브리지를 건너야 귀국한다는데 벌써 200번 정도 지났던 것 같다. UN 본부가 있어 세계의 수도라고 불리는 세계 최대의 도시인 뉴욕은 서울에서 출장 오는 사람도 많고 통과하는 사람도 많아 보통 한 달에 두세 번은 공항에 손님 영접을 나가는데 요즘은 한 주에 두세 번도 나가니 눈을 감고도 공항에 갈 수 있을 정도가 되었다. 뉴저지 테너플라이 우리 집에서 케네디 공항까지는 보통은 1시간 15분 정도 걸리는데 오늘은 주말 아침인지라 40여 분 만에 케네디 공항에 도착했다.

　케네디 공항은 대서양을 3시간여 만에 횡단하는 초음속여객기 콩코드(1976년부터 케네디 공항에 취항하였는데 속도는 보통 비행기보다 배 정도 빨랐지만 경제성이 없어 2003년 퇴역)가 유일하게 취항하는 세계 최대 공항인데, 가운데 거대한 주차장을 두고 원형으로 도는 도로를 따라, 터미널1에서 터미널8까지 나누어져 있다. 출입구가 많아 주의를 기울이지 않으면 엉뚱한 터미널로 가기 때문에 나는 조심해서 대한항공이 도착하는 터미널4 주차장에 들어갔다. 나중 캐리어를 끌고 와야 하는 것을 생각해 터미널4 입구에 가까운 곳을 찾아 차를 세웠다. 나는 터미널4에 들어가 먼저 공항사무소에서 입국장에 특별히 들어갈 수 있는 외교관 패스를 받았다. 보통은 도착시간 9시보다 1시간쯤 전에 오는데 오늘은 차가 빨리 달려 1시간 반이나 빨리 왔다. 엄청난 규모의 공항에 입국하고 마천루 빌딩이 즐비한 맨해튼의 호텔에 투숙하는 일은 첫 길의 여행객에게는 어려운 일이기 때문에 서울에서 재무부 사람들이 출장을 오거나 지나갈 때는 항상 공항에 영접을 나간다. 비행기 도착시간이 들쭉날쭉하여서 보통은 1시간 전 도착을 목표로 온다. 길이 막혀 15분 정도 여유를 두고 공항에 도착하는 때도 있는데 이럴 때는 차를 주차장에 세우고 100여 미터를 뛰기도 하고, 빠르게 올 때는 1시간 넘게 일찍 도착해 넓은 홀 구석에 있는 카페에서 커피를 마시기도 한다. 오늘은 비행기가 예정보다 30분 일찍 도착한다고 표시되어 있어서 마시던 커피를 두고 입국장에 들어갔디.

    VIP가 올 때는 입국장 입국심사선까지 가는데 오늘은 나와 동급인 국장과 실무자들이 오기 때문에 짐을 찾는 관세선까지 나갔다. 재무부 H 관세국장과 K 과장 그리고 L 사무관이 남미 우루과이에서 열리는 우루과이 라운드(종래의 GATT 즉 관세 및 무역에 관한 일반협정을 개편하여 WTO 즉 세계무역기구를 설립하기 위한 회의)에 가는 길에 뉴욕을 경유하는 것이었다. 넓은 관세 구역에는 아직 수하물이 나오는 벨트가 멈추어 있었다. 저 안쪽 입국심사선 너머에는 사람들이 줄을 길게 서 있는 것이 보였다. 미국은 국력만큼이나 입국심사가 엄격하고 고압적이기로 소문이 나 있어 항상 저렇게 줄이 길다. 세계에서 많은 사람이 미국에 들어오려고 하고 불법 체류하는 경우가 많으니 그럴 수밖에 없을 것이다.

가장 먼저 뉴욕한국문화원 P 원장이 정장에 넥타이를 맨 여러 사람과 함께 입국심사를 마치고 들어오고 있었다. 한 달 전에 대통령 동서인 실세 K 국회의원이 뉴욕에 온다고 뉴욕 총영사관에서 영접 회의가 있었는데 그 실세 K 의원이라는 생각이 들었다. 워싱턴 주미대사관 소속 재무관(세계 금융의 중심 월스트리트가 뉴욕에 있어 재무관은 뉴욕에 주재)인 나는 보통 총영사관 회의에 참석하지 않으나 대통령이 방문할 때는 주UN 대표부와 한국문화원과 함께 영접 준비 회의에 참석하는데 이번에는 이례적으로 K 의원이 온다고 영접 준비 회의를 하였다. 보통의 경우 장관이 오는 경우도 소관별로 총영사관이나 문화원 또는 재무관이 알아서 공항 영접을 하고 국회의원의 경우 총영사관에서 영접한다. K 의원의 경우는 국회 문화공보위원회 소속이라 P 원장은 서울 문화공보부로부터 영접에 관한 특별한 연락을 받았다고 내게 말한 적이 있었다. 아까 내가 터미널에 들어올 때 P 원장이 뛰는 걸음으로 입국장으로 들어가는 것을 보았는데 지금 가장 먼저 나오는 것이었다. 공항에서 정장에 넥타이를 매고 뛰는 사람은 우리와 일본 외교관인데 가끔 서로를 보며 아는 체하고는 눈인사한다.

회전 벨트에 수화물이 떨어지기 시작할 무렵 재무부 우루과이 라운드 협상팀이 들어왔다. H 관세국장과 일행 2명을 만나 수하물을 찾고 입구 쪽으로 나갈 때 C 유엔대사가 숨을 몰아쉬면 급한 걸음으로 들어오고 있었다.

"누구 영접 나오셨어요?"

나는 인사부터 하고 물었다.

"P 원장 보았어요?"

"예, 조금 전 손님들 모시고 나갔는데요."

"지금이 9시인데 어떻게 된 거야?"

"비행기가 30분 정도 일찍 도착하였다고 합니다."

C 대사는 낭패당한 얼굴을 하였다. 대사는 시계를 보더니 혼자말로 '내가 늦었나'라고 중얼거렸다. 서울서 오는 대한항공 비행기

는 예정 시간보다 늦게 도착하는 것이 보통인데 오늘은 일찍 온 것이 문제였던 것 같았다. C 대사는 황급히 출구로 되돌아 나갔다.

우리 일행이 짐을 찾아 출구로 나오고 있을 때 몸집이 비만한 K 총영사가 뒤뚱거리며 빠른 걸음으로 입국장으로 들어오고 있었다. 내가 인사를 하자 땀방울이 솟은 얼굴로 나에게 물었다.

"P 원장 보았어요?"

"예, 조금 전에 서울서 온 손님들과 나갔습니다. 모르겠습니다만 그 대통령 동서 K 의원 같았습니다."

"뭐 이런 친구가 있어! 말도 없이 혼자서."

K 총영사는 뛰듯이 뒤뚱거리며 출구로 황급히 나갔다. 나는 K 영사의 모습을 보며 그가 VIP 영접 회의 때마다 공항 영접은 출장 오는 공직자가 출장 목적을 달성하도록 도와주는 일이기 때문에 외교관의 주요 임무라고 강조하던 것이 생각났다.

나는 재무부 관세국 사람들의 짐을 찾아 입국장 출구로 나왔다. 주차장에서 짐을 싣고 맨해튼으로 향했다.

"차가 좋아 보이네요."

H 관세국장이 말을 건넸다.

"예, 캐딜락 다음 등급인 뷰익 파크애비뉴입니다."

"지금 호텔로 들어가는 대로 잠부터 자고, 저녁에 타임스퀘어에서 뮤지컬 '캐츠'를 볼 수 있을까요? 미리 얘기하려다 괜히 수고 끼칠 것 같아 말 안 했어요."

"구해볼게요. 시티뱅크 코리아 데스크에 얘기하면 가능할 것 같아요."

뉴욕의 큰 은행은 고객 접대용으로 프로 야구나 유명 뮤지컬 좌석을 1년 단위로 예매하여 두고 있어 당일에도 남는 표가 있는 경우가 있었다.

"안되면 그만둬요. 브로드웨이에 가서 야경이나 구경하고 햄버거나 먹지."

"아마 가능할 겁니다."

이야기하는 중에 라과디아 공항을 지나고, 트라이보로 브릿지를 통과하여 맨해튼으로 접어들었다. 세계의 수도 뉴욕은 세계 정부 UN 본부가 있어 세계의 지도자들이 모이고, 세계 최고의 부자와 최고의 지식인과 최고의 문화인이 함께 산다. 맨해튼에는 매일 외식을 해도 평생 다 못 갈 만큼 식당이 많고, 브로드웨이의 뮤지컬은 세계 사람들이 찾아보고, 링컨센터에서는 세계 최고의 오케스트라와 오페라와 발레가 일 년 내내 공연을 한다. 그런데 그랜드센트럴 역에는 수백 명의 노숙자가 사철에 걸쳐 살고, 대낮에 지하철역에서 강도질을 당하고, 영어를 한마디도 못 하는 히스패닉도 함께 산다.

우리는 파크 애비뉴와 렉싱턴 애비뉴 사이 48가에 있는 인터컨티넨탈 호텔로 갔다. 그곳은 한국 공관이 예약하는 경우 30%를 할인해 주는 약정이 있어서 서울서 오는 손님은 그곳을 주로 이용한다. 뉴욕의 경우 역대로 재무부 장관은 센트럴 파크를 바라보는 플라자 호텔에 머물고, 대통령의 경우는 수행원이 많아서 뉴욕에서 최고 최대인 월도프 아스토리아 호텔에 머문다.

내 사무실 <주미한국대사관 재무관실>이 있는 파크 애비뉴의 57가를 지나 인터컨티넨털호텔에 도착했다. 주말 오전이라 호텔 앞에 주차 자리가 있었다. 나는 호텔 앞에 차를 세우고 캐리어를 내려 호텔로 들어갔다. 나는 재무부 사람들과 체크인하고 방으로 함께 올라갔다가 저녁 5시에 다시 오기로 하고 로비로 내려왔다.

올라갈 때는 보이지 않았는데 내려올 때 C 대사와 K 총영사 그리고 P 원장이 로비 자리에 앉아 있었다. 나도 그 자리에 갔다.

"어떻게 그럴 수 있어? 혼자 공항에 영접 나가다니. 우리에게 말도 없이."

총영사는 그동안 대통령 동서 실세 K 의원이 뉴욕 방문을 대비하여 한 달 전부터 영접 준비를 하고 있었다. 일정이 확정되지 않아 호텔 예약은 하지 않았지만 공항 영접에서부터 대접할 식당과 브로드웨이 뮤지컬 관람까지 준비한 터였다. 그런데 허탕을 치고 말았으니 당연히 화가 났을 것이다. 대통령이 아니라도 실세들이 오면 영접에 대단한 정성을 쏟고 담당자도 정한다. 또 총영사관저 만찬이 열리는데 이때는 외교관 부인들이 식사를 마련하는데 동원된다. 때론 외부에서 요리사를 동원한 것으로 만들어 대사관의 경비를 마련하기도 한다.

"죄송합니다. 문공부 장관이 전화를 해서 K 의원을 극비리에 특별하게 모시라고 해서 그랬습니다."

P 원장이 한참을 망설이다가 난처한 얼굴로 대답했다.

"처음 영접 회의를 할 때 일정이 정해지면 다시 회의하기로 했잖아요."

"그런데 K 의원 일정을 비밀리에 하라는 장관의 특별 지시를 받아서 그렇게 되었습니다."

"그래도 나에게는 알려야지요. 뉴욕 총영사가 몰라서야 되겠습니까?"

뉴욕한국문화원은 사무실은 따로 썼지만, 뉴욕 총영사관에 소속된 기관이고 K 뉴욕 총영사는 P 원장의 직속 상사였으니 총영사의 말은 당연했다. 그러나 실질적인 지휘명령은 서울의 문화공보부 장관이 하니 장관의 지시를 우선할 수밖에 없다.

"죄송합니다."

P 원장은 머리를 조아리면 거듭 미안하다는 말을 했지만 이미 쏟아진 물이었다.

"대사께서는 어떻게 오늘 아침 K 의원 도착 소식을 들었어요?"

K 총영사가 C 대사를 보며 말했다.

"예, 오늘 새벽 안전기획부 파견 공사가 본부에서 오늘 K 의원이 뉴욕에 도착한다는 정보를 듣고는 나에게 전해 주었어요. 그런데 그 전화를 받은 시간이 8시가 넘어 급하게 갔으나 늦었어요."

"그래요? 외무부 본부에서는 K 의원의 일정이 확정되면 통보한다고 했는데 아무 연락이 없었어요. 그런데 오늘 아침 외무부 본부의 전문이 왔는데 K 의원의 일정이 왔더군요."

"죄송합니다. 장관이 특별 지시하는 대로 비밀로 하지 않을 수 없었습니다."

P 원장이 다시 머리를 조아리며 말했다. 장관이 극비로 영접하라는 지시를 한 이유는 K 의원이 뉴욕에 공식 일정이 없고, 대통령의 동서라 언론 노출을 꺼리기 때문에 그런 것 같다고 연거푸 해명했다.

"여기 일정은 어떻게 하기로 하였어요?"

"저도 잘 모릅니다. 호텔 예약과 공항 영접만 하라는 지시만 받앉습니다. 뉴욕 일정은 K 의원님이 알아서 할 테니 이틀 뒤 케네디 공항까지만 태워달라고만 했어요."

"그러면 여기 일정에 대해서는 아무것도 모른다는 말인가요?"

"예, 모릅니다. 아까 제가 호텔에 도착했을 때 어떤 교포가 로비에서 기다리고 있다가 호텔 방에 함께 올라왔습니다. 지금 그 교포와 함께 있습니다."

"그러면 호텔 방에라도 올라가 인사를 해야겠네."

K 총영사는 비대한 얼굴에 흐른 땀을 닦더니 안도의 한숨을 쉬었다. 자기가 큰 실수를 한 것 같지도 않고 또한 P 원장이 자기를 패싱한 이유도 이해되는 것 같았다.

"예 그렇게 하시죠. 제가 먼저 방으로 전화해 보겠습니다."

P 원장은 로비 구석에 있는 하우스폰 박스로 갔다. 전화를 마친 P 원장이 돌아왔다.

"잠깐 올라와도 된다고 했습니다."

P 원장과 함께 K 총영사와 C 대사가 엘리베이터 쪽으로 걸어갔다. C 대사와 K 총영사의 굳었던 얼굴이 펴졌다. P 원장을 따라가는 키가 훤칠한 C 대사의 근엄한 걸음걸이와 비만한 K 총영사의 뒤뚱거리는 모습이 어딘가 우스워 보였다.

외교관들은 외교의 본질은 '레커그나이즈recognize'라고 말하며, 평소 주재국의 영향력 있는 인사들과 '상호 인정하고 알아주는 관계를 만드는 일'을 중요하게 생각하였다. 내 방에는 한국과 이해관계가 있는 주요 금융계 인사들의 과거 면담 내용을 기록한 카드가 대를 이어 작성되어 있었다.

그런 환경에서 일하는 외교관들은 일반 공무원보다 '관계'를 중요하게 생각하는데 내부적으로도 인연이나 연고를 중요시하는 것 같았다. 세계에 흩어져 근무하기 때문에 어떤 경우는 한평생 같은 외무부에서 근무하면서 한 번도 함께 근무하지 못하는 경우도 있다. 그래서 해외 공관의 근무 인연에 따라 친소 그룹이 형성되고 그 친소관계가 보직에 영향을 미치고 결국에는 장관으로 오르는 데도 영향을 미치게 된다. 그들 직업 외교관들은 아타셰 즉 다른 부처 주재관을 외교관으로 생각도 안 할 정도로 자부심을 갖고 있지만 장관과 인연이 닿지 못하는 사람들은 실세와 연고를 맺어야 요직에 가고 나중에 장관이 되는 기회를 잡을 수 있기 때문에 그들은 서울의 권력 실세들에게 민감하다. 주재관들은 정해진 기간의 근무를 마치면 자기 부처로 돌아가지만, 직업 외교관들에게는 그들의 특별한 근무 여건이 그들만의 독특한 공직 문화를 낳는 것 같았다.

뉴욕 총영사는 영사이지만 UN 본부와 세계 금융의 중심 월스트리트가 있어서 대사급이다. 동서냉전 시대에는 매년 UN 총회에서 한국 의제에 대한 남북의 표 대결이 있었기 때문에 유엔대사는 중요한 자리였다. 남북이 유엔 회원국으로 가입하고 표 대결이 사라지면서 중요도가 떨어졌지만, 전통적으로 주미대사와 동격으로 보임되었고 후에 외무장관이 되는 경우가 많아 외교관들에게는 선망의 자리였다.

외교가에서는 공항 영접 한번 잘 못해 좌천되기도 하고 영접 한번 잘해 영전하기도 한다고 얘기가 전해지고 있었다. 그날 세계의 수도 뉴욕의 케네디 공항에서 펼쳐진 해프닝은 아무래도 씁쓸했다. 우리 대한민국 외교外交의 현장에서 벌어진 '내교內交'의 일그러진 자화상이었다는 생각을 지울 수 없었다.

나는 300번 정도 존 F. 케네디 공항을 오간 후 재무부로 돌아왔고, 케네디 공항의 그 유엔대사와 뉴욕 총영사는 후에 외무부 장관에 올랐다.

2024 가을

단편

환란전야

나는 세 번째 모욕의 길에 들어섰다. 대치동 집에서 나와 남부순환로를 타고 가다가 예술의전당 앞에서 우회전하여 서초동 네거리를 지났다. 고개만 넘으면 조달청 테니스코트 옆 주차장이 나온다. 그들이 10시에 여기로 오라고 했다.

테니스코트에 둘러선 플라타너스에는 새 움이 돋아나고 있었다. 구속 수사 중인 K 부총리는 소환할 때 포토 라인에 세웠는데 나는 테니스코트로 오라고 했다. 코트에는 업무시간 중이라 아무도 없었다. 나는 좌파 정권이 들어서자 재정경제부 차관을 마지막으로 30년간의 공직 생활을 마감하고 물러나 있을 때였다. 아직 봄

바람이 쌀쌀했다.

*

　1997년이 저물어 가는 12월 3일 세종로 정부종합청사 회의실에서 Y 부총리 겸 재정경제부 장관과 국제통화기금^{IMF} 캉드쉬 총재는 350억 달러 구제금융을 위한 「IMF 대기성 차관 요청 의향서」와 차관제공 조건을 규정한 「경제프로그램 양해각서」에 서명했다. 우리는 IMF 자금으로 국가부도의 위기에서 탈출하게 되었다. 서명식에 참석한 우리 「IMF 차관 협상단」은 박수를 쳤다. 그날 밤 우리는 Y 장관과 함께 청진동 해장국집에서 위기 탈출을 자축하는 막걸릿잔을 부딪쳤다. 벽에 걸린 TV에서 우리들의 뉴스가 나왔다. C 과장이 막걸릿잔을 들고 일어서서 '우리는 부도 위기에서 나라를 구한 재경부 관료다!'라고 소리쳤고, 우리는 모두 '대한민국 만세'를 불렀다. 6·25전쟁 때 유엔군과 함께 낙동강 전선을 사수했던 국군과 같이 벼랑 끝에 선 나라를 구했다고 생각하며 여러 번 잔을 부딪쳤다.
　나라가 부도 위기에서 탈출한 다음 날부터 세상은 달라졌다. 나라 걱정하던 언론부터 책임론을 들고나왔다. 야당의 D 대통령 후

보는 구제금융 사태를 '건국 이래 최대 국란'으로 규정하면서 당선되면 재협상을 하겠다고 했다. 12월 18일 대통령 선거에서 헌정 역사상 처음으로 야당으로의 정권교체가 이루어졌다. 그날 나는 일찍 투표를 마치고 과천 재경부 청사에 나가 대통령 당선인에게 보고할 외환위기 전말에 관한 보고서를 직접 만들었다. 다음 날 아침에 내가 만든 보고서 「IMF 구제금융 전말」을 장관에게 주었고 장관은 여의도 새정치국민회의 당사에 가서 D 대통령 당선인에게 보고했다. 그날부터 그는 나라를 구한 영웅 행세를 했고 나와 다른 입장에 섰다. 보고서를 전달한 그날 이후 나는 물러날 때까지 Y 장관과 제대로 된 대화 한번 한 적 없었다.

 D 후보가 당선된 그날부터 새로 집권한 좌파 세력은 현직 K 대통령을 '나라 망친 대통령'으로 만들었고, 재정경제부 관료인 우리들을 '단군 이래 최대 국란'을 일으킨 무리로 몰아붙였다. 민중은 한술 더 떠 외환위기를 '환란'換亂으로 부르며 돌팔매를 던졌다. 「IMF 차관 협상단」을 이끌었던 나였지만 1997년 12월 29일 은행 감독권 분리를 주요 내용으로 하는 한국은행법 개정안을 포함한 13개 금융개혁법을 국회에서 통과시킨 이후에는 내가 할 일은 없었다. IMF 구제금융의 후속 조치인 '외채 만기 연장 협상'을 서울 외국은행 채권단과 함께 이끌었던 나였으나 뉴욕에서 열린 공식 협

상에는 교체 세력인 J 차관보가 갔다.

건국 이래 최초로 좌파 세력이 정권을 잡은 후 나에게 남은 것은 모욕과 수난뿐이었다.

첫 번째는 대통령직인수위원회에서였다. D 후보가 대통령에 당선되고 꾸려진 대통령직인수위원회는 외환위기의 책임을 가리는 일부터 시작했다. 보통 대외관계 협상은 국장이나 차관보가 맡는 것이 관례인데 IMF 구제금융은 그 중요성 때문에 차관인 내가 「IMF 구제금융 협상단장」을 맡게 되었고, 그래서 내가 타깃이 되었다. 나는 함께 협상을 했던 차관보, 국장, 과장 10여 명을 대동하고 삼청동 중앙교육연수원에 차려진 인수위원회에 갔다. 오후 2시부터 〈1997 외환위기의 원인·대응·결과〉를 보고하기 시작하여 밤 10시에 끝났다. 이제 여당 의원이 된 국회의원 3명이 인수위원이 되고 그 보좌관들이 전문위원이 되어 외환위기의 전말을 따졌다. 유사 이래 처음 정권을 잡은 좌파 세력은 완장을 찬 점령군이 되고 우리는 신문을 당하는 포로가 된 형국이었다. 우리가 준비해 간 보고서와 답변은 의미가 없었고 그들이 짠 정치 공세를 이어갔다. 우리는 국가부도 위기를 막은 사람이 아니라 '단군 이래 최대 국란'을 일으킨 역적이 되었고, 물러나는 대통령은 '나라 망친 대통령'이 되었다. 그들은 있지도 않은 '나라 곳간'이 텅텅 비어 있다고 큰소리를 쳤다. 반드시 책임을 가려 문책하겠다면서 10명 넘는 인수위원과 보좌관들이 돌아가면서 물었던 말을 또 물었고 나는 했던 대답을 되풀이했다. 목이 터질 것같이 아팠지만 그들은 모두 나에게 답변을 요구했다. 나의 대답이 거짓말이라고 따질 때 나는 이제 여러분들이 정권을 잡았으니까 직접 확인하면 될 일이라고 했다. 우리는 인계하고 당신들은 인수하면 되는 일이니 따지고 말고 할 이유가 없다고 했다.

인수위원회 보고는 밤늦게 끝났다. 매일 홍콩 외환시장에서 시작하여 런던을 거쳐 새벽 2시 뉴욕 외환시장이 문을 닫을 때까지 그날의 외화자금 과부족을 점검하느라 수고하던 K 외화자금 과장은 분을 못 참고 '우리가 포로인가? 짐승같이 다루네. 불낸 사람은 어디 두고 우리만 잡고 야단이야.' 하며 울분을 토했다. 그날 협상단이 포로 심문 같은 모욕을 당할 때 장관은 없었고, 같이 일하다가 인수위원회에 파견 나간 어제의 동료들은 새 집권 세력 편에 섰다.

두 번째 수난은 감사원의 <외환 및 금융 관리 실태 특별감사>라는 이름의 '정치 감사'였다. 대통령 취임식도 하기 전 1월에 인수위원회의 요청으로 감사원 감사팀 30명이 과천 재경부 청사에 들이닥쳐 한 달을 감사했다. 감사관들은 국제금융국을 중심으로 외화자금 업무에 관한 공문서뿐만 아니라 실무자들의 개인 수첩까지 샅샅이 조사하고 묻고 따졌다. 매일 외환 수급을 관리하던 K 사무관의 업무수첩에 「차관 지시. 모든 수단 동원해 보유고 360억 달러 다음 달까지 채울 것. 매일 외환 수급 상황 보고할 것. 대면 보고가 어려우면 전화 보고 할 것」이라는 메모가 나오자, K 감사팀장은 그 수첩을 들고 나에게 왔다. 나는 차관 취임 날 그런 지시를 했다고 말한 다음 감사팀장에게 정확한 감사를 위해 외환위기 전체를 관리한 나부터 조사해 달라고 요청했다. 감사가 종료되는 마지막 날 K 팀장은 나를 조사도 하지 않고 문답서를 받지도 않기로 했다고 말했다. 이유는 K 사무관의 업무수첩에 적힌 대로 직무를 적절하게 수행했기 때문이라고 말했다. 감사 결과 외환업무 라인에서 차관인 나와 Y 장관은 빼고 담당자부터 사무관, 과장, 국장과 차관보 그리고 물러난 K 장관까지 모두 견책과 경고를 받았다.

    그리고 오늘 세 번째로 검찰 수사를 받게 된 것이다. 감사원은 문책에 그치지 않고 IMF 구제금융을 신청할 당시 외환업무 라인에 있었던 K 장관과 청와대 K 경제수석과 담당 차관보와 국장을 검찰에 고발하게 되었다. 현직인 Y 장관과 나는 고발대상에서도 빠졌다.

*

　저 아래 입구 쪽에서 소나타 승용차가 오고 있었다. 내 앞에 서 더니 한 남자가 문을 열고 나왔다. 그는 대검 중수부 수사관이라고 말하며 내게 뒷좌석에 앉으라고 했다. 그는 대검찰청 정문을 지날 때 사람이 보이면 뒤로 몸을 젖혀서 신원이 노출되지 않도록 하라고 주의를 주었다. 나는 그가 시키는 대로 뒷좌석에 앉았다. 그가 햇빛 가리개를 내렸다. 큰길로 나가 고개를 넘어 대검찰청으로 들어간 차는 현관으로 가지 않고 지하 주차장으로 들어갔다. 엘리베이터 가까운 곳에 차를 세우더니 나에게 차 안에 그대로 있으라고 했다. 먼저 나가 엘리베이터까지 가서 상황을 살피고 돌아오더니 내리라고 했다. 일반 엘리베이터를 지나 구석에 있는 특별 엘리베이터를 탔다. 내릴 때도 나를 두고 먼저 나가 주위를 살피고는 나를 데리고 나갔다.

　복도 벽에 뉴스에서 많이 보던 각진 글씨의 간판 「대검찰청 중앙수사부」가 보였다. 복도 왼쪽으로 꺾어 가다가 북쪽으로 붙은 방으로 안내되어 들어갔다. 담당 검사가 올 때까지 앉아있으라고 했다. 멀리 창 넘어 남산 산마루에 구름이 흘러가고 있었다.

　눈꼬리가 긴 40대 남자가 들어오더니 내 맞은편 책상에 앉았다.

"IMF 외환위기 수사 담당 P 검사입니다. 오늘은 참고인 조사이기 때문에 걱정하지 마시고 묻는 말에 사실대로 답해 주시기 바랍니다."

말을 마친 검사는 나의 인적 사항부터 먼저 확인했다. 그의 옆에서 나를 안내한 수사관이 우리의 대화를 워드프로세서로 치고 있었다.

"먼저 물어보겠습니다. 지난 1997년 외환위기의 원인은 무엇이라고 생각합니까?"

검사는 준비된 서류를 보며 첫 질문을 했다.

"예, 두 가지로 요약됩니다. 대외적인 원인은 일본이 갑자기 자금을 회수해 간 것입니다. 일본은 자금이 넘칠 때 해외에 대출했다가 지난해부터 만기가 도래하는 대로 대출금을 회수하였습니다. 대내적으로는 단일 관세율과 고평가 환율을 유지함으로써 수출은 부진해지고 수입은 많이 늘어나 외화 부족이 생겼기 때문입니다."

나는 간단하지만 차분하게 대답했다. 검사는 나의 얼굴을 쳐다보다가 질문을 계속했다.

"그래요? 일본은 왜 대출자금을 회수하게 된 것입니까?"

"1985년 '플라자 합의'에 따라 일본 엔화가 배로 절상되어 수출

경쟁력이 줄어든 반면, 1986년 미국의 반도체 수출규제를 받게 됨으로써 거침없이 성장하던 일본 경제는 어려워지게 되었고, 1988년 국제결제은행이 정한 8% 자기자본 비율을 맞추기 위해 은행은 해외 대출을 회수할 수밖에 없었습니다. 일본 은행들이 자기자본 비율을 맞추기 위해 위험도가 높은 아시아 대출을 회수하게 된 것입니다."

"무슨 얘기인지 이해가 되지 않습니다. 쉽게 설명할 수 없을까요?"

검사는 나의 간단한 설명에 당황하는 것 같았다.

"예, 국제경제와 금융의 흐름부터 설명해야 이해가 될 것 같습니다. 일본은 태평양전쟁에서 패망하였지만, 6·25전쟁에서 미군의 병참기지 역할을 함으로써 급속한 경제부흥을 이루었지요. 이에 더해 2차 세계대전 결과로 형성된 동서냉전 구도에서 일본은 안보는 미국의 핵우산 아래 무임승차 했고, 경제는 미국 주도의 자유무역체제 아래에서 큰 혜택을 봄으로써 세계 2위 경제대국이 되었습니다. 1950년 이후 30년간 저평가된 환율로 수출하여 벌어들인 달러가 일본 국내에서는 부동산과 주가를 폭등시키는 거품경제를 만들었고, 그래도 달러가 남자 한국과 동남아 국가에 대한 저금리 대출을 해 일본 은행들의 성장세도 거침이 없었습니다. 미국은 이런 일본의 추격을 좌절시키기 위해 3년에 걸쳐 세 번의 결정타를 먹였습니다.

1차로 1985년 뉴욕 플라자 호텔에서 미국 영국 독일 프랑스 일본의 G5 회의에서 엔화 환율을 달러당 240엔대에서 120엔대로 고평가시켜 수출경쟁력을 반토막 수준으로 깎아내렸습니다. 2차로 일본이 선두였던 반도체에 대해 미국이 1986년 덤핑 방지 조치를 취하는 바람에 일본 전자산업도 어렵게 되었습니다. 1991년 소련이 해체되고 냉전이 종식되면서 일본 역할이 축소되자 미국이 일본의 수출 보조금과 수입 장벽을 제거해 나감으로써 일본은 '잃어버린 10년'에 빠져들게 된 것입니다. 3차로 1988년 국제결제은행이 은행의 고위험 대출을 자기자본의 8%로 제한함으로써 수출로 벌어들인 달러를 낮은 금리로 해외에 대출하던 일본 은행들은 해외 대출을 축소하지 않을 수 없게 되었지요.

엔화 절상과 반도체 규제로 일본 경제가 침체에 빠지면서 은행은 자기자본 비율을 맞추기 위해 대출을 축소하지 않을 수 없었지요. 이런 과정에서 아시아 외환위기가 오게 된 것입니다. 1997년 일본이 한국, 태국, 인도네시아, 말레이시아, 필리핀 5개국에 대출한 돈은 867억 달러나 되었습니다. 당시 우리가 갖고 있던 일본으로부터의 만기 1년 이내 단기차입은 218억 달러였는데 그 60%인 130억 달러를 1997년 들어 회수해 갔으니 견딜 수가 없었죠. 그동안 일본의 저금리 차입금으로 은행은 돈장사 하고 기업은 공장을 짓고 경제는 성장했어요. 돈이 넘쳐 전국에 부동산 투기가 일어나고 읍 단위 지역까지 볼링장이 들어섰지요."

검사는 표정이 굳어졌다. 1차로 인수위원회의 조사와 2차로 감사원의 특별감사를 통해 외환위기가 지난 정부의 실책과 관료의 무능에서 발생한 것으로 몰고 가려던 구도에 차질이 생길 것을 감지한 것 같았다. 대내적인 실패보다도 대외적인 변화가 본질적인 문제였고, 지금 수사받고 있는 사람들이 아니라 그 이전 사람들의 무능과 실책이 문제였기 때문이었다. 지난 정부의 잘못을 부각하고 고위 정책 당국자를 구속하여 새 정부의 지지도를 올리고 이를 배경으로 확실한 정치 세력 교체를 이루려던 좌파 세력의 구상과도 맞지 않았다. 또한 관료 사회도 좌파 정부에 동조하는 세력으로 교체할 필요가 강한 상황이었다.

검사는 잠시 신문을 멈추었다. 나를 통해 그들의 구도에 맞는 진술을 받으려는 목적이 언론 몰래 조달청 테니스코트로 부른 이유인 것 같았다. 검사는 잠깐 휴식하자고 하더니 자리를 떠났다. 30여 분 지나 돌아온 그가 다시 신문을 시작하였다.

"계속하겠습니다. 한보철강과 해태그룹, 진로그룹, 특히 기아자동차를 부도로 몰고 간 것이 외환위기의 원인이라고 생각하는 국민이 많은데 이것은 외환위기에 어떤 영향을 미쳤습니까?"

그는 원래 준비한 대로 신문을 끌고 나가기 위해 분위기를 바꾸려는 것 같았다. 대내적으로 언론을 크게 장식한 한보철강과 기아자동차의 부도 문제를 들고나왔다.

"예, 두 회사의 부도가 대내적으로 보면 직접적인 도화선이 된 것은 맞습니다. 해외에서 차입된 자금으로 과도하게 투자한 기업들이 통화 긴축과 고금리 그리고 고평가 환율을 견뎌내지 못하여 부도가 남으로써 우리 기업의 신용이 떨어지고 외국 자금의 회수가 가속화된 것이 외환위기를 불러온 원인입니다."

대기업의 부도 사태에 대해 계속 얘기를 주고받았다. 1997년 연초 한보철강이 부도에 이어 기아자동차가 부도에 직면함으로써 한국경제의 대외신인도가 떨어졌고 종합금융회사의 해외 단기차입이 중단되면서 우리 경제의 대외지급 능력에 대한 우려가 크게 제기되었다고 말했다. 그리고 IMF 권고 기준인 3개월분 대외 경상지급 상당의 360억 달러 외환보유고도 깨짐에 따라 우리의 대외지급력이 결정적으로 위기에 처하게 된 것도 설명했다.

점심때가 되었다고 수사관이 말했다. 수사관이 주문한 설렁탕으로 점심을 때우고 30분의 휴식 시간이 허락되었다.

나는 수사관의 안내로 옥상에 올라 바람을 쐬고 담배 한 개비를 피웠다. 봄바람이 써늘했다. 저 멀리 남산 서쪽 자락에 있는 힐튼호텔이 보였다. 지난겨울 IMF 사람들과 구제금융을 협의하던 일이 떠올랐다.

*

1997년 11월 28일, 우리가 IMF 대표단과 구제금융 지원 조건을 협의하기 시작한 지 5일째 되는 금요일 오후 3시, 나는 청와대 본관 부속실로부터 대통령의 긴급 전화를 받으라는 연락을 받았다. 장관은 IMF 구제금융이 타결될 때까지 필요한 일시 자금의 차입을 위해 일본 대장성 대신을 만나기 위해 일본에 출장 중이었다.

"차관인가, 나 대통령인데. 오늘 미국 클린턴 대통령 전화를 받았는데 우리 사정이 생각보다 심각하다고 하더라. 우리 정부가 모르고 있다고 하고. 오늘 중으로 협상 타결해라. 내주 월요일까지는 완료해야 미국 돈이 나갈 수 있다고 하더라."

K 대통령은 거두절미하고 나에게 긴장되고 다급한 목소리로 말했다.

"예, 알겠습니다, 각하. 오늘 중으로 해 보겠습니다."

나는 가능성을 따져 보지도 않고 대통령의 지시대로 하겠다고 말했다.

"그래. 꼭 오늘 중 끝내야 한다. 잘해라."

"예. 그러겠습니다. 각하"

오늘 중 끝내라는 두 번의 대통령 지시를 받고 나는 무엇을 어떻게 해야 할지 당황했다. 바로 K 경제수석에게 전화했다. 그날 오전 K 대통령이 미국 클린턴 대통령의 전화를 받고 장관에게 지시하려고 했으나 장관이 해외 출장으로 자리에 없어 나에게 했다는 것이었다. 이번 주말까지 협상을 종결해야 하는 상황이 되었다고 하며 클린턴 대통령의 전화 내용을 녹취한 문서를 팩스로 보내왔다.

『한국의 재무 상태가 극도로 심각하며, 이르면 다음 주말경 부도에 직면할 가능성이 있다고 듣고 있음. 한국이 택할 수 있는 유일하고 현실적인 길은 수일 내에, 늦어도 월요일 이전에, 신뢰를 회복시키는 데 필요한 경제·재정프로그램을 IMF와 합의하여 발표하는 것으로 생각함. 한국이 강력한 경제프로그램을 마련하면 미국은 IMF가 주도하고 국제부흥개발은행[IBRD], 아시아개발은행[ADB], 여타국이 협조하여 패키지로 지원할 준비가 되어 있음. 한국의 재무 당국은 IMF와 3주 동안 프로그램을 협의하는 동안, 미국과 일본이 연결 차관 형태의 임시 재정지원을 해달라고 요청한 것으로 들었음. 본인과 본인의 보좌관들은 연결 차관은 신뢰 회복에 긴요한 결정을 미루는 것이기 때문에 IMF 프로그램과 분리하는 것은 원치 않음. 분리하면 돈은 며칠 내에 바닥이 날 것임. 가능하면 빨리 문제를 해결하기 위해 루빈 재무장관이 귀국 부총리와 접촉할 것임.』

11월 5일 미국 블룸버그 통신에서 한국의 외환보유고는 대외 경상 지급의 한 달분 정도인 150억 달러인데 연내 만기가 도래하는 차입이 800억 달러라는 과장된 보도를 하였다. 이런 상황에서 미국과 일본은 한국에 가장 많은 대출을 제공하고 있는 자국 은행을 보호하기 위해 IMF와 함께 구제금융을 적극 주선하게 되었다. 물러난 K 장관이 11월 16일 홍콩에서 열리는 아시아개발은행 총회 참석 길에 극비리에 방한한 캉드쉬 총재와 300억 달러 대기성 차관을 합의하고 이에 따라 한국이 IMF 자금 신청을 발표하고, 21일 IMF와 미국과 한국이 구제금융에 관한 기본적 합의를 한다는 긴급 스케줄을 만들었다. 그런데 19일 K 장관이 전격적으로 해임됨으로써 일이 꼬이게 된 것이다. 그 배경은 그해 2월 한보철강 부도에 이어 기아자동차가 부도 위기로 몰리는 상황인데도 K 장관은 은행 감독권을 한국은행에서 분리하는 것을 중심으로 근본적인 금융구조조정에 매달림으로써 청와대와 마찰을 빚은 것이다. 새로 취임한 Y 장관은 K 장관이 IMF와 이미 합의한 구제금융을 재검토하기로 하고 19일 구제금융 신청 발표를 취소하였다. 그리고 일본을 찾아가 한국의 외환 수급 애로는 일시적 상황이기 때문에 우리의 외환 수급 대책이 마련될 때까지 일본의 연결 차관을 요청하게 되었다. 이런 상황 변화를 모르는 IMF 피셔 부총재와 미국 재무부 가이트너 차관보가 당초 합의대로 20일 구제금융 협의를 위해 서울에 도착했다. 이들은 합의대로 한국이 IMF 구제금융을 신청하도록 청와대에 강력히 종용하였고 K 대통령은 21일 청와대에서 경제비상대책회의를 열고 IMF 구제금융 요청을 결정하였다. 그날 저녁 애당초 합의보다 2일 늦게 Y 장관은 공식적으로 IMF 자금지원 요청을 발표했다. 이것이 클린턴 대통령이 한국을 불신하고 K 대통령에게 전화하게 된 배경이었다.

나는 대통령의 전화를 받은 후 눈을 감고 조용히 기도했다. 나에게 최종 결정권이 없는 상황에서 오늘 중으로 협상의 종결은 불가능하다. 그래도 할 수 있는 대로 해 보자! 힐튼호텔에 가서 밤을 새우자! 부딪쳐서 노력하는 것 이외에는 길이 없었다. 나는 C 금융협력과장을 불러 극비리에 IMF 협상단장인 나이스 국장이 묵고 있는 힐튼호텔 19층에 방 2개를 예약하도록 지시했다. 지난 5일간의 협상에도 합의에 도달하지 못한 부분이 있는 담당 국장과 과장은 비밀리에 호텔 내 방에 모이도록 했다. 오후 5시가 되기 전에 조치가 끝났다. 도쿄에 머무는 장관에게 대통령의 지시 사항을 보고했다.

1997년 11월 23일 일요일, 정부가 공식적으로 자금지원을 요청한 지 이틀이 지난날 오후, 나이스(Hurbert Neiss) 아시아태평양 국장을 단장으로 한 IMF 협의단이 「IMF 대기성차관을 위한 경제 프로그램」을 가지고 서울에 왔다. 주요 내용은 대외신뢰도 회복을 위한 경상수지 적자 축소, 물가안정을 위한 금리 인상과 통화 긴축, 금융감독권 개편, 대기업 구조개선을 위한 결합재무제표 작성, 그리고 노동시장 유연성 제고 등에 관한 것이었다. 나이스 국장은 오스트리아 출신으로 조용하고 '나이스'한 사람이었다. 그는 나에게 두 가지 중요한 말을 했다. 현재의 경제위기는 국제금융시장에서 일어난 문제이기 때문에 한국은 IMF를 설득하려 하지 말고 국제금융시장을 설득해야 한다는 것, IMF가 동의하더라도 미국과 일본이 동의하지 않으면 자금지원협약은 이사회를 통과하지 못한다는 것이었다.

나는 빠르고 효율적인 협의를 위해 11월 24일부터 시작되는 협상에 대비하여 내가 직접 협상단장을 맡고 거시경제, 재정, 외환, 통화금융, 구조조정, 산업, 노동 등 7개 반을 편성하고, 반장을 맡은 과장에게 세 가지 협상의 포지션을 주고 그 범위에서 자율적 결정권을 주었다.

첫째 당시 적정 외환보유고는 360억 달러였지만 가용 보유고는 100억 달러 미만이었고, 총외채 1,530억 달러 중 1년 이내에 만기도래 단기 은행 차입금이 350억 달러인 점을 감안하여 자금요청 규모는 500억 달러 이상으로 하고,

둘째 자금지원 조건인 IMF 경제프로그램은 밀려서 협상하지 말고 우리가 하려던 재정·금융·기업·노동에 관한 구조조정을 위해 우리가 주도하고 IMF가 협력하는 '코리언 프로그램'으로 하고,

셋째 가용 외환보유고가 100억 달러 미만으로 한 달 경상 지급에도 부족한 상황을 감안하여 통상 자금지원 협상이 3~4주가 소요되나 10일 이내로 최대한 당겨 12월 5일까지 마무리하자는 게 중요 골자였다.

나는 C 과장으로부터 힐튼호텔 예약이 끝났다는 보고를 받고 나이스 국장에게 전화를 걸어 지금 미결사항을 협의하러 호텔로 가겠다고 했다. 오후 5시 비밀리에 사무실을 떠나 6시에 호텔에 도착하여 예약한 1929호실로 갔다. 미리 도착해 있던 C 과장에게 미

결사항 담당 국·과장들이 오는 대로 미결사항을 종합하라고 말하고 나이스 국장이 머무는 반대쪽 끝 1907호실로 갔다. 나이스 국장에게 먼저 미국 대통령과 우리 대통령의 전화 내용을 얘기하고 이 날 밤 중 자금지원을 위한 경제프로그램을 확정할 수 없느냐고 물었다. 나이스 국장은 그날 밤 중으로는 불가능하지만, 다음 날 중 협상을 종결하겠다고 약속했다. 그도 IMF 본부에서 어떤 지시를 받은 것 같았다.

나는 1929호실로 돌아와 담당 국·과장들과 미합의 사항과 해결방안을 챙겼다. 5일간의 협의에도 합의하지 못한 사항은 거시경제지표, 한국은행법 개정, 금융기관 회계감사, 은행의 자본 소각, 이자제한법 철폐 등 다섯 가지였다. 11월 29일 새벽 4시까지 진행된 실무진과의 회의에서 미합의 사항에 대한 우리의 입장을 정리하였다. 세 가지를 제외하고 IMF 안을 받아들이기로 했다. 세 가지는, 첫째 재정금융을 긴축할 때도 3% 이상의 성장은 유지하고, 둘째 50년간 갈등을 겪은 은행감독권은 이번에 확실히 한국은행에서 분리하고, 셋째 노동시장 유연화는 현실에 맞추어 단계적으로 확대하는 것이었다. 내 방에 돌아가 잠깐 눈을 붙이고 아침 7시에 다시 모여 미합의 사항에 대한 조정안을 최종적으로 점검하였다. 이어 9시 나는 C 과장만 대동하고 나이스 국장과 빌라노 실무대표단장을 만나 4인이 협의하였다. 우리가 요청한 500억 달러의 지원 규모와 함께 50년 숙제였던 은행감독권 분리를 포함한 다섯 가지 미합의 사항에 대한 우리의 포지션을 나이스 국장이 받아들였다. 실무적인 문제는 실무자 간에 그날 중 마무리하기로 했다. 나이스 국장은 나이스했디.

11시 청와대에서 열린 대통령 주재 '외환위기 대책 긴급 국무위원간담회'에 장관 대신 달려갔다. 협상 경과와 합의 내용을 설명하고 실무적인 사항은 오늘 중 마무리 짓겠다고 보고했다. 오후 일본에서 귀국한 Y 장관에게 그동안의 경과와 실무자 간 합의안을 설명하고 오후 5시에 장관과 함께 무역 장벽과 노동 개혁 등 다른 부처 소관 사항에 대해 최종적으로 관계부처 장관 협의를 마치고 오후 7시에 대통령에게 최종적으로 합의된 500억 달러 IMF 차관과 이를 위한 경제프로그램을 보고했다. 불가능할 것 같았던 일이 가능하게 되었고 대통령에게 했던 약속도 지켰다.

나는 다음날인 11월 30일 이른 아침 김포공항으로 가서 쿠알라룸푸르에서 열리는 동남아국가연합$^{ASEAN+6}$ 재무장관 회의에 갔다. 이 회의에는 한국 미국과 일본 그리고 IMF와 함께 구제금융을 제공하는 IBRD, ADB 고위층이 다 참가하는 회의였다. 실무 합의를 마친 IMF 구제금융에 관한 프로그램을 캉드쉬 IMF 총재, 스티그리츠 IBRD 부총재, 가이트너 미국 재무부 차관보, 사카키바라 일본 대장성 국제금융담당 차관을 차례로 만나 설명하고 IMF 이사회에서의 원만한 통과를 부탁했다. 나라가 힘이 없으면 냉대받는다는 평범한 사실을 쿠알라룸푸르 하늘 아래서 다시 한번 깨달았다. 힘들고 서글펐던 해외출장이었다.

나는 회의를 마치고 IMF 자금지원 협정의 서명을 위해 캉드쉬 IMF 총재와 함께 12월 2일 밤 11시에 쿠알라룸푸르를 출발해 다음날 12월 3일 아침 7시에 김포에 도착했다.

1997년 12월 3일 우리는 IMF에 요청한 지 13일 만에 IMF 역사상 최단기간에 최고 금액인 IMF 210억 달러, IBRD 100억 달러, ADB 40억 달러 총 350억 달러의 대기성 차관을 위한 「IMF 대기성 차관 요청 의향서」와 「경제프로그램 양해각서」에 Y 부총리 겸 재정경제부 장관과 IMF 캉드쉬 총재가 서명하였다. 서명이 있고 난 후 추가로 일본 100억 달러 미국 50억 달러 등 IMF 주요 회원국의 '예비지원 차관' 233억 달러를 합쳐 우리가 요청한 500억 달러를 훨씬 넘어 총 583억 달러의 구제금융을 받는 슬픈 역사를 기록하였다.

*

휴식 시간이 끝났다는 수사관의 말에 옥상에서 내려왔다. P 검사는 이미 자리에 앉아있었다.

"언론보도나 감사원 감사에서 대외적 요인은 크게 부각되지 않고 기아자동차 부도 등 대내적 요인이 주로 거론된 요인은 무엇이라고 봅니까?"

"대외적 요인은 전문가가 아니면 알기가 어렵고 당시 언론보도는 주로 대내 문제에 집중하고 있었습니다. 그리고 대통령 선거와 맞물리는 정치 계절이었으니까 외환위기가 정치 게임의 수단으로 활용되었던 것 같습니다."

대통령 선거를 맞아 야당은 여당의 실패를 공격하기 위해 외환위기를 활용했다. 정권을 잡고 나서는 세력 교체의 명분으로 사용하기 위해 대외요인은 애써 무시하고 대내 요인을 주로 들추어냈다. 수출과 수입을 합친 우리 경제의 대외의존도가 국내총생산^{GDP}의 80%가 되는 상황에서 대내 원인을 주로 따지는 것은 문제의 본질과 거리가 멀다.

"그러면 한보철강과 기아자동차의 부도 이외에 대내적 근본 문제는 무엇이라고 생각합니까?"

"대내적으로는 무엇보다도 8% 단일 관세율과 800원대로 고평가된 환율이었지요. 낮은 관세율과 고평가 환율에 의해 포도주, 위스키, 골프채, 고급 가구가 쏟아져 들어왔지요. 비행기를 타고 도쿄 백화점에 가서 루이뷔통 가방을 사는 사람들도 많았습니다. 당시 경제의 세계화와 선진국 경제협력개발기구^{OECD} 가입과 물가안정이 주요 과제였기 때문에 청와대 L 경제수석은 기업의 경쟁력을 강화하기 위한 '뼈를 깎는 노력'에 주력했고, 부총리는 물가안정에 매진하며 성장, 물가, 경상수지 등 '세 마리 토끼'를 잡을 수 있다고 큰소리치고 있었지요. 한국은행이 달러당 890원이라는 마지노선을 지키고 있었기에 결과적으로 물가는 잡았지만, 경상수지 적자는 폭발했고 성장도 둔화하여 두 마리 토끼는 놓침으로써 우리 경제는 실제로 뼈를 깎았습니다."

"그러면 1996년까지 정부의 방향 착오가 위기를 불러온 근본 원인이라는 얘기입니까?"

"그렇지요. 수입과 외환 통계를 보면 1996년 이미 위기는 닥쳤습니다. 1997년도 사람들은 위기와 싸운 사람들입니다."

나의 대답에 검사는 상당히 당황하는 것 같았다. K 부총리와 K 경제수석에 대한 기소가 과도했다는 것을 증언하는 결과가 된 것이었다.

검사는 한동안 말이 없었다.

"외환위기가 일어나기 전 경제 상황을 다시 한번 정리해 주세요."

"예, 전체를 다시 정리해 보겠습니다. 1996년까지 환란전야換亂前夜는 태풍 전야같이 고요했습니다. 대기업은 설마 부도야 내겠느냐 하며 대마불사大馬不死를 믿었고, 정부는 큰일이야 없겠지 하며 무사안일無事安逸에 빠졌고, 한국은행은 환율을 실력 이상으로 고평가한 방향착오를 하고 있었습니다. 1996년까지 3년간 경상수지 적자는 매년 더블로 늘어나 3년간 380억 달러가 되었고, 기업의 부채비율은 400%를 넘어 빨간불이 두 개나 켜졌는데도 말입니다.

1997년 들어 한보철강을 시작으로 해태그룹과 진로그룹이 부도를 내고, 기아자동차도 부도 위기에 몰리자 시민단체를 이용하여 '국민기업'을 살려야 한다는 운동을 하였습니다. 정부는 한미 통상 마찰 대책으로 1993년 8%의 단일 관세율을 채택한 가운데 환율도 800원대의 고평가 수준을 유지하면서 성장, 물가, 경상수지 세 마리 토끼를 잡을 수 있다고 생각하고 있었습니다. 한국은행은 물가안정을 위해 12%의 금리와 GDP 40% 전후의 통화량을 유지하면서 현실과 거리가 먼 890원의 '실질실효환율'을 마지노선으로 지켰습니다. 고금리와 낮은 관세율과 고평가 환율 속에 청와대는 '세계화'를 위해 기업에게 "뼈를 깎는 노력"을 요구하고 있었습니다. 당시 YS 정부의 기념비적 업적으로 OECD 가입을 추진하고 있었기 때문에 가입조건인 1인당 GDP 1만 달러 달성을 위해 고평가 환율을 싫어하지 않았습니다. 낮은 관세율과 환율로 물가는 안정되었지만, 경상수지는 반도체를 제외하면 급격히 무너지고 있었습니다. 당시 일본은 원자재 0%에서 소비재 30%까지 복수 관세율을 두고 있었고 달러당 100엔 이상의 환율을 유지하고 있었습니다. 미국 매사추세츠 공과대학MIT 돈부시 교수는 1996년 경상수지 적자가 238억 달러로 악화되는 속에서 890원 '마지노선'을 지키는 한국은행을 외환시장의 '짜르'라고 불렀습니다. 재경부 장관이 '성장과 물가와 경상수지 세 마리 토끼를 잡을 수 있다'고 말할 때 미국 컨설팅 회사「부즈 앨런 앤드 해밀턴」은 '한국은 저비용의 중국과 고기술의 일본의 협공으로 호두 가위에 낀 호두 같다. 스스로 변하지 않으면 변화를 강요당할 것이다. 한강의 기적은 이미 끝났다'고 지적했습니다. 1996년 반도체를 빼면 경상수지 적자가 310억 달러로 악화되었는데도 장관은 물가를 4.5%로 잡았다고 물가국장을 1급으로 특진시키고 송년회에 참석하여 노래까지 불렀다고 보도되었습니다. '환란전야' 1996년 12월 12일 OECD 가입은 선진국 축제였습니다. 불을 지르고 있는 줄도 모르고!"

"그런 정책을 추진한 사람은 구체적으로 누구입니까?"

"언론보도를 통해 알 수 있을 것입니다. 제 입으로 말하고 싶지 않습니다."

 나는 '8% 단일 관세율', '뼈를 깎는 노력', '세 마리 토끼', '물가국 송년회'의 장관과 '890원 마지노선'의 총재를 머리에 떠올렸다. 검사도 구체적인 이름을 조서에 적게 되면 수사가 이상하게 돌아갈 것을 염려했는지 더 묻지 않았다.

 "그때 차관께서는 어디서 무엇을 했습니까?"

 검사는 드디어 나의 문제를 신문하기 시작했다. 순간적으로 잘못하면 나도 걸려들 수 있다는 공포가 밀려왔다.

 "예, 재경부를 떠나있었습니다. 관세청장과 통상산업부 차관으로 일했습니다."

 "그때 외환위기와 관련하여서 한 일이 있습니까?"

 "관세청장 때는 포도주, 골프채, 고급 가구 등 폭발적인 사치성 소비재 수입에 대한 우려를 재경부와 청와대에 보고했고, 통산산업부 차관으로 있을 때는 기업의 심각한 자금 부족을 해결하기 위해 통화 긴축 완화와 함께 수출기업을 현장 조사하여 산출한 수출 포기점 즉 적자 때문에 수출을 포기하는 한계인 920원대로 환율을 올려주고, 8% 단일 관세율은 세계 어느 나라도 없고 내수 산업의 경쟁력이 모조리 무너지고 있으니 원자재는 8% 이하로 소비재는 8% 이상으로 복수세율로 개편해 줄 것을 건의했습니다. 그러다가 1997년 3월에 재경부 차관으로 오게 되었는데 그때 이미 가용 외환보유고는 90억 달러였고 외화 신규 차입은 사실상 중단된 상태였습니다."

"언론의 보도에 의하면 재경부가 한국은행의 외환위기 경고를 무시했다고 주장하였습니다. 한국경제개발원[KDI]도 그런 주장을 했습니다. 무시한 것이 사실입니까?"

"1997년 들어 4월부터 주가나 환율이 출렁거릴 때마다 금융대란 보도가 있었습니다. 정부가 무엇을 하고 있는지 정확히 모르는 상태에서 여러 전제를 붙이고 위기가 오면 대책을 마련해야 한다는 내용의 보고서도 있었습니다. 한국은행의 외환위기를 경고했다는 보고서는 '거시경제정책은 경상수지 개선과 외환시장 안정에 역점을 두어 운용하고, 외환보유액은 최대로 확충하여 대외지급의 안정을 기하고, 이러한 대책의 효과가 가시화되지 않을 경우 IMF 등 국제기구로부터의 차입 등 비상대책을 강구할 필요성이 있다'는 내용이었습니다. 다른 기관의 보고서도 비슷한 내용이었습니다. 선문답 같은 일반론을 외환위기에 대해 경고했다고 나선 것입니다. 세상이 바뀌니 '자칭 우국지사'가 나서 '인민재판'을 하고 있으니 서글픈 생각이 듭니다."

"끝으로 묻겠습니다. 재경부는 외환위기가 오기 직전까지 '한국

경제의 펀더멘털에 문제가 없다'고 주장했는데 여기에 대해서는 어떻게 생각합니까?"

"문제가 없는 게 아니라 많았습니다. 그러나 위기를 관리하는 당국자가 한국경제에 문제가 있다는 말을 사실상 할 수가 없었습니다. 부도 지경의 기업이 은행에 가서 우리 기업에 부도의 위험이 있지만 떼일 셈 치고 대출해 달라는 말을 할 수 없는 것과 같지요. 저도 런던과 뉴욕의 은행들을 찾아가서 '한국경제는 일시적인 외환부족의 문제는 있으나 펀더멘털은 문제가 없다'는 말을 했습니다. 확실히 펀더멘털 특히 대외지급에 문제가 있었는데도 그렇게 말한 것은 대외신인도 유지를 위한 전략으로 그렇게 말할 수밖에 없었습니다."

P 검사는 나의 진술을 듣고 처음과는 태도가 많이 달라졌지만 한편으로는 난감한 상황이 된 것 같다는 느낌을 받았다. 그는 나에게 더 할 말이 있으면 하라고 했다.

나는 피의자가 아니었기에 더 말할 필요는 없었다. 그러나 검찰이 환란의 전체 그림을 제대로 이해해야 다른 피의자들에게 유리한 수사와 재판이 되리라는 생각이 들었다. 나는 IMF 구제금융의 집행 과정 특히 대량 해고와 고금리 등에 대한 오해가 없도록 다음과 같은 설명을 덧붙였다.

IMF 캉드쉬 총재는 한국노총을 찾아가서 결코 대량 해고는 없을 것이라고 했고 민주노총은 면담을 거부하여 메시지를 전달하지 못했다. 그날 밤 신라호텔에서 재정경제부 장차관과 국회 재경위원회와 환경노동위원회의 여야 간사들과 회동하여 350억 달러 구제금융은 약속된 대로 집행될 것임과 우방국들의 지원금융 200억 달러를 포함하여 총 550억 달러의 지원을 약속하며 세 가지를 부탁했다.

  첫째 IMF와 합의한 정책은 가능하면 빨리 시행하는 것이 위기 극복에 좋다. 둘째 고금리는 달러에 대한 퇴장수요 즉 달러 사재기가 진정되면 바로 저금리로 돌아가야 한다. 달러를 갖는 것이 은행에 예금하는 것보다 유리하면 IMF의 자금지원이 허사로 돌아갈 수도 있고 진짜로 부도 위기가 올 수 있다. 셋째 노동시장의 유연성을 확립하되 대량 정리해고는 하지 말고 불가피한 경우도 해고를 최소화하라고 간곡히 당부했다. 해고를 하면 노는 근로자를 정부가 부양해야 하는 부담이 더 크고 또 그들이 정치적 반대 세력이 될 것이라고 하며 이것만은 꼭 지켜 달라고 몇 번을 강조했다. 그리고 환란을 '숨겨진 축복'으로 만들기를 당부했다.

*

5시가 되자 K 검사는 조사실을 나가 한참 지나 돌아왔다. 그리고 지금까지 신문한 내용을 재정리하고 다시 확인하는 것으로 신문을 마치자고 하며 조서를 읽고 나의 진술과 다른 부분을 지적하면 수정해 주겠다고 했다.

  나는 1시간에 걸쳐 조서를 읽었는데 특별히 나의 진술과 다른 것은 없었고 일부 뜻이 잘못 전달된 부분만 고치고 손도장을 찍는 것으로 신문을 마무리했다.

  나는 다시 수사관이 제공하는 차량 편으로 조달청 주차장으로 돌아왔다. 인수위원회 보고, 감사원 감사, 그리고 오늘 대검 중수부 조사를 받으며 당한 모멸과 분노는 야인이 된 나를 더욱 왜소하게 했다.

*

  나는 허전한 마음에 집으로 가지 못하고 자동차로 올림픽 대로를 달렸다. 지난 3월 야인이 되고 난 후 간 적이 있는 정약용 선생의 생가가 있는 팔당호반에 갔다. 거대한 호수 위에 어둠이 내리고 있었다. 지난번 혼자 소주를 마셨던 집에 갔다. 빈대떡에 소주를 맥주 컵에 한 잔 가득 따라서 마셨다. 주인이 두 번째로 보는 나에게

TV에서 본 적이 있는 얼굴 같다고 말했다. 나중에 대리기사를 불러 주겠으니 편한 마음으로 술을 마시라고 했다. 빈대떡을 하나 더 시켜 소주 한 병을 더 마셨다.

취하여 어둠이 내린 호반을 걸었다. 달빛이 어스름하게 내리는데 호수 건너 불빛이 길게 뻗어 있었다. 인수위원회 조사로 감사원 감사로 그리고 오늘 대검찰청 중앙수사부 수사로 이마에 '환란'이라는 죄명을 달고 조리돌림을 당한 일들을 생각했다. 민중은 우리가 모욕당할 때 돌을 던지고 피 흘릴 때 환호했다. 환란의 불을 지른 '환란전야'에 대해서는 아무도 말하지 않았다.

비틀거렸다. 30년의 공직이 이렇게 끝났다. 서학을 공부했다고 18년을 유배당한 다산 선생을 생각하며 그렇게 살기로 했다. 대리기사가 왔다. 호수에 밤이 깊었다.

*

그 후 환란은 IMF 총재의 당부와는 반대로 '드러난 악마'가 되었다. 고금리는 달러 투기수요가 없는 데도 상당 기간 계속되었고, 은행을 선두로 대량 해고가 일어났고, 노동시장 유연화는 추진되지 않았다. 제일은행과 한국외환은행은 헐값에 미국의 뉴브리지캐

피털과 론스타에게 팔렸고, 서울은행은 하나은행에 합병되어 사라졌다. 동화은행, 대동은행, 동남은행, 경기은행, 충청은행 등 5개 지방은행이 문을 닫았다. 환란의 도화선이 되었던 30개 종합금융회사는 환란 때 22개가 폐업하였고 나머지도 다른 금융기관에 합병되어 모두 사라졌다. 6만 8천여 개의 기업이 문을 닫았고 서울의 큰 빌딩들도 외국에 팔려나갔다. 환란 다음 해 1998년 경제성장률은 -5.7%로 폭락했고, 주가는 61% 떨어졌고, 실업자는 146만 명으로 폭발했고, 1인당 GDP는 1만 1,422달러에서 6,863달러로 주저앉았다. 환율이 1,415원까지 오르자 수출이 회복되어 1998년부터 경상수지가 400억 달러 흑자로 크게 반전된 것과 1999년부터 경제성장률이 10% 내외로 회복되었다는 것은 대외의존도가 높은 한국경제에서 환율은 나라를 지키는 주권이라는 교훈을 남겼다. 은행은 햇빛 쨍쨍할 때 우산을 빌려주고 비 올 때 우산을 뺏어가는 곳이라는 말을 절감하게 되었고, 일본은 머나먼 이웃이었고, 미국은 확실한 친구였다는 사실을 확인하게 되었다.

 그 후 K 부총리는 1년을 감옥살이하다 대법원에서 무죄가 되어 출옥하였고, Y 부총리는 좌파의 대열에 가담하여 경기도 지사가 되었다. 나는 한 번 더 <IMF 환란 원인 규명과 경제위기 진상조사를 위한 국정조사>라는 긴 이름의 국회 청문회에서 온 국민에게 TV로

중개되는 모욕을 당한 후 10년을 야인으로 살았다. '환란'의 불을 끄다가 화상을 입은 '사람들'을 치료는커녕…….

'8% 단일 관세율'로 사치품 수입을 폭발시킨 A 부총리, '세 마리 토끼'를 잡는다고 호언하고는 한 마리 토끼만 잡은 B 부총리, '물가국 송년회'에서 물가 잡았다고 노래 부른 C 부총리, '890원 마지노선'을 지켜 수출기업의 뼈를 깎았던 짜르 D 총재. 환란을 불 지른 '환란전야'의 '인간들'!

'환란전야' 1996년 12월 12일 OECD에 가입한 그 '인간들'은 불을 지르는지도 모르고 샴페인을 터뜨리며 축제를 하고, 총리를 하고 국회의장을 하고 또 ….

불을 끄다가 화상을 입은 '사람들'에게 돌을 던지던 민중은 불을 지른 '환란전야'의 '인간들'에게는 말이 없었고, 정부는 '환란전야'의 '인간들'의 실책에 대해 백서 하나 남기지 않았다.

그렇게 역사는 흘러갔고 나에게는 모욕만이 남았다. 그것은 과연 나만의 모욕일까? 역사에 대한 모욕은 아닐까? '환란전야'를 뒤돌아보며 나는 다시 한번 깊은 모욕의 슬픔에 빠져 들었다.

2024 가을

엽편

어떤 총리

한강 낙동강 금강 영산강의 수자원 관리를 위한 4대강 사업을 착공한 지 몇 달이 지나지 않은 어느 토요일 청와대에서 대통령이 같이 점심을 먹자고 전갈이 왔다. 나는 기사를 불러 관용차를 타고 청와대로 갔다.

묵직한 청와대 철문이 열리고 둥근 잔디밭을 돌아 현관에 내렸다. 경호원을 지나 검색대를 통과하여 2층으로 통하는 계단을 올랐다. 정면에는 독도가 두드러지게 그려진 커다란 한반도 그림이 나를 맞는다. 계단참에서 오른쪽으로 돌아 2층으로 올라가 부속실로 들어갔다. 기다리고 있던 부속실장은 나를 바로 대통령 집무실로 안내했다. 식사 전에 대통령께서 의논할 일이 있다고 했다.

높고 육중한 집무실 문을 열고 들어가니 대통령 휘장이 새겨진 벽면 앞에 태극기와 대통령기를 뒤로 하고 대통령은 집무 책상에서 신문을 보고 있었다.

"오늘 급하게 할 얘기가 있어 불렀어요. 점심도 같이하고."

대통령은 책상에서 일어나 보고를 받을 때 사용하는 긴 회의용 탁자에 옮겨 앉았다. 나는 창밖을 바라보고 대통령 왼쪽에 앉았다.

"그런데 말이야 골치 아픈 일이 생겼어. 감사원장 말이야."

"무슨 일인데요?"

"4대강 사업 공사를 막 시작했는데 기술 감사를 한다는 거야."

"공사가 끝나지도 않았는데 무슨 감사를 한다는 겁니까?"

"그러게 말이야. 무슨 소린지 모르겠어. 기술국이 공사가 완공되기 전에 기술적인 측면에서 문제가 없는지 체크해 본다는 거야."

"공사도 끝나기 전에 감사라니 그런 것도 있어요?"

"기술국이 중요한 공사는 사전에도 기술적인 감사를 한다는 거야. 문제를 예방하기 위한 것이라나. 그런데 국토부에서 보고한 바에 따르면 현장에 나온 감사관들이 제방 공사와 보의 설계부터 따지고 막 시작한 공사 현장도 점검하고 있어 공사 진행에 큰 문제가 생길 것 같다는 거야. 기술 감사가 이대로 진행되면 내 임기가 끝나기 전에 완공하려던 계획이 빗나갈 것 같다는 거야."

"감사원장과 국토부 장관을 불러서 직접 얘기해 보시죠."

"국토부 장관은 기술국의 감사가 이례적이고 감사가 계속되면 공사가 예정대로 진행되기 힘들다는 거야. 그리고 감사원장에게 찾아가 얘기했으나 기술 감사는 문제 발생의 예방을 위한 정상적인 감사라는 거야. 그래서 내가 감사원장을 불러 말했는데도 똑같은 소리를 해."

"무슨 문제를 예방한다는 겁니까?"

"부실 공사와 사고를 예방하기 위한 것이라나. 무슨 소리인지 모르겠어."

"감사를 해도 공사 진행에 방해가 안 되도록 하라고 하시죠."

"그렇게 얘기를 했어. 그러나 감사원은 대통령으로부터 업무 지시를 받지 않는 독립기관이라 사실상 공사 진행의 방해를 막을 수 없어."

4대강 사업은 대통령이 서울시장 시절에 서울시정개발연구원에서 수도권 물류사업의 일환으로 경부운하를 연구한 데서부터 시작하였고, 대통령 선거 공약 수립 단계에서 경부운하, 금강운하, 영산강 운하 그리고 통일이 되면 서해와 동해를 잇는 대동강운하와 예성강운하까지 포함하는「한반도 대운하 계획」으로 확대되었다. 이

과정에 내가 참여하였기 때문에 내가 재정부 장관이 되어서도 대통령은 착공부터 완공까지 공사계획과 자금계획을 국토부 소관이지만 나와도 협의하고 있었다. 대통령 취임 후에는 반대 여론을 감안하여 「4대강 살리기 계획」이라는 이름으로 바꾸고 홍수 관리를 위해 강바닥을 준설하고 제방을 쌓고, 효율적인 수자원 관리를 위한 보를 건설하는 사업으로 수정하여 추진하게 되었다. 통상적인 방식으로 시행하면 먼저 비용편익 평가를 하고, 다음 4계절 환경영향 평가를 하여야 하는데 이런 절차를 거쳐 시행하면 착공하는 데도 2년 정도의 시간이 필요한 사업이었다. 그래서 대통령 임기 내에 완공시키기 위해서 임기 첫해 착공하고 4년 내 공사를 끝내고 임기 마지막 해에 완공식을 하는 실시계획을 세웠다. 당시 상황에서는 다음 정부까지 연결되는 프로젝트로 추진한다면 환경단체와 야당의 반대 때문에 4대강 사업의 완공이 어려울 것으로 판단하였다. 이를 위해 환경영향 평가를 6개월에 끝낼 수 있도록 환경영향평가법의 특례 규정을 적용해 취임 첫해에 착공하게 된 것이었다.

"한 번 더 불러서 대통령님의 뜻을 강하게 얘기해 보시죠."

"한 번 더 부른다고 말을 들을 것 같지 않아. 기술국이 업무규정에 따라 실시하는 통상적이고 실무적인 감사라 중단할 수 없다는 거야."

"지금 감사원장은 우리 정부가 임명한 사람이잖습니까?"

"대법관 출신이라 그런지 말이 안 통해. 융통성이 전혀 없어. 달리 얘기해 볼 방법이 없어."

"왜 그렇게 융통성이 없는 사람을 임명했습니까?"

"하도 언론이 고소영 고소영 해서 그랬지? 그 친구는 '고'려대도 아니고, '소'망교회도 아니고, '영'남도 아니고, 오랜 법관 생활을 통해 불편부당하게 일 처리를 한다고 해 임명했지. 그런데 말이 통하지 않는 사람이야. 정치적인 감각도 없고. 아직도 판사같이 생각하고 있어. 판사야 설거지만 잘하면 되는 자리이지만 행정부는 국민의 먹거리를 만들어야 하잖아. 법과 양심에 따라 자유심증으로 평생 일하던 영혼이 자유스런 사람인 것 같애. 나랏일이라는 것이 그렇게 간단한 것이 아니고. 영 안 통해."

'고소영'은 정부 인사가 고려대와 소망교회와 영남 출신 중심으로 이루어진다고 비난하는 측에서 만들어 낸 비아냥거림이었다.

대통령은 걱정스러운 얼굴로 한숨을 내쉬었다.

"4대강 사업은 내 선거 공약의 핵심사업이고, 글로벌 금융위기 탈출을 위한 뉴딜사업의 하나로 추진하고 있기 때문에, 내 임기 중에 착공하여 완공까지 해야 하는 사업이라는 점을 설명했지. 감사 결과로 기술적인 문제를 제기하면 임기 내 완공 불가하니 임기 내 완공을 고려하여 처리해 달라고 했어. 한참을 생각하더니 방법을 생각해 보겠다고 말하고 나갔어. 그러고는 한 달이 지나도 답이 없고 국토부에서는 감사 때문에 공사를 진행할 수 없다고 야단이고.

감사원 기술국은 환경운동을 하는 시민단체와도 연결이 되어 있다고 해. 지난 정부에서 기구가 확장되고 강화되면서 지금은 야당의 입김도 강하게 작용한다고도 하고. 쉽게 말을 들을 것 같지도 않아."

"그래도 방법을 강구해 봐야지요. 세계적인 경제위기를 이겨내기 위해서는 4대강 사업 같은 대규모 프로젝트가 꼭 필요합니다. 어떻게 해서라도 공사에 차질이 없도록 해야 하지 않겠습니까."

"해임할 수도 없고, 임기도 3년 넘게 가까이 남았으니, 진퇴양난이야."

나는 어떤 생각이 머리에 번쩍 스쳤다. 오래전 청와대 법률비서관을 했던 친구가 했던 말이 떠 올랐다. 그래 그렇게 하면 된다.

"하나 방법이 생각납니다."

"무슨 방법인데?"

"감사원장을 승진시키는 것입니다."

"감사원장을 승진시킨다니 어떻게?"

오래전 감사원장이 대통령이 말을 안 들어 청와대 법률비서관으로 근무하던 내 친구가 생각해 낸 기발한 방법이었다. 임기가 보장된 감사원장을 국무총리로 '승진' 즉 이동시키면 감사원장은 승진을 위해 자연스럽게 사표를 내게 되어 사실상은 해임하는 것이었다.

내 친구에게 들은 이야기를 설명했다. 평생 민주화 투쟁을 하며 살았던 '오기의 대통령'이 그와 동지로 지낸 정치인의 동생이 금융인이었는데, 야당 사람이라는 이유로 빛을 보지 못하고 지내다가 그가 대통령이 되자 그를 국책은행인 H 주택은행의 행장으로 시켰는데, 감사원 감사를 통해 그가 실시한 대출이 부실로 밝혀져 검찰에 고발당할 처지가 되었는데, 수사를 당하면 파면되게 될 상황에 부닥치게 된 것이었다. 대통령은 평생을 민주 투쟁으로 살아온 투사답게 감사원장을 불러 그 사람은 나와 형 동생 하는 관계이니 중대하고 나쁜 범죄가 아니면 중징계를 면하게 해 줄 수 없느냐고 단도직입적으로 말했다고 했다. 더하여 다른 부탁은 안 할 터이니 이것 하나만은 꼭 들어주면 좋겠다고 했다는 것이다. 그런데 법과 원칙으로 살아온 그 대법관 출신 '불통의 감사원장'은 다른 부탁은 다 들어줘도 이것만은 안 되겠다고 말하고는 돌아갔다는 것이다.

평생을 민주화 투쟁을 하면서 길거리에서 데모도 하고, 3주일 단식 투쟁을 하였던 적도 있었던 그 대통령은 '이 친구를 어떻게 하지' 하며 분을 참지 못하였다는 것이었다. 감사원장은 스스로 사표를 내기 전에 해임할 방법이 헌법과 감사원법에 없다. 그때 법률비서관이 고민하다가 생각해 낸 방법이 감사원장을 국무총리로 '승진'시킴으로써 사표를 내게 하여 사실상 '파면'하는 묘안을 찾아냈다는 얘기였다.

"감사원장을 스스로 사직하기 전에는 해임하는 방법이 헌법과 감사원법에 규정된 것이 없습니다. 그래서 국무총리로 임명하게 되면 자연히 감사원장 자리는 사표를 내게 되지요. 그렇게 사실상 해임하는 것입니다."

"아, 정말 기발한 발상이구나."

"예, 정말 기발한 발상이죠. 감사원장보다는 총리가 서열이 높으니까 총리로 보내면 본인도 받아들일 것이고 정치적으로도 납득이 될 터이고요."

"그래 그거 탁월한 발상이네."

"평생 역경을 헤쳐가며 정치 행로를 걸었던 오기의 대통령다운 처리라 할 수 있죠,"

"오케이, 다음 주 당장 총리로 지명하고 후임 감사원장도 서둘러 임명하면 되겠구나. 그러면서 새 감사원장이 임명될 때까지 기술 감사를 중지시키고."

"그러면 지금 마음에 들지 않는 총리도 자연스럽게 정리도 하고요."

"맞아 그렇네. 지금 총리는 저명한 학자이고 대학 총장을 지내 잘할 줄 알았는데 그렇지 않아. 문제 있는 둘을 일 타에 해결하는 절묘한 수네."

대통령은 이어서 말했다.

"설거지만 하던 사람에게 갑자기 식사를 준비하라고 시키면 일이 제대로 될 수 없지. 또 잘 가르치면 되는 사람에게 행동을 하라고 하는 것은 무리가 있지."

"일본에는 자기 나와바리를 벗어나지 않죠. 교수가 장관이나 총리가 되거나 판사가 감사원장이 되는 예는 없지요."

대통령은 웃음을 지었다. 하기야 첫 헌법을 초안한 사람의 회고록에 의하면 처음 내각책임제를 전제로 헌법 초안을 마련했는데 갑자기 이승만 제헌 국회의장의 생각이 바뀌어 대통령제로 바뀌면서 국무총리를 삭제하지 못함으로써 국무총리는 처음부터 잘 못 된 자리라고 했다. 당시 골필로 쓴 원지를 등사판에 올려 한 장씩 서류를 찍어내던 시절 시간이 모자라 대통령에 관한 규정을 수정하면서 총리에 관한 규정은 없애지 못하고 그대로 두었다는 것이다. 총리는 일종의 입법 착오로 태어난 자리이니 누가 앉은들 무슨 차이가 있겠는가. 그래서 총리는 얼굴마담이라고 불리기도 하고 대통령 대신 행사에 참석하여 대통령의 연설을 대독하는 대독총리라는 말도 생겨났다. 총리는 원래부터 잘 못 만들어진 자리였기에 감사원장에서 파면당해 총리가 된들 무슨 문제가 있으랴.

그날 나는 대통령 집무실 건너편 북악산 자락이 보이는 다이닝룸에서 대통령과 함께 오찬을 하며 맥주도 한잔 마시고 청와대를 나왔다.

대통령은 다음 주에 감사원장을 국무총리로 '승진' 시키고, 청와대 민정수석비서관을 감사원장으로 지명했다. 그리고 4대강 사업에 관한 기술 감사는 중단되었고 대통령의 임기 마지막 해 완공식을 했다.

정권이 바뀌며 4대강의 보를 개방하자거나 없애자고 주장하는 우여곡절도 있었지만, 홍수 예방과 수자원 보존의 혜택을 알게 된 국민이 나서 보의 해체를 막았고, 지금은 4대강 사업은 잘된 것으로 증명되어 오늘에 이르고 있다. 감사원장의 총리 승진은 마음에 들지 않는 감사원장과 총리의 자연스러운 해임과 4대강 사업의 성공이라는 일석삼조의 묘수가 되었다.

옛날 그 '불통'의 감사원장은 국무총리로 가서도 법대로 한다고 법에 정한 총리 권한을 행사하려다가 '오기'의 대통령에게 해임되기에 이르렀다. 해임을 눈치채고 사표를 제출하고는 자진하여 사퇴한 것으로 발표하여 대통령에게도 할 말 하는 사람으로 비추어져 대통령 후보로까지 되었으나 좌파 정권을 탄생시키고 끝났다.

세상 살다가 일이 틀어질 땐 옛날 오기의 대통령과 불통의 감사원장을 생각한다. 재수 없으면 뒤로 넘어져도 코가 깨지고, 운수 좋은 놈은 연못에 빠지면 붕어 잡아 나온다는 속담이 있다. 그래서 삶이 더 고단해진다.

2024 가을

단편

애비는 어이하라고

대치동 아파트를 나섰다. 양재천을 지나 대모산 아래 양재대로를 가다가 왼쪽으로 꺾어 구룡터널을 지났다. 성남비행장을 옆으로 비껴가서 내비게이션이 가르치는 대로 새로 생긴 자동차 전용도로를 탔다. 중원터널과 직동터널을 지나 달렸다. 작은 빌라들만 들어서 있던 골짜기는 30층은 됨직한 아파트들이 들어섰다.
　오후의 가을 산하에는 햇살이 쏟아지고 있었다. 자동차 전용도로를 내려 오포읍을 지나 매산리로 접어들었다. 올 때마다 찾는 꽃집 앞에 차를 세웠다.
　"무슨 꽃으로 살까?"

아내에게 물었다.

"하얀 국화 한 다발 사요."

나는 차에서 내려 꽃집으로 갔다.

"지난 추석 때 오셨는데 또 오셨네요."

아주머니는 나를 알아보고 인사를 했다.

"하얀 국화 열 송이에 안개꽃을 섞어 주세요."

웃음으로 대답하고 주문을 했다. 아주머니는 기름 봉지에 물을 넣고 잘 쌌으니 두 주일은 갈 것이라고 하며 금방 국화꽃 다발을 만들었다.

차에 올라 좁은 도로를 타고 가다 한남공원묘원으로 들어갔다. 매산저수지 언덕을 지나 주차장에 차를 세웠다. 차에서 내리니 발 아래 저수지에서 시원한 바람이 불어왔다.

공원묘원으로 들어가는 길녘에는 코스모스가 많이 피어 있었다. 묘지들이 가로세로 줄지어 들어선 산기슭 가운데 일자로 뻗은 산길을 올랐다. 저 아래 저수지를 둘러서 산기슭에 잔잔한 물결처럼 퍼져있는 묘지와 비석들은 원형극장에 둘러앉은 관객들 같았다. 그들의 무대에서 이 세상과 다른 그들의 교향곡이 장엄하게 울리는 것 같았다.

산 중턱 딸의 묘소에 올라 국화 다발을 상석에 놓았다.

"딸아! 엄마 아빠 왔다."

내 딸이 세상에 왔던 날은 함박눈이 많이 내리던 날이었다. 아내는 분만실 창가에 내리는 눈을 보며 딸을 낳았다는 소식을 전한다고 했다. 그날 내가 연수 가 있던 워싱턴에도 함박눈이 펑펑 쏟아졌다. 두 아들을 둔 우리에게 딸은 눈이 오는 날 하나님이 주신 큰 축복이었다. 딸은 이 세상에서 33년을 살다가 떠났다. 만남과 삶과 헤어짐은 슬프지만 아름다운 나의 노래였다.

나는 아내와 함께 묘지 앞에 서서 찬송가를 불렀다. '거기서 우리 영원히 주님의 은혜로 해처럼 밝게 살면서 주 찬양하리라.' 눈물이 흘러 얼굴을 하늘로 들었다. 시편 23편을 읽고 내가 기도를 했다.

딸아, 그동안 잘 있었어? 오늘이 네가 천국간지 10년이 되는 날이구나. 예수님과 천국에서 영생복락 누리고 있지? 네 딸 잘 커서 이제 고1이 되었다. 고등학생이 되고부터는 울지도 않고 공부도 열심히 한다. 네 딸 건강하고 씩씩하고 총명하고 아름답게 키워달라고 예수님께 항상 기도해라. 공부도 잘해서 좋은 대학에 들어가도록 항상 기도해라. 다시 올 때까지 잘 있어라. 예수님의 이름으로 기도합니다. 아멘.

묘지를 덮은 잔디 위에 가을 햇살이 쏟아지고 있었다. 아내는 묘지석에 새긴 글을 읽으며 손수건으로 눈물을 닦았다.

1978년
세상에 와서
33년을
오직 주님께 소망을 두고
E 대를 다니고 C 은행에서 일하며
아름답게 살다가
끝 날도 찬송하며
천국으로 떠난 사람
여기 잠들다

*

딸의 마지막 날 새벽. 아내가 병원에서 전화했다. 딸의 임종이 가까이 왔다고…. 나는 서둘러 옷을 입고 외손녀를 깨워 함께 아파트를 나섰다. S 대학병원을 향해 올림픽대로를 달렸다. 손녀에게 무슨 말을 어떻게 해야 할지 정리가 되지 않았다. 예상은 하고 있었지만 닥치고 보니 정신을 가누기가 어려웠다.

"할아버지 말 잘 들어라. 엄마가 하늘나라로 갔다."

오래 생각하다가 조용히 말을 건넸다.

"하늘나라가 어딘데요?"

손녀가 내 말을 듣고 조용히 있다가 물었다.

"응, 창밖을 봐라. 저 하늘 멀리 멀리에 있다."

우리는 한참 말이 없었다.

"엄마는 언제 돌아와요?"

"너무 멀어서 다시 오기는 힘들 거야."

나는 차를 천천히 몰았다. 더 설명해 줄 말을 생각했다.

"엄마를 만날 수 없는 거예요?"

"지금 가면 한 번은 볼 수 있어."

그리고 한동안 아무 말을 하지 않았다.

"안 올 수 있지?"

손녀는 아무 말이 없었다. 백미러에 비치는 얼굴은 시무룩해 보였다. 상황이 제대로 잡히지 않는 것 같았다. 유치원에 다니는 나이로서는 쉽게 해석이 안 되는 것이 당연했다.

한남대교를 지나 장충단 고개를 지나는 동안 나는 더 말을 하지 않았다. 동대문을 지나 이화동을 돌아서 S 대학병원에 들어섰다. 주차장에 차를 세우고 본관 12층 병실로 올라갔다.

내가 손녀와 함께 병실로 들어갔을 때 아내는 찬송가를 부르고 있었다. 딸은 조용히 눈을 감고 있었다.

딸의 손을 잡으니 아직 체온이 느껴졌다. 나는 조용히 기도했다.

사랑의 주님! 딸이 33년 이 세상에 사는 동안 받은 은혜를 감사드립니다. 지난 3년간 투병할 때 매일 기도하며 소망을 잃지 않게 지켜주심도 감사드립니다. 이제 사랑하는 우리 딸을 주님 손에 의탁하옵니다. 천국으로 인도하시고 영생복락 누리게 하소서. 예수님의 이름으로 기도드립니다. 아멘!

지금까지 경험하지 못한 숨 막히는 압박이 몰려왔다. 창백한 얼굴이 된 아내도 말이 없었다. 손녀는 상황을 제대로 몰라 멍하게 있었다. 우리 모두 받아들여지지 않는 상황이었다. 아무도 울지 않았다. 울기에는 너무 큰 충격이었다. 그냥 아무 생각도 안 나고 아무 말도 할 수 없었다. 예정대로 맞는 부모의 죽음과는 달랐다.

*

딸은 유방암 진단을 받고 3년 투병했다. 가슴에 통증이 와서 정기적으로 다니던 부인병 전문병원에 갔는데 유방암이 깊었다는 진단을 받게 되었다. 그날 딸은 병원을 나와 집에 돌아가지 않고 한강공원을 한 없이 걸었다고 했다. 무엇을 어떻게 해야 할지 아무 생각도 나지 않았다고 했다. 밤에 신랑에게 말하고는 다음 날 세 살 딸을 데리고 우리 집에 오게 되었다.

딸이 우리 집에 왔을 때 나는 재정부에서 2008년 발생한 글로벌금융위기와 싸우고 있었다. 미국의 거대한 투자은행 리먼브라더스의 파산은 세계경제를 흔들었다. 그 파장은 미국에서 시작하여 유럽으로 아시아로 밀려왔다. 대외의존도가 높은 우리 경제도 크게 흔들렸다. 얼마 전 까지만 해도 우리 기업은 경쟁국에 비해 너무 높은 세율을 피해 중국과 동남아로 나가고 있었고, 경상수지는 악화일로에 있었다. 특히 여행수지는 사상 최대의 적자를 보이고 있었다. 서울 주부들은 아침에 비행기를 타고 도쿄에 가서 미스코시백화점에서 명품 쇼핑을 하고 소문난 우동을 먹고 저녁에 서울로 돌아와도 비행기 삯이 빠졌던 것이 우리 경제의 현주소였다. 부산 사람들은 현해탄 건너 오이타에 가서 골프 치고 온천을 즐기고 오는 것이 부산에서 골프 치는 것보다 쌌다. 반면에 일본은 동남아로 나갔던 기업이 돌아오고 경상수지 흑자는 증가했고 여행수지도 흑자를 보이고 있었다.

　노무현 정부는 서울 주부의 도쿄 쇼핑과 부산 사람의 오이타 골프를 심각하게 생각하지 않고 2008년 정권을 이명박 정부에 넘겼다. 과대 평가된 환율은 우리 제품의 경쟁력을 잃게 만들고 높은 법인세율은 우리 기업을 해외로 내몰았다. 이명박 정부가 들어설 때 재정부 장관으로 취임한 나는 바로 글로벌금융위기와 부딪치게 되었다. 위기 대응이 시급했다. 먼저 대외경쟁력 회복을 위해 환율을 올리고 세금을 경쟁국 수준으로 내리는 정책부터 추진했다. 환율은 1달러당 800원대에서 1200원대로 올리고 세율은 법인세율 25%을 20%로 내리는 것이었다. 대외의존도가 80%가 넘는 우리경제에서 경상수지는 종합건강지수였고 경상수지 적자가 지속되면 대외지급이 불가능한 상태가 되기 때문이었다. 일본의 환율은 달러당 100엔 전후였고 법인세율은 20%였다.

　1997년 외환위기 때도 그랬다. 반도체 수출을 빼면 경상수지 적자가 매년 100억 달러 정도 증가하는데도 반도체에 가려 위험을 몰랐고 환율이 달러당 800원대로 떨어져도 방치하여 우리 제품의 대외경쟁력을 상실하게 만들었다. 포도주, 골프채, 화장품 등 고가의 소비재를 폭발적으로 수입하며 사치를 즐겼다. 능력 이상으로 고평가된 환율을 즐기는 것은 2008년에도 마찬가지였다. 환율은 국가 경영의 기본에 속하는 것이라서 시장에 맡겨놓고 방임하는 나라는 없었고, 세율은 내릴수록 그만큼 경제가 성장함으로써 종국적으로 세입이 증가한다는 것을 통계가 말해주고 있었다. 문제는 환율이 상승하면 수입 물가가 오르는 것이었는데 세계 경제가 불안해지자 원유가격이 덩달아 오르는 것이었다. 2008년 들어 원유가격이 배럴 당 100달러를 넘더니 계속 올라 140달러에 육박하면서 우리의 대응은 설상가상이 되었다. 물가가 오르자 고환율을 비난하는 목소리는 높아만 갔다. 좌파정부가 올린 법인세율을 경쟁국 수준으로 내리는 것을 두고 부자감세라고 몰아세웠다.

환율이 1,200원대로 오르자 미국에 유학 보낸 자녀의 학비를 매달 보내야 하는 아줌마부터 고환율을 비난하는 인터넷 악플을 달기 시작했다. 휘발유 가격을 시작으로 물가가 오르자 민중도 야당과 합세하여 악플을 달았다. 어느날 뉴욕에서 MBA를 마치고 월스트리트에서 근무했다는 자칭 금융전문가 '미네르바'가 나타나 환율이 달러당 곧 1,250원이 된다고 예언했는데 그 예언이 적중하자 네티즌들은 그를 '경제대통령'이라고 부르며 정부는 미네르바에게 배우라고 조롱했다. 좌파 정부에서 청와대 경제수석을 지낸 S 대 K 교수는 그를 '국민의 경제스승'으로 불렀고, 야당은 그를 재정부 장관에 앉혀야 한다고 했다. 미네르바가 주식은 반토막이 될 것이라고 예언했는데 그렇게 되지 않았다. 나중에 허위사실 유포로 고발되어 검찰의 수사를 받게 되었는데 그는 MBA도 아니고 미국에 머문 적도 없는 국내 전문대를 졸업한 30세의 무직자이고 인터넷 기사들을 조합하여 글을 올린 것으로 밝혀졌다. 그후 '국민의 경제 스승'으로 칭송받던 그는 사라졌다.

환율이 달러당 1,300원에 육박하자 한국경제학회 118인의 경제학자들은 내가 잘못된 정책으로 대응하여 위기를 초래했다며 장관 경질을 요구하는 공동성명을 발표했다. 달러를 마음대로 찍어낼 수 있는 미국은 달러 인쇄기가 고장 나지 않는 한 대외지급 불능이 일어날 수 없는데 그 미국 경제학을 공부한 교수들은 환율을 시장에 맡기라고 했다. 국회의원 총선거를 앞두고 물가 상승과 부자감세 비난에 부담을 느낀 여당도 나의 해임을 들고 나섬으로써 나는 사면초가의 상황에 빠지게 되었다.

새벽 교회를 나가 하나님께 기도했다. "내가 가는 길이 옳지 않다면 그만두게 하시고, 옳은 길이라면 돌팔매에 맞아 피가 나더라도 앞으로 나가게 하소서." 나는 내가 가는 길이 바른길이라고 믿었고 대통령의 지지에 힘입어 한 발도 물러나지 않았다. 미국 워싱턴에서 열린 IMF 연차총회에 갔다 오는 길에 뉴욕에 가서 미국과 300억 달러의 통화스와프 계약을 성공시킴으로써 대외지급불능의 위험에서 탈출하게 되었다. 우리 역사에서 처음 체결한 한미통화스와프는 고환율정책과 감세정책도 성공적으로 추진될 수 있게 만들었다.

내가 외로운 싸움을 하고 있을 때 딸은 인터넷 악플과 싸웠다. 외국은행에서 일했던 딸은 말이 안 되는 악플을 참지 못하고 잠을 설치며 댓글을 달며 싸웠다. "수구 우파 또라이같은 놈아! 부자 앞잡이 고마해라"고 욕설까지 하는 악플에 딸은 참을 수 없었다. 아빠는 부자를 위해 세금을 깎아 줄 만한 삶을 살지 않았고, 우리가 도쿄에 명품 쇼핑을 가는 것이 정상적이냐고 반박하는 글을 올리고 올리고 끝없이 올렸다고 했다. 그러다가 지친 딸이 어느 날 '아빠, 더 이상 욕 듣지 말고 장관을 그만두라'고 했다. 그렇게 한 해를 사는데 가슴에 이상한 통증이 와서 병원에 갔는데 유방암이 깊었다는 진단을 받게 된 것이었다.

2천 년 전 플루타르크가 '민중에 맞서면 정권이 어려워지고, 민중을 따라가면 나라가 어지러워진다'라고 한 말은 그때나 지금이나 맞아떨어졌다. 나는 나라 경제를 살리기 위해 야당과 민중에 맞섰는데 여당은 정권을 어렵게 한다고 사임을 촉구하고 나섰다. 그런 와중에서 경상수지는 흑자기조로 돌아섰고, 한미통화스와프로 국가부도 위기는 벗어나게 되었고, 세율을 경쟁국 수준으로 내리는 법안도 국회를 통과했다. 그렇게 1년간 위기 극복을 위한 정책을 마무리하고 장관직에서 물러났다. 대통령과 여당에 큰 부담을 줄 수 없었고 스스로도 오래 하고 싶지 않았다.

후일의 일이었지만 2008년 글로벌금융위기에서 세계가 마이너스 경제성장을 할 때 우리는 플러스 성장을 하였고, 수출은 12위에서 7위로 올랐으며, 세계사 최초로 원조 받는 나라에서 원조 주는 나라가 되었고, 국가 신용등급도 처음으로 일본을 앞질렀다. 외신은 '한국 관료에게 경의를' 표했고, IMF는 우리 정책을 '교과서적인 사례'라고 평가했지만 나와 딸의 삶은 큰 상처를 받았다. 나를 해임하라던 118인의 경제학 교수들은 아무 말이 없었다.

*

나는 장관직을 물러난 후 딸과 함께 병원에 다녔다. 당초 암을 진단한 동네 병원이 아닌 강남에서 제일 큰 S 병원에서 가서 CT와 MRI를 찍고 정밀진단을 받았다. 의사는 유방암이 4기에 접어들었다고 했다. 지난해 검사받을 때 몰랐는데 이렇게 빨리 악화되었다는 것이 믿어지지 않았다. 더구나 통상 4가지 유형의 유방암 가운데 딸의 경우는 최근에 발견되는 새로운 유형이라면서 아직 치료제가 개발되지 않았다고 했다. 다른 부분에 전이는 되지 않아 수술과 항암치료로 완치 가능성이 있다는 의사의 말에 따라 2주 후 수술 날짜를 잡았다. 수술하기 전날 딸은 동네 미장원에 가서 머리를 삭발하고 모자를 썼다. 항암치료를 받으면 머리카락이 다 빠진다고 하여 미리 그렇게 했다. 수술 후 한 달에 한 번 세 차례의 항암치료를 받게 되었다. 주말에 아내와 딸과 손녀를 데리고 서울 근교 가평 유명산 휴양림에 가서 자연치료에도 힘썼다. 성경을 암송하고 찬송하며 숲길을 걸었다. 그렇게 6개월여에 걸친 수술과 항암치료가 성공적으로 끝났다는 담당 의사의 판정을 받았다. 우리는 기쁜 마음으로 아들과 딸 가족 모두 함께 부산으로 여행을 갔다. 해운대 J 호텔에 머물며 동백섬에서 동백꽃을 보고 백사장에서 사진을 찍으며 겨울 바다를 즐겼다. 자갈치시장 '명물횟집'에서 온 가족이 회를 먹었다.

그렇게 돌아온 일상은 그해 봄을 넘기지 못했다. 딸이 그의 아파트로 돌아간 다음 달에 수술한 부위가 다시 아프다고 하여 병원에 갔는데 담당 의사는 몇 가지 검사를 한 후 완치되었다며 의사의 말을 믿으라고 했다. 개운치 않은 마음이었지만 의사의 말을 믿고 집으로 돌아왔다. 계속 그 부위가 더 아프고 겨드랑이까지 아프게 되어 다시 병원을 찾아가 검사를 받았다. 의사는 얼굴색이 변하더니 재발한 것 같다고 했다. 아직 치료제가 개발되지 않은 유형에 속하기 때문에 국내에서는 더 이상 치료하기 어렵다고 하면서 유방암 치료에 최고의 권위가 있는 뉴욕의 슬론 케터링 암센터에 갈 것을 권유했다.

S 병원을 나올 때 화창하게 핀 벚꽃도 슬펐다. 집에 돌아와서 모두 무거운 침울에 사로잡혔다. 다행히도 슬론 케터링 병원에는 내가 뉴욕에서 대사관 재무관으로 근무할 때 같은 교회를 다니던 S 박사가 있었다. 나는 S 박사에게 전화를 걸어 사정을 설명하고 도움을 요청했다. 통상 예약에 3개월이 걸리지만, 2주 후 특별진단 예약을 하고 딸과 사위가 함께 뉴욕에 가도록 주선했다. 뉴욕에 간 딸은 소망의 메일을 보냈다.

엄마 아빠!

다 커서 시집까지 보낸 딸이 집에 애까지 딸려서 들어와 투병 생활한 것도 모자라 이제는 미국까지 *^^*. 그것도 떼돈 가지고 말이에요. 생각 안 하려고 해도 정말 속상하고 답답해 잠이 안 오네요. 이렇게 엄마 아빠를 힘들게 하는 자신이 너무나 싫고 미워요. 애한테 좋은 엄마가 못 되어준 게 너무 속상하고 오빠에게 원망한 것도 미안하고... 그동안 제가 너무 애와 오빠에게 불평과 불만 속에서 살고, 아빠 엄마에게도 신경질 부리면서 살아와 이렇게 아픈 것 같아요. 제가 스스로 아프게 만들었다는 걸 생각하니 누구에게도 뭐라고 원망도 못하겠네요. 정말 하나님만 의지하고 소망을 가지고 두려움 없이 치료할게요. 다음 주에 검사결과가 나온다니 아빠말 믿고 정말 열씨미 싸울게요!!! 어릴 때 살았던 뉴욕에서 병을 고치고 돌아갈게요*^^* 돈 걱정도 미안하지만 오빠가 열씨미 벌어온댔으니깐 천천히 앞으로 살면서 갚을게요~*^^* 그동안 쑥쓰럽고 염치없어서 말로 표현 못했지만 아빠에게 정말 감사하고 또 감사해요!! 아무리 자식이라도 부모가 사랑해주고 뭐든지 해주는 것을 당연한 건 아닌 것 같아요. 제가 애를 키우면서 깨달아요. 제가 아무리 잘해줘도 신경질 부리고 고마워하지 않으면 애라도 섭섭하거든요. 아빠!! 아빠가 자랑스러운 장관이 되어 정말 감사합니다, 아빠를 위해 밤새 악플과 싸운 일이 좋았어요. 아빠한테 받은 만큼 건강하게 돌아와 갚아 나갈거에요. 꼭!!! 이제 저도 울지 않을게요. 모든 길을 하나님께서 아빠를 통해서 준비해 주시고 있음을 믿고 의심치 않고 잘하고 병 나아 올게요!!

뉴욕에서 사랑하는 딸

뉴욕에서 보낸 메일을 받은 지 한 주가 지나 딸은 검사 결과에 절망하는 메일을 보내왔다. 거기서도 희귀한 유형이라 독일 B 제약사의 테스트 드럭(임상시험용 약품)에 의한 실험에 참여하는 방법밖에 없다는 것이었다. S 박사는 S 대학병원도 B 제약사의 테스트 드럭 실험에 참여하고 있으니 뉴욕에서 따로 떨어져 치료하느니 서울에서 가족과 함께 치료할 것을 권했다고 했다.

뉴욕에서 실망하고 귀국한 딸은 S 대학병원 유방암센터에 가서 처음부터 새로 진단 절차를 밟고 치료에 들어갔다. 독일 B사의 테스트에 참여하기로 했다. 담당 의사는 완치 여부를 알 수 없으나 희망을 잃지 말고 함께 노력해 보자고 했다. 딸은 테스트 드럭을 먹으며 통원 치료를 하게 되었다. 나는 한 달에 한 번 아내와 함께 딸을 데리고 내가 운전하여 S 대학병원에 갔고 딸은 갈 때마다 피를 뽑고 주사를 맞는 고통을 한 번도 불평 없이 참았다. 나는 의사의 권유에 따라 주말마다 홍천 양지바른 산속에 있는 H 힐링센터에 다녔다. 숙소에는 가족이 함께 머물 수 있도록 두 개의 침실과 샤워실과 화장실이 딸려 있었다. 나는 아내와 딸과 손녀와 함께 암 환자를 위해 정해진 프로그램에 따라 건강식을 먹고 요가를 하고 뒷산의 편백나무 길을 걸었다. 암 치료에 특효가 있다는 피톤치드를 마시도록 곳곳에 마련된 평상에 앉아 깊은 호흡을 했다. 가을에는 낙엽이 깔린 산책길을 찬송가를 부르며 걸었다. 다음 해 봄 식목일에는 대추나무를 심고 3년 뒤에 대추 따러 오자고 약속했다. 그해 유치원에 들어간 손녀는 힐링센터를 오가는 차 안에서 뽕짝 노래에 맞추어 어깨춤을 추었다. 딸은 프로그램대로 열심히 치료했고 주말은 아름다운 시간이었다.

집에서는 의사의 권유대로 동네에 새로 생긴 제과점에서 사온 쌀빵을 많이 먹었고 단백질이 많은 장어를 자주 먹었다. 한강변의 갯장어집에 자주 갔고, 파주 임진강에 가서 장어구이를 사오기도 했다. 그렇게 살아가는 동안 딸의 머리카락 수는 날로 줄어들었고 몸도 쇠약해졌고 통증이 조금씩 더해 갔다. 의사도 확실한 이야기를 하지 않았고 우리도 묻지 않았다. 통증이 올 때면 딸은 의사가 처방한 진통제를 먹으며 성경을 읽고 기도했다. 나는 새벽마다 교회에 나가 하나님께 딸에게 치유의 성령이 임하여 외양간에서 나온 송아지 같이 뛰게 해 달라고 기도했다. 그것이 아니시면 내 삶의 남은 연수라도 딸에게 주실 것을 간절히 기도했다. 딸에게는 오늘이 가장 건강한 날이었고 우리에게는 오늘이 함께 찬송할 수 있는 고마운 날이었다.

어느 날부터 장어도 먹기 싫어했고 쌀빵과 사과만 먹었다. 그러다가 쌀빵도 제대로 먹지 못하고 사과로 버티게 되었다. 심한 통증이 몰려오면 혼자 방에 들어가 크게 찬송을 불렀다. 어떤 때문을 열고 들어가 보면 얼굴은 눈물범벅이 되어 있었다. 손을 잡고 함께 눈물의 찬송을 부르는 것이 애비가 할 수 있는 일의 모두였다.

그러던 어느 날 견디기 힘든 통증이 몰려왔다. 예약한 치료 날짜까지 기다릴 수 없어 병원으로 가기로 했다. 현관을 나설 때 '아빠 나 좀 잡아줘'하고는 내 어깨에 팔을 얹었다. 몸을 가누지 못할 정도로 허우적거렸고 체중이 무겁게 내 어깨에 실렸다. 현관을 나설 때 '아빠, 고마워'하며 미소를 힘없이 지었다. 나도 미소를 지으며 '힘내자'라고 대답했다. 나는 오른팔로 딸의 허리를 잡고 딸의 한 손을 내 목에 두르고 겨우 엘리베이터를 타고 내려가서 차에 태웠다. 병원에 내렸을 때도 몸을 가누지 못해 휠체어를 타고 12층 병실로 갔다. 담당 의사는 입원을 하라고 했다. 지금까지 테스트 드럭의 치료를 받는 동안 가끔 이틀 정도 입원한 적은 있었지만, 이번에는 기한을 말하지 않고 입원하라는 것이었다.

입원 후 아내는 함께 교회에 다니는 권사와 함께 돌아가며 밤낮으로 병실을 지켰다. 의사는 오전 오후 진료를 돌았다. 상황이 어떤지 의사도 말이 없었다. 다시 입원한 지 열흘이 지난 어젯밤 아내의 요청으로 교회 목사님과 권사님 두 분이 오셨다. 영혼이 육신을 떠남에 대한 모녀간의 본능적인 육감을 아내는 느끼는 것 같았다. 아내는 딸이 좋아하는 찬송가 <나 같은 죄인 살리신>과 시편 23편 <여호와는 나의 목자시니>를 목사님께 부탁했다. 우리는 함께 예배드리고 목사님의 기도와 주기도문으로 예배를 마쳤다.

목사님 일행이 병실을 떠난 후 나는 딸의 손을 잡았다.

"꺼져가는 등불을 끄지 아니하시는 주님, 딸을 지켜주소서."

딸은 나를 바라보았다.

"아빠 나 죽는 거야?"

육신의 등불 눈동자에 힘이 없었다.

"우리 천국의 소망으로 기도하자."

"아빠 엄마! 고마웠어!"

마지막 꺼져가는 영혼의 불빛이 보였다. 슬픈 그러나 평화로운 불빛이었다.

"엄마, 내 딸 키워줘. 오빠는 내가 죽으면 재혼하라고 했어."

"그래 걱정하지 마. 잘 키울게. 모든 것 주님에게 맡겨라."

우리는 낮은 소리로 찬송을 불렀다.

내 주를 가까이 하게 함은 십자가 짐 같은 고생이나⋯⋯ 천사 날 부르니 늘 찬송하면서 주께 더 나가기 원합니다

그날 밤이 딸과의 마지막이 되었다.

*

　손녀는 눈을 감고 침대에 누워 있는 엄마의 얼굴을 말없이 보았다. 딸과 손녀의 손을 잡고 '하나님! 에미 천국 가게 하소서'하고 기도했다. 마침 달려온 며느리에게 돌아갈 때 손녀를 집에 데려가도록 했다.
　다음날 입관 때도 에미 시신이 관으로 들어가는 것을 보이지 않기 위해 손녀는 며느리와 함께 집에 있게 했다. 아내와 사위를 창밖에 있으라고 하고는 나만 염습실로 들어갔다. 관 뚜껑을 덮기 전 기도를 했다.
　"주여! 내 딸의 영혼을 주님께 의탁합니다. 딸아! 천국에서 네가 한세상 사랑한 예수님 만나 영생 복락 누리기를 빈다. 네가 나를 관에 넣어야 하는데 애비가 너를 관에 넣는구나. 네 딸은 내가 직접 키울 테니 걱정마라. 천국에서 만나자. 아멘"
　딸의 싸늘한 이마에 키스했다. 염습한 딸을 장의사와 함께 들어 관에 넣었다.
　장례식 다음 주 서둘러 손녀의 침대와 옷장과 책상을 새것으로 바꾸었다. 세 식구만 남은 집의 일상은 조용했다. 나는 한 달을 아무것도 하지 않고 아무 데도 나가지 않고 집을 지켰다. 손녀는 평소

대로 노랑 버스를 타고 유치원에 다녔다.

다음 해 손녀는 초등학교에 들어갔다. 엄마가 보고 싶다고 울 때는 셋이 함께 울었다. 그렇게 울던 일도 뜸해지고 여름 방학이 되자 휴가로 제주도에 갔다. 비행기를 타고 가는 동안 구름 위에 펼쳐진 파란 하늘을 계속 보았다. 서귀포에 머무는 동안 손녀는 아무 곳에 가도 흥미가 없어 보였다. 한림수목원에서 사진을 찍을 때도 손가락으로 브이 자를 만들었지만 표정은 없었다. 돌아오는 비행기에서도 손녀는 창밖에 펼쳐진 구름 위의 하늘만 보고 있었다. 하늘나라 어딘가에 있을 엄마를 찾는 것 같았다. 누구도 아무 말 하지 않았다.

칠순을 맞아 동유럽 여행을 아내와 함께 갈 때 여름방학을 맞은 손녀도 함께 데려 갔다. 서울에서 비엔나로 가는 비행기에서 손녀는 계속 하늘만 바라보았다. 프라하성의 성당에 갔을 때 황홀한 스테인드글라스 위 천장에서 엄마가 부르는 소리가 들렸다고 했다. 그날 밤 호텔에서도 자꾸 엄마 소리가 들린다면서 잠들지 못했다. 돌아오는 비행기에서도 계속 창문 너머 하늘을 보았다. 나는 그 하늘에 엄마가 없다는 말을 할 수 없었다.

어느 해 초등학교 3학년 때인가 아내의 생일을 맞아 두 아들네

식구와 함께 식사를 했는데 그날 밤 손녀는 많이 울었다. 사촌들은 엄마도 아빠도 언니도 동생도 있다는 사실이 마음에 걸린 것 같았다. 한참을 지나도 울음이 끝나지 않아 나는 방에 들어갔다. 손녀는 할머니를 끌어안고 눈물범벅이 되어 있었다. 셋이 부둥켜안고 울었다. 손녀에게 하나밖에 없는 에미는 우리에게 세상에 하나뿐인 딸이었다.

어느 겨울방학 때 항상 혼자 지내는 것이 마음 아파서 사촌들과 함께 보내라고 둘째네 집에 손녀를 데려다주었는데 다음날 돌아왔다. 가족 모임도 사촌과 어울림도 모두 에미 없는 것을 더 느끼게 해준 것이었다. 그 후로는 생일파티도 우리 세 식구만 했다. 쇼핑도 싫어했다. 할머니 할아버지와 백화점 오는 사람이 없어서 그런 것 같았다. 햄버거도 집에서 배달시켜 먹고 식당에는 가지 않았다. 추석이나 설이 되면 가족 모임에 가지 않고 교외로 나가 우리 셋이 호텔에서 지냈다. 주위에 있는 아울렛도 맛집도 안 가고 아무도 없는 공원을 거닐거나 방에서 지내다가 돌아왔다.

어느 날 일이 터졌다. 학교를 마치고 손녀는 시무룩한 얼굴로 돌아왔다. 무슨 일이 있었느냐고 물었다. 대답도 안 하고 방에 들어가 침대에 엎드렸다. 한참을 그러고 있다가 일어나 소리를 질렀다.

"할아버지! 난 억울해요. 우리 학교에 엄마가 없는 애는 나밖에 없어요."

나는 아무 말 못하고 우두커니 서 있었다.

"왜 나만 엄마가 없어요. 학교에서 일요일에 엄마와 함께 야외에 나가 사진을 찍어오라고 했어요. 나는 숙제도 할 수 없어요. 난 억울해요."

대들 듯이 소리치고는 소리쳐 엉엉 울었다. 다음 월요일 아내는 담임선생을 찾아 에미 없는 사연을 얘기하고 앞으로 그런 숙제를 내지 않을 수 없느냐고 부탁했다. 그 후로 학년이 바뀔 때마다 담임을 찾아가 사연을 얘기하고 엄마나 가족 관련 숙제는 내지 말아 달라고 부탁했다.

또 문제가 터졌다. 같은 아파트 같은 줄 바로 아래층에 새로 이사 온 같은 반 친구가 있었는데 어느 날 '왜 니네 엄마는 보이지 않고 할머니만 보이느냐'고 물었다는 것이다. '엄마는 하늘나라에 있다'고 했는데 걔가 반 아이들한테 그것을 말해 '하늘에 엄마가 있는 아이'라는 소문이 퍼진 것이다. 아내가 걔 엄마를 만나 다시는 그런 말을 하지 말게 해 달라고 부탁했다. 그 뒤 아내는 등굣길 교통안내도 가지 않았고 학교에 일이 있으면 담임과 전화로 했다.

초등학교 6학년이 되어서는 심각한 일이 터졌다. 여름방학 때지 아빠와 함께 부산에 있는 고모 집에 가서 휴가로 한 주를 지내다 돌아와서다. 집에 돌아온 그날부터 방에 틀어박혀 나오지 않고 며칠을 밥도 제대로 먹지 않았다. 그렇게 며칠을 지나다가 문을 걸어 잠그고 크게 통곡을 했다. 그렇게 크게 통곡한 것은 처음이었다. 그러고는 그날 이후 가끔 가던 아빠 집에도 가지 않겠다고 했다. 피할 수 없는 상황을 스스로 받아들여야 한다는 것을 깨달은 것 같았다. 울지 않는 모습이 더 가슴을 아프게 했다. 딸을 가슴에 묻고 사는 게 이렇게 마음 아픈데 에미를 등에 업고 사는 게 얼마나 힘들고 무거우랴! 이 아픔과 힘듦과 무거움을 그 누가 알 수 있으랴! 주여 불쌍히 여기소서!

*

중학생이 되어서는 말도 웃음도 잃었다. 집에서 도무지 말을 하지 않았고 눈빛도 주지 않았다. 가끔 말을 걸어도 대답을 하지 않는 경우가 많았다. 어쩌다 퉁명스럽게 던지는 대답은 무슨 소리인지 알아들을 수가 없었다. 학교에서 돌아오면 방에 들어가 휴대폰을 들고 살았다. 집안은 더 무거워졌다. 가끔 내용을 알 수 없는 우편물이 오가는 것을 보아 휴대폰 세상에 빠져든 것 같았다. 일본에서도 우편물이 왔다. 나는 아무 것도 묻지 못했다. 지금까지 손녀

문제를 상담하던 정신과 의사인 친구는 지금까지는 소극적인 저항과 적응의 시간이었다면 이제는 적극적인 반항과 공격의 시간이라는 것이다. 중학생이 되면 엄마 있는 애들도 말도 안 하고, 안 듣고, 대들기도 한다고 했다.

이제 기도 외에는 내가 할 수 있는 것이 없었다. 언제나처럼 새벽에 교회에 나가 건강하고 씩씩하고 총명하고 아름답게 키워 달라고 기도했다. 어느 날 친하게 지내는 친구 셋이 우리 집에서 파자마 파티를 하고 싶다고 해서 그러라고 했다. 나는 햄버거와 피자도 사 오고 아이스크림도 사오며 극진히 친구들을 대접했다. 정을 나눌 친구가 생긴 것이 감사했는데 코로나가 오는 바람에 그것도 그치고 말았다.

중2가 되어서는 대화는 거의 없어졌다. 말은커녕 눈빛도 마주치지 않았다. 아내는 '김정은도 무서워한다는 중2'라고 하면서 아무 말도 하지 말라고 했다. 친구들과 올림픽 공원에 열린 BTS 콘서트를 다녀온 날 밝은 눈빛 한 번 맞추었다. 침묵이 울음보다도 반항보다 더 안쓰럽고 걱정이 되었다. 햄버거를 사 달라거나 떡볶이를 사 달라고 하면 시키는 것만도 고마웠다. 바깥 심부름은 언제나 '서열 3위' 내 차지였다. 개를 키웠다면 4위가 되어 개 심부름도 해야 하는데 그러지 않는 것만도 기쁘게 생각했다.

그렇게 중학 생활을 끝내고 고등학교에 들어갔다. 희망대로 남녀공학이었다. 작전상 내신에서 남학생을 깔고 갈 수 있어 그런 선택을 했는데 우수한 여학생이 많아 한 문제만 틀려도 2등급이 된다고 했다. 내신이 불리하다며 정시로 작전을 바꾼다고 했다. 과목별로 1타 강사가 있는 학원에 등록하여 과외 중심으로 공부했다. 수시, 정시, 내신, 수능 등 복잡한 입시제도에 공교육은 길을 잃은 것 같았다. 담임도 학원에 가는 것을 권했다. 1타 강사가 있는 학원이 많은 대치동에 집이 있어 큰 짐을 덜었다. 학원 못 가는 날에는 인강—인터넷 강의—을 위한 교재를 찾으러 학원에 들렀다. 학원 사무실은 생각보다 크고 학년과 과목별로 창구가 되어 있어 상당한 기업 수준이었다. 아내는 좋은 대학에 가기 위해서는 엄마의 정보력, 아빠의 무관심 그리고 할아버지의 경제력이 필요한 것이 지금의 세태라고 했다. 정보를 얻기 위해 아내는 손녀의 친구 엄마들을 부지런히 만났다. 내가 모르는 얘기를 손녀와 주고받았다. 과외비는 지 애비가 대고 있으니 나에게 관심을 끄라고 했다.

어느 날 택배로 베이스 기타가 배달되었다. 손녀가 주문한 것이라고 해서 웬일이냐고 물었더니 아내가 대신 대답했다. 책상머리에 두고 Y 대 K-pop클럽에 들어가 베이스 기타를 칠 것을 생각하며 공부해야 잘될 것 같아서 그런다고 했다. 그러다가 어느 날 이과에서 문과로 넘어오는 교차지원 때문에 문과가 불리해졌다고 투덜거리며 당초 목표였던 경영학과를 포기하고 붙는 것 목표로 제일 쉬운 과로 가겠다고 했다. 나는 그저 듣기만 했다.

친구 의사는 지금까지 어려움을 잘 극복하고 있으니 보고만 있으라고 했다. 현재 적극적인 반항이나 엉뚱한 일을 안 하는 것만도 다행으로 생각하라고 했다. 눈물이 없는 것은 스스로 극복하려는 의지의 표현이라고 했다. 대학에 들어갈 때까지 옛일이나 에미를 생각나게 하는 말과 일은 피하라고 했다. 묘소 참배도 대학생이 된 후 스스로 찾을 때까지 기다리라고 했다.

*

잔디에서 일어나 바지를 털었다. 아내와 함께 딸에게 작별 인사를 했다.

"애비 간다. 천국에서 예수님과 영생복락을 누려라. 네 딸 건강하고 씩씩하고 총명하고 아름답게 키워 주실 것을 예수님께 기도하고. 좋은 대학에 들어가도록 항상 기도해라. 대학생이 되면 네 딸 함께 올게. 잘 있거라."

앞산 그늘이 매산저수지에 내리고 있었다. 시가 된 10년의 아픔과 눈물을 무덤에 묻고 산길을 내려왔다.

<애비는 어이 하라고>

지난밤 가을비에 우수수 낙엽 지고 너와 함께 걷던 길 애비 홀로 걷는데

산마루

초승달 뜨고 가을 바람 소슬하구나

아픔이 몰아치고 죽음이 어른거릴 때 애비는 하릴없이 네 옆만 지켰구나

삼 년을

그리했어도 네가 있어 행복했노라

내 딸을 살려주고 이 애비 데려가라고 새벽에 교회 나가 주님께 빌었는데

애비는

어이하라고 너를 먼저 데려갔나

봄이면 싹이 트고 가을이면 낙엽지고 만나면 헤어짐을 그 누가 막으랴만

너 먼저

천국 갔으니 그것이 애닯구나

2021 가을

중편   최후진술

I

 출소한 다음 날 오후 차를 몰고 한강 변 올림픽도로를 달렸다.
 강변의 풍경은 내가 없는 사이 외국에 온 것 같이 달라져 있었다. 123층의 롯데월드타워는 압도적이었다. 북한 개성도 보인다는 554.5m 높이의 전망대가 세상이 얼마나 변했는지를 말해주었다.
 강동대교를 지나 미사리 한강공원 주차장에 차를 세웠다. 둑길에 오르니 초겨울 강바람이 얼굴을 때렸다. 갈대숲이 바람 따라 일렁이며 파도를 쳤다. 내가 구속되기 전날 걸었던 둑길이었다.

0.1%도 받아들일 수 없었던, 고독과 슬픔과 분노의 4년여 동안이었다. 나중에는 시대와의 불화가 낳은 아픔으로 생각하고 체념하였지만, 그 체념의 상처는 뼛속 깊이 뿌리박혔다. 그대로 갖고 살기에는 너무 시렸다.

　암흑 같았던 체념의 공간에서 유사 이래 최장이라는 추석 연휴 열흘은 가장 험난한 계곡이었다. 과거에도 없었고 앞으로도 있기 힘든 역사상 가장 긴 연휴였다. 2017년은 10월 4일이 추석인데, 9월 30일 토요일과, 10월 2일 월요일은 올해 특별히 정한 징검다리 공휴일, 그리고 3일간의 추석 휴일과 개천절의 대체 공휴일인 10월 6일 금요일, 여기다가 한글날인 10월 9일 월요일까지 합쳐 10일간의 연휴가 된 것이다. 그 연휴에 나는 서울구치소에서 최후진술서를 쓰고 있었다. 열흘간의 그 혹독함은 내 체념의 상처를 가장 아프게 후벼 팠다.

　둑길을 따라 걷는 동안, 그 열흘간의 기억이 생생히 떠올랐다. 나는 주머니 속에 든 별모양의 금속을 만져보았다. 그것은 무겁고 차가웠다. 강바람이 차갑게 불어왔다. 높이 솟은 롯데월드타워에 해가 걸렸다.

2017년 추석 연휴를 앞둔 주말 금요일 오후 2시. 봄날에 시작해 여섯 달에 걸쳐 진행된 항소심의 마지막 결심공판이 서울고등법원에서 열렸다.

세 명의 검사가 돌아가며 나의 12가지 혐의에 대해 신문을 했다. 벤처기업인과 국회의원을 어떻게 만나게 되었는지 그리고 왜 그들의 투자와 대출 부탁을 들어주었는지. 나는 원심과 마찬가지로 혐의 사실을 부인하는 대답을 했다. 그저 살아가다가 만났고 그저 일상의 부탁으로 들었고 그저 사람들의 얘기로 전달했다고. 모르는 사실은 모른다고, 아닌 사실은 아니라고, 그것도 아니면 기억에 없다고.

검사들의 신문이 끝나고 내가 선임한 변호사가 돌아가며 검사의 신문을 반박하는 신문을 하였다. 변호사의 신문이 끝나자 검사들은 다시 반대신문을 통해 참고인 진술과 증거를 제시하면서 벤처기업인의 투자와 국회의원의 대출청탁을 들어주려고 강제력을 행사했다는 주장을 계속했다. 원심에서도 여섯 달에 걸쳐 혐의 내용이 사실과 다름을 진술하며 증거를 댔고 최후진술을 하였지만 받아들여지지 않았다. 항소심에 들어와서도 여섯 달에 걸쳐 원심에서와 비슷하게 공판이 진행되었고 검사와 변호사 그리고 나는 같은 이야기를 되풀이했다.

구속된 상태에서의 법정 싸움은 처음부터 기울어진 운동장에서 하는 경기였다. 그들은 수사에 오래 훈련된 프로였고, 게임의 규칙도 행태도 다 그들의 것이었다. 검사들의 생각과 행동양식은 내가 살아오던 세상과는 달랐다. 가능하면 의심했고, 최대한 나쁘게 생각했고, 모르거나 잊어버린 것은 기억해 내라고 했다. 나의 진술이 그들의 의도와 맞지 않으면 다른 사람들을 불러 묻거나 증거를 수집하여 그 조각들을 그들이 짜놓은 퍼즐에 끼워 맞추어 이야기를 만들었다. 검사는 무한정 사람을 부르고 압수수색을 하여 그들에게 필요한 진술과 증거를 찾지만, 구속된 상태의 피의자는 증인과 증거를 찾는 활동이 제한되어 있고, 또 필요한 증인은 대부분 자기도 걸려들까 봐 겁을 먹고 달리 말하거나 나오지 않는 것이 현실이었다.

피의자에게는 없거나 아닌 것은 그저 없다는 것과 아니라는 것 말고 달리 증명할 방법이 현실적으로 없었다. 눈이 하나인 사람들이 사는 세상에 가서 눈이 두 개 달린 것이 비정상이 아니라는 것을 증명하는 것과 같았다.

검사와 변호사의 신문과 반대신문이 여섯 시간에 걸쳐 진행된 후 마지막으로 피고인의 최후진술 순서가 되었다. 이미 나는 몸도 마음도 탈진되어 있었고 최후진술을 어떻게 해도 소용이 없다는 생각도 들었다. 그래도 마음을 가다듬고 한 단 높은 판사석의 재판장과 내 사건의 주심 판사를 간절한 마음으로 바라보며, 또 나를 수사하고 기소하고 항소하여 오늘까지 오게 한 세 검사의 얼굴도 하나하나 바라보며 말했다.

존경하는 재판장님 그리고 두 판사님!
피고인은 몸과 마음이 지쳐 여기서는 한 가지만 말하고 나머지는 문서로 제출하겠습니다.
오늘 나를 이 법정에 세운 세 검사에게 묻겠습니다.
여러분들은 지난 정부 5년간 있었던 나의 행적을 추적했습니다. 장관 때 추진했던 4대강 사업에 참여한 건설회사의 자금을 추적하고, 대통령 경제특보 때 추진한 신재생에너지 사업의 국책과제 선정에 대한 공정성을 따지고, K 은행장 시절의 대출에 대한 적정성을 문제 삼고, 공직에서 물러난 후 골프와 해외여행 경비의 출처를 조사했습니다.
이런 방대한 추적조사를 수사라고 할 수 있을까요? 여러분의 부모와 형제가 피고인과 같은 방법으로 수사당하고 기소당해도 온당하다고 생각하실 겁니까? 온당하다고 생각한다면 여러분들의 자식 세대에게까지 물려주고 싶은 유산이라고 믿으십니까? 여러분이 하는 특별수사라는 이름의 표적 수사와 먼지떨이 수사가 어느 문명국가에 있을까요? 일본의 식민 통치와 과거의 권위주의 통치의 슬픈 유산이라고 생각해 본 적이 없습니까?

가슴에 손을 얹고 생각해 보시기 바랍니다.

존경하는 재판장님!

혐의가 12개나 된다는 것은 한 개도 확실하게 죄가 되지 않는다는 것을 반증하는 게 아닐까요?

나머지 구체적 혐의에 대한 진술은 문서로 제출하겠습니다.

피고인 간절한 마음으로 최후진술을 마칩니다.

항상 그랬듯 검사들의 눈은 나를 피해 책상의 서류에 가 있었고 판사들의 눈은 허공에 떠 있었다. 나의 최후진술이 끝나고 검사는 원심에서 무죄가 된 D조선 관련 배임을 포함하여 12개의 혐의에 대한 전면 유죄를 청구하며, 살인죄의 최저 형량인 5년 이상 징역보다 높은 7년 징역을 구형하였고, 재판장은 4주 후에 선고공판을 열겠다고 선언하였다. 저녁 여덟 시가 넘어 결심공판은 끝났고 검은 법복의 판사들은 그들의 전용 출입문을 열고 나갔다.

오늘은 여섯 달의 재판을 마무리하는 날이라 20개 정도의 방청석이 가득 찼다. 가족들과 친구들과 친지들은 측은한 눈길로 나와 인사를 나누었다.

"이럴 수가! 정말 이럴 수가!"

원심에서 무죄였던 혐의도 유죄를 주장하며 7년 징역을 구형한 검사 세 명을 향해 아내가 절규했다.

교도관이 내 두 손목에 수갑을 채웠다. 칙칙한 수의를 입고, 수갑을 차고, 교도관에 끌려 법정을 나가는 나를 가족들과 친지들이 허망하게 바라보았다.

법정 옆에 붙은 피고인 대기실에 잠깐 앉았다가 피고인 전용 승강기를 타고 지하에 설치된 피고인 구치감으로 향했다. 여섯 시간 넘게 참았던 오줌이 급해 화장실부터 갔다. 서류 봉투를 옆구리에 끼고 수갑 찬 손으로 바지 지퍼를 어렵게 내려 오줌을 누었다. 수갑을 차고도 볼일을 볼 수 있을 만큼 익숙해졌다. 손을 씻었더니 법정의 피로가 풀리는 것같이 시원했다. 구치감에 들어서니 재판이 끝난 20여 명의 피고인이 먼저 와 있었다. 일그러진 얼굴에 피곤의 침묵이 흐르고 있었다. 맨 뒤쪽 벤치에 앉았다. 앞줄 나무 의자에 머리를 박고 엎드렸다. 교도관들은 분주히 움직이며 머릿수를 세었다.

한 시간 넘게 그렇게 기다렸더니 호송버스가 왔다. 교도관은 피고인들을 수갑 위에 다시 포승줄로 두 팔을 몸통에 묶고 또 4명씩 연결하여 묶는 연승을 한 다음 버스에 태웠다. 나는 고령이라고 수갑만 채우고 버스 맨 뒷자리에 앉혔다. 버스는 법원 뒷마당을 돌아 정문을 나온 다음 서초네거리에서 왼쪽으로 꺾었다. 늦은 밤인데도 불구하고 차도 사람도 많았다. 밤길을 못 걸어본 지 1년이 되었다. 가끔 가던 「서초갈비집」 앞을 지날 때 소주를 마시며 갈비를 구워 먹는 사람의 모습들이 보였다. 갈비 굽는 냄새가 스며오는 것 같았다. 버스는 예술의전당 밑으로 우면산 터널을 지나 과천 들길을 달렸다. 인덕원 네거리에서 왼쪽으로 돌아 밤늦게 서울구치소에 도착했다.

서울구치소는 청계산 남쪽 자락에 있다. 3층 콘크리트 건물들로 구성된 H자 구조의 거대한 콤플렉스인데 3,000여 명을 수용할 수 있다. 남북으로 200m 정도의 두 복도가 있고 이것을 동서로 연결하는 100m 정도의 복도가 축을 이룬다. 남북 복도 좌우에 16개씩의 남자 수용동이 있고 여자 수용동은 동남쪽 구석에 분리되어 있다. 동서 복도 가운데에는 남쪽 바깥으로 연결되는 통로가 있고 그 끝에 행정동이 있는데 그 바깥에 높이 7m 정도의 담벼락이 둘러쳐져있다.

버스는 구치소 정문을 지나 행정동에 이르러 앞뒤 이중으로 차단된 철문에 들어섰다. 교도관이 버스에 올라 인원수를 점검한 다음 육중한 앞쪽 철문이 열리고 안쪽 마당으로 들어갔다. 우리는 버스에서 내려 굴비같이 꿰인 채로 줄지어 검색실로 들어갔다. 교도관은 연승을 먼저 풀고 개인별로 두 팔을 묶은 포승을 푼 다음 온몸을 수색했다. 신발 깔창을 빼고 양말을 벗게 하여 신발 속도 검사한 다음 수갑을 풀어주었다. 포승줄을 푸는 스스슥 소리와 수갑을 푸는 찰그락 소리만 들렸다. 우리는 감옥 속의 작은 자유를 다시 찾았다.

우리는 검색실을 나와 동서 복도 가운데에 들어서서 왼쪽으로 한참 걸었다. 50여m 지나 좌우로 수용동이 배치되어있는 남북 복도에 들어섰다. 긴 남북 복도에는 초가을 밤바람이 써늘하게 불었다. 모두 말없이 걸었다. 구치소에서는 교담(대화를 구치소에서는 그렇게 말했다)이 금지되어 있다. 수용자들이 각자가 수용된 사동(건물을 말하는데 구치소에서 쓰는 말 대부분은 일제시대의 유산 같았다)에 들어갈 때 철책 문이 열리고 다른 수용자들은 그 문이 닫힐 때까지 기다렸다. 철문이 열리고 닫히는 소리가 철거덕 또 철거덕 하며 감옥의 적막을 깼다. 수용자들은 교도관의 계호 없이는 한 발짝도 움직일 수 없다. 내가 수용된 사동은 구치소의 서북쪽 끝에 있는데 여기까지 오는데 여섯 개의 철문을 통과했고 내가 갇혀있는 '16중 2방'(16동 2층 2번방을 그렇게 불렀다)에 들어가려면 다시 두 개의 철문을 지나야 한다. 모두 여덟 개의 철문을 통과해 내 방에 왔다.

방에는 마분지로 만든 밥상에 밥과 반찬이 놓여있었다. 모래알처럼 식은 밥을 물에 말아서 차가운 된장국과 김치로 허기를 때웠다. 설거지를 마치고 잠자리에 들었다. 방바닥은 얼음장 같았다. 구치소는 겨울 난방이 들어오기 전 이때가 가장 견디기 힘들다. 동서남북으로 관통하는 긴 복도는 바람의 통로가 되어 구치소는 바깥보다 항상 온도가 낮은데 밤공기는 더 차갑다. 법정에 나가지 않을 때는 오후에 주는 뜨거운 물을 코카콜라 페트병에 채우고 그것에 양말을 씌운 뒤 품에 안고 자는데 오늘은 시간이 늦어 그것도 할 수 없었다. 모포를 깔아도 바닥에서 올라오는 냉기에 잠이 들지 않아 내의를 겹으로 입었다. 7년 징역을 구형한 검사를 향해 '이럴 수가! 정말 이럴 수가!'하며 절규하던 아내의 목소리가 귀청에 계속 울렸다. 새벽이 되도록 잠을 이루지 못했다.

여섯 달에 걸친 지방법원의 원심 재판을 마치고 또 여섯 달에 걸친 고등법원의 항소심을 종결하는 길었던 하루가 끝났다.

*

　아침 6시에 기상 음악이 흘렀다. 오늘은 대학생 때 듣던 비틀스의 '예스터데이'가 나왔다. 일어나 모포를 개고 창문을 열었다. 쇠창살 창문 앞 운동장 담장 위에 하얀 들국화 두 개가 댕그라니 피어 있었다. 새들이 울었다. 봄부터 울던 청계산 뻐꾸기가 뻐꾹 뻐꾹 크게 울었다. 오늘은 구치소 남쪽 담장 멀리 수리산 위의 가을 하늘은 푸르고 높았다.

　10일간의 추석 연휴가 시작되었다. 과거에도 없었고 앞으로도 있기 힘든 역사상 가장 긴 연휴였다. 세상 사람들에게는 최고의 황금연휴가 되어 유사 이래 최대의 관광객이 인천공항을 빠져나갔다고 보도되었다.

　그러나 담장 안의 우리에게는 달력에 빨간색으로 표시된 날짜는 모든 것이 정지되는 날이다. 평소에도 일요일과 공휴일은 견디기 힘들지만, 연휴가 되면 영혼과 육신은 어둠의 계곡을 헤매다가 지친다. 이번 추석 연휴에는 꼼짝없이 어둠의 계곡에서 10일간의 혹독한 극기 훈련을 하게 되었다. 전쟁포로도 제네바협정에 따라 72시간에 한 번은 운동을 시켜준다는데 10일 동안 240시간을 독거방에 갇혀 살아야 했다. 얼마나 힘들까를 알 수 없는 일이라 부딪쳐

보는 수밖에 없었다.

  6시 30분 기상 점검이 시작되었다. 우리 층 담당 주임(각층 담당 교도관을 그렇게 불렀다)이 목청을 뽑아 소리 질렀다.
  "각방~ 점검 준비~!"
  철거덕 철문을 여는 소리가 들렸다.
  "차렷~!"
  주임의 구령에 따라 감독 교도관이 방마다 머릿수를 세었다. 수용자들은 관복(칙칙한 녹갈색의 죄수복을 말한다)을 차려입고 바른 자세로 앉아야 한다.
  "1방, 2방, 3방,……, 15방."
  주임은 방 이름을 차례로 부르고 감독 교도관은 작은 쇠창살문을 통해 방마다 이상 여부를 확인했다. 나는 별일 없다는 표시로 감독 교도관과 얼굴을 마주쳤다. 1방과 2방은 1.5평이 조금 안 되는 독거방이고 3방부터 15방까지는 4평 정도의 혼거방인데 4~6명이 있으니 사동의 층마다 70명 전후가 수용되어 있다. 주임과 감독 교도관은 복도 저쪽 끝에 있는 15방까지 점검을 마치고 되돌아왔다.
  "각방~ 쉬어~!"
  복도 입구 쪽에서 주임이 마지막으로 소리 지르면서 아침 점검이 끝났다. 철거덕하며 철문 닫히는 소리와 함께 감독 교도관이 떠났다.

이어서 7시에 사소(청소와 배식을 담당하는 수용자를 그렇게 불렀다)가 소리쳤다.

"배식~!"

사소는 두 명이 한 조를 이루어 밥통, 국통, 반찬통을 실은 카트를 끌고 와서 바깥에서만 열 수 있는 작은 배식구를 통해 다섯 개의 플라스틱 그릇에 음식을 나누어 준다. 오늘은 밥과 된장국에 김치·콩나물·꽁치구이 3가지 반찬이 나왔다. 나는 얼마 전부터 매운 것을 먹으면 속이 쓰려 김치를 물에 씻어 먹었는데 오늘은 콩나물에도 고춧가루가 많아 물을 부어 씻어 먹었다. 감옥에는 모든 것에 선택의 여지가 없고 그저 주어지는 대로 살아야 한다. 3천 명 정도를 대상으로 제공하는 식사라 가끔 고두밥 같은 밥이 나오면 물에 말아 먹었고, 반찬이 짜면 물에 씻어 먹었다. 한 끼 재료비 원가는 1,400원 정도라고 했는데 양은 부족하지 않았다. 주간 단위로 짜이는 식단은 끼니마다 바뀌고 그 식단도 매월 바뀌었다.

교도소는 무엇이든지 탈옥과 자해를 예방하기 위해 가능하면 불편하고 안 되게 만들어져 있었다. 특히 자해행위를 할 수 있는 도구로 쓰일 수 있는 것은 일절 금지되어 있다. 볼펜으로 눈을 찌르는 자해행위가 있었다고 해서 개인 소지를 금지하고 집필실(과거에 편지 쓰는 방을 따로 만들어 놓고 그렇게 불렀다고 했다)에서 편지를 쓰게 했는데, 어떤 민주투사의 강력한 투쟁으로 방에서 볼펜을 사용할 수 있게 되었다고 했다. 바지는 허리띠 없이 고무줄과 단추로 조여 엉덩이에 걸치는데 그것도 먼저 다녀간 수용자들이 입던 것을 세탁한 것이었다. 하늘색의 사복을 사서 법정에 나갈 때는 그것을 입었지만, 감옥에서는 푸르죽죽한 녹갈색의 관복을 입고 지냈다. 복도와 방은 24시간 전등이 켜져 있어 취침 시간에는 눈가리개를 끼고 자야 했다. 신발도 고무신이나 끈이 없는 운동화를 신게 했고, 옷을 거는 횃대는 아래 방향에서 걸어 놓아 세게 당기면 빠지게 만들어 놓았다. 특별히 자살을 방지하기 위해 목을 걸 수 있는 끈이나 고리가 될 수 있는 어떤 것도 없게 되어 있었다.

식사를 마치고 그릇과 수저를 화장실 수돗물에 씻어 문턱에 늘어놓았다. 일이 없는 감옥살이에서 설거지는 시간을 보내기에 소중한 일거리였다.

8시 일과를 시작하는 노래가 울렸다. '법은 지킬수록 기분 좋은 기본'이라고 경쾌하게 노래하는데 들을 때마다 아니라는 생각이 들었다. 수용자들은 또 점검을 받는다. 주간 근무를 위해 교대한 주임은 기상 점검 때와 꼭 같이 '점검 준비'를 소리친 다음 '차렷'을 외치고 주간 담당 감독 교도관이 각 방을 점검했다.

구치소에는 시설과 행태와 용어뿐 아니라 이야기도 일제시대부터 내려오는 것이 많았다. 그중에 하나는 '3체 6조지기'였다. 모르는 게 '아는 체', 없는 게 '있는 체', 못난 게 '잘난 체' 한다는 것이 '3체'인데 감옥에서 살아남기 위한 행태였을 것으로 생각되었다. '6조지기'는 죄수는 닭장 같은 방에 갇혀 '먹어 조지기', 간수는 죄수가 탈옥했는지 '세어 조지기', 순사(일제시대 경찰을 그렇게 불렀다)는 자백하라고 '패 조지기', 검사는 수갑 채워 '불러 조지기', 판사는 법정에 불러놓고 '미뤄 조지기', 그리고 변호사는 거액의 변론비를 '챙겨 조지기'를 한다는 것이었다. 시대 상황은 바뀌어도 3체 6조지기의 실체는 그대로 남아 있는 것 같았다. 언론은 사실이 밝혀지기도 전에 기사를 마구 써서 인격살인을 하니 기자는 '써 조지기'를 더해야 한다는 생각이 들었다.

연휴 첫날은 달력의 글자가 빨간색이 아닌 파란색의 토요일이라고 평소대로 오후에 1시간 운동을 시켜주었다. 교도관이 열어주는 철문을 나가 계단으로 1층에 내려가서 복도로 나가는데 네 개의 철문을 통과했다. 복도 중간쯤에서 운동장에 들어가서 개인별로 구분된 작은 운동 마당에 들어가는데 두 개의 철문을 또 통과했다.

운동장은 구치소 서쪽 15동과 16동 사이에 있는데 학교 운동장 정도의 크기를 세 곳으로 나누어, 두 곳은 족구를 할 수 있을 정도로 만들어 혼거 수용자들이 사용하고 나머지 한 곳에는 둥글게 담을 쳐서 독거 수용자들이 사용했다. 독거 수용자 운동장은 2층으로 된 감시탑을 중심으로 피자를 잘라놓은 것 같이 12개의 작은 마당으로 구성되어 있는데 이것을 파놉티콘이라고 불렀다.

내가 항상 들어가는 7번 마당에는 가을 햇살이 따사롭게 내리고 있었다. 빛을 보아야 잘 잔다고 하여 팬티만 남기고 옷은 벗어 시멘트벽에 걸고 고무신도 벗었다. 땀을 흘려야 잘 먹을 수 있다고 하여 7m 정도 길이의 피자 조각 마당에 삼각형을 그리며 땀이 나게 뛰고 걸었다. 마음먹기에 따라 감옥살이가 달라진다고 하여 "죽기보다는 낫지, 빠삐용(살인 누명으로 무기형을 살다가 탈옥에 성공한 이야기의 영화 제목이자 주인공 이름)보다는 낫지"를 계속 반복하여 되뇌며 자기최면을 걸었다. 지난번에 날카로운 돌이 발바닥에 박혀 피가 났는데 아직도 아팠다. 비행기가 머리 위를 날아 관악산 너머 김포공항 쪽으로 날아갔다. 태평양을 건너 지구를 한 바퀴 돌았던 첫 해외 출장의 감동이 생각났다. 가을 햇볕은 따갑게 내리고 이마에는 땀이 흘렀다. 땅을 밟고 해를 보며 땀을 흘리는 것이 얼마나 소중한 일인지 바깥에서는 몰랐다. 작은 마당에서라도 운동이 최고의 휴식이고 안식이었다.

마당 가운데 작은 풀밭에 쪼그리고 앉아 행운을 위해 네잎클로버를 찾았다. 지난 원심 때 선고공판이 있기 전날 네잎클로버를 찾았어도 유죄가 선고되었는데 뭐. 그래도 이번에는 무죄라도 나올까 하여 한참을 찾아도 없었다. 행운이 없으려나.

가을인데도 양지바른 담벼락 아래 민들레가 홀씨를 바람에 태워 높은 담장 넘어 날려 보내고 있었다. 개미가 부지런히 민들레 옆을 지나다녔다. 광활한 우주의 티끌 같은 지구에, 지구의 티끌 같은 내가 또 티끌 같은 개미를 본다. 운동 나올 때마다 민들레와 개미가 반가운 친구였다. 민들레를 보면 반갑게 인사하고 개미가 안 보이면 개미집 앞에서 기다렸다. 태초에 나와 저 개미의 조상들은 어떻게 생겨났을까? 그리고 민들레는? 그런데 태초에 하늘과 땅은? 전능자의 창조가 아니라면?

교도관이 철문을 열었다. 한 시간이 금방 흘러갔다. 두 개의 철문을 거꾸로 지나 서늘한 가을바람이 부는 복도를 한참 걸었다. 살아오면서 200m나 되는 이렇게 긴 복도는 여기 말고는 본 적이 없었다. 벽 위쪽 높다랗게 걸린 창 너머 흰 구름이 파란 가을 하늘을 가로질러 흘러가고 있었다.

또 네 개의 철문을 지나 방으로 돌아왔다.

연휴 둘째 날 일요일이 되었다. 아침 식사와 설거지를 마치고 두 번째 점검도 지나갔다.

내가 다닌 교회의 11시 주일예배 시간에 맞추어 혼자 예배를 드렸다.

찬송가를 불렀다.

「나 같은 죄인 살리신 주 은혜 놀라워 잃었던 생명 찾았고 광명을 얻었네」

가슴 깊은 곳에서 서러움이 솟아올랐다.

시편을 읽었다.

「그의 노염은 잠깐이요 그의 은총은 평생이로다 저녁에는 울음이 깃들지라도 아침에는 기쁨이 오리로다」

나도 모르게 눈물이 고였다.

눈을 감고 기도를 했다. 오늘도 주님께 물어보았다. 어찌 이리하셨어요? 어찌 감옥까지 오게 하셨어요? 평생을 아파트 한 채에 눌러앉아 살면서 부정한 돈 챙긴 것 없는데요? 아침저녁 쉬지 않고 기도합니다. 이 어두운 감옥에서 혼자 견디기 힘드니 함께 하소서. 불쌍히 여기시고 이번에는 집에 보내주소서.

눈물이 주르륵 흘렀다. 오늘도 주님은 침묵하셨다.

예배를 마치고 명상을 시작했다.

반듯이 앉아, 허리를 꼿꼿이 세우고, 눈을 지그시 감고, 머리부터 발끝까지 힘을 빼고, 호흡을 깊고 길게 하며, 생각을 멈추고. 긴 복도에 유령이 나올 것 같은 고요가 흘렀다. 교도관이 순찰하는 발걸음 소리만이 정적을 깼다.

생각 멈춤을 십 분도 못 견디고 오늘도 생각한다.

꿈만 같았다. 내가 구속되면서부터 원심을 거쳐 항소심 결심공판에 오게 된 모든 과정을 생각할수록 슬펐다. 원심에서 검사는 7년을 구형했으나 판사는 4년 징역을 선고했으니 그래도 판사는 5년 이상 징역의 살인범보다는 조금 나은 사람으로 본 것 같았다. 그저 보통의 일상을 살았는데 어떻게 4년이라는 무거운 징역을 내렸을까? 생각할수록 알 수 없는 일이고 슬픈 일이었다. 그래도 조선 시대가 아니라서 삼족을 멸하는 벌을 받지 않아 다행이고 일제시대가 아니라서 고문을 당하지 않아 다행이라고 생각했다.

오후 가을 햇살이 멀리 수리산 위에 내렸다. 크로닌의 소설 『천국의 열쇠』를 읽었다. 치점 신부에게 이방의 땅 중국 오지에 세운 성당이 홍수로 무너져 다시 지어야 하는 고난이 닥쳤다. 천국의 열쇠는 고난을 통해서만 주시는 것인가? 엉덩이가 방바닥에 배겨서 일어나 벽에 등을 기대고 읽었다. 의자에서 살다가 바닥에서 사는 것이 감옥살이의 큰 고통이었다. 엉덩이 양쪽 모두 멍이 들었고 어깨에서 허리를 거쳐 발에 이르기까지 여기저기 통증이 오다가 마비 증세가 오기도 했다. 걸터앉는 것이 얼마나 편한 것인가를 밖에서는 몰랐다. 꼿꼿이 앉아 있는 것이 얼마나 큰 고통인지 이제껏 몰랐다. 누웠다가는 까마귀(모자부터 구두까지 까맣게 신은 기동순찰대를 그렇게 불렀다)가 와서 야단을 친다. 벽에 기대어 책을 읽으니 다리가 아팠다. 화장실에 들어가 양변기 위에 앉아 읽었다. 걸터앉을 수 있는 것은 이것뿐이었다. 가을 햇살에 잠이 들었다.

*

징검다리 공휴일인 월요일은 당초 평일이라고 해서 접견이 특별히 주어졌다. 아침 설거지를 마치고 있는데 주임이 9시에 접견이 있으니 나오라고 했다. 보통 때는 예약을 하는데 오늘은 갑자기 통보했다. 접견 담당 교도관을 따라 긴 복도를 걸어 두 번 꺾은 다음 지하 통로를 거쳐 대기실로 갔다. 가을 햇살이 창살로 내리고 수용자들 모두 다닥다닥 앉아 차례를 기다렸다. 나는 벽 쪽에 앉았다. 볼펜으로 원초적 본능에 따라 그린 성기와 억울함을 아무렇게나 적어놓은 낙서들이 가득했다. '유전무죄 무전유죄'는 여러 군데 쓰여 있었다.

9시에 접견실에 들어갔다. 아내는 큰 애와 함께 접견실에 들어설 때부터 눈물을 글썽거렸다. 새벽에 집을 나와 아침 일찍 구치소에 왔는데 두 시간이나 기다렸다고 했다.

"지난밤 잠은 잘 주무셨어요? 얼굴이 안 좋아 보이는데…."

"잘 잤어요. 눈물 보이지 말아요."

"그러려고 하는데…."

"걱정하지 말아요. 마음 잘 다스리고 있으니까."

아내의 눈에 고인 눈물이 주르륵 흘렀다. 큰 애도 함께 눈물을 흘렸다. 나는 눈에 힘을 주고 참았다. 구속된 그 주일 일요일 밤 목놓아 울었고, 원심에서 4년 징역을 받던 날 구치소로 돌아와 긴 복도를 걸을 때, '나의 하나님, 나의 하나님, 어찌하여 나를 버리셨나이까?'를 되뇌며 눈물이 수의를 적시도록 울었다. 오늘은 가족들 앞이라 울 수가 없었다.

"긴 연휴 얼마나 힘들겠어요. 면회도 운동도 못하고."

"닥치면 되겠지요."

"열흘이나 되는데…."

"………"

나는 말없이 아내를 쳐다보았다. 감옥에서는 대화보다 만남 자체가 소중했다. 아내는 추석 10일 연휴 내내 갇혀 지내야 하는 것을 마음 아파했다. 큰 애는 새 정부가 들어서서 혹독하게 밀고 나가는 적폐 청산으로 바깥세상도 감옥같이 살벌하다고 했다. 지난 정부에서 중요한 일을 한 사람이 감옥에 가지 않으면 이상할 정도라고 했다. 새벽에 일어나 한 시간을 와서 두 시간을 기다렸다가 하게 된 접견이 10분 만에 끝났다. 양쪽을 갈라놓은 유리 창문에 손바닥을 마주하는 것으로 작별 인사를 했다. 큰 애의 부축을 받고 접견실을 나가는 아내의 모습은 힘이 없었다.

감옥은 죄수가 사는 것이 아니라 가족이 산다고 말한다. 재판이 없을 때는 하루도 빼지 않고 면회 오는 아내의 모습이 항상 처량해 보였다. 눈이 오나 비가 오나 한 시간 동안 차를 타고 와서, 주차장에 내려 10분 넘게 걸어서 대기실에 온 다음, 30분 정도 기다리다가, 10분을 유리창 너머로 내 얼굴을 보고, 또 한 시간이나 차를 타고 가야 하는 그 한나절의 수치와 분노와 허무를 누가 알 수 있겠는가. 감옥 안에는 보통 사람이 들어올 수 없으니, 감옥은 어떻게 생겼고, 어떻게 살며, 무엇을 먹는지를 모르는 가족들의 상상은 그 자체가 고문이 될 수밖에 없다. 내가 사람과 짐승의 중간 정도 어쩌면 짐승에 더 가까운 대접을 받는 것으로 생각하는 가족들의 마음은 얼마나 아플까. 항상 나는 잘 있으니 걱정하지 말고 눈물 보이지 말라는 말을 하지만 그것은 나의 말이고 생각일 뿐! 요즘은 지하철을 타고 인덕원역에서 내려 다시 버스를 타고 구치소 앞에서 내려 접견실까지 1km 정도 되는 길을 걸어온다는데 그 길이 얼마나 멀고 힘들까. 더운 여름 땀은 얼마나 흐르고 추운 겨울 찬바람은 얼마나 매서울까.

나는 접견실을 나와 대기실에서 있다가 교도관의 호송을 받으며 지하 통로를 거쳐 긴 복도를 걸었다. 접견을 오가며 긴 복도를 걷는 것은 소중한 시간이었다. 갈 때는 담벼락 멀리 수리산을 보고, 올 때는 창살 너머 관악산을 볼 수 있었다. 벽에 걸려있는 사진과 그림들을 보는 것도 큰 호사였다. 노란 꽃술에 빨갛게 타오르는 동백꽃 사진을 볼 때는 고교 때 가던 해운대 동백꽃을 생각하고, 바람에 흔들리는 산마루 억새밭 사진을 지날 때는 힘들게 공부하던 대학 생활을 회상한다. 죄수들이 남긴 그림들을 지날 때는 그림에도 슬픔이 묻어나는 것 같았다.

쇠창살 넘어 하얀 뭉게구름이 관악산 능선을 따라 흘렀다. 가을바람도 소슬했다.

II

나에 대한 수사는 새 정부가 들어서자 시작되었다. 지난 정부에서 추진한 4대강 정비 사업부터 내사 형태로 시작되어 죄를 찾지 못하자 마지막으로 K 은행에 대한 감사원 감사를 통해 D 조선의 분식회계를 문제 삼아 대검찰청 부패범죄특별수사단에서 수사를 시작하였다. 부패범죄특별수사단은 검찰총장의 하명 사건을 수사하던 중앙수사부가 반인권적이라는 이유로 폐지되었다가 이름을 바꾸어 부활 된 특별수사조직(그 후 정권이 바뀌면서 3년 만에 다시 폐지되었다)이었다. 그 중앙수사부가 부활된 다음 내가 처음으로 걸려든 고위 공무원이라는 것이 불운의 시작이었고, 잘못이라면 잘못이었다. 그래서 처음부터 혹독했다. 그들이 수집한 과장되거나 잘못된 정보를 토대로 그린 밑그림에 필요한 조각들을 찾는 수사는 처음부터 나를 덫에 걸려 발버둥 치는 사슴으로 만들었다.

아내와 함께 여름휴가를 마치고 회사(내가 공직에서 물러나 지인들과 함께 설립한 투자펀드회사였는데 이 사건으로 영업이 중단된 후 청산되었다)에 출근하여 사무실에 들어가려는데 갑자기 비상계단에서 기다리던 건장한 사내 여럿이 나를 따라 들어왔다. 그 중 인상이 사나운 사내가 자기가 검사라면서 압수수색 영장을 내밀었다. 그 검사는 내 휴대폰부터 빼앗더니 나를 작은 회의실에 몰아넣었다. 압수수색을 시작한 지 얼마 안 되어 회의실 TV에 나에 대한 압수수색 뉴스가 떴다. 검찰은 압수수색을 집행하기 전에 언론에 흘린 것 같았고 언론은 첫날부터 거대한 부정이 있는 것처럼 보도했다. 화면에 뜬 내 얼굴과 압수수색 사실에 관한 뉴스를 보면서 나는 폭탄을 맞아 허물어지는 충격을 받았다. 함께 온 사내들이 내 집무실의 컴퓨터부터 시작하여 서류들을 모두 뒤지며 컴퓨터 하드디스크와 서류들을 검찰청 로고가 찍힌 상자에 담았다. 나는 압수수색 영장을 보았지만 황망한 상황이라 내가 받는 혐의가 무엇인지 제대로 알지 못했다. 수사관이라 하는 사내가 내가 지난해 유럽 여행에서 사 온 기념품 칼을 가지고 오더니 왜 허가 없이 도검을 소지하고 있느냐고 물었다. 오스트리아 여행지에서 산 기념품인데 허가받아야 하느냐고 물었더니 옆에 있던 그 검사가 칼을 돌려주었다.

오전 9시에 시작한 사무실의 수색과 압수가 점심시간을 훨씬 넘어서 네 시간 만에 끝났다. 그동안 나는 그 인상 사나운 검사와 함께 회의실에 붙들려 있었다. 그들은 여남은 개의 상자에 압수 물품을 담고는 압수 목록에 사인을 받았다. 휴대전화는 내일 돌려주겠다고 했다. 그 사내 검사는 그 주말쯤 검찰에 출두해야 할 것이라는 말을 남기고는 철수했다.

집에 오니 내가 출근한 직후 검찰 수사관 3명이 들이닥쳤다고 했다. 그들은 금고가 어디 있는지부터 물었다고 했다. 없다고 하자 다른 곳에 숨겨둔 금괴와 보석이 있을까 하여 온 집안을 수색하였다고 했다. 한참을 찾아도 금괴와 보석이 나오지 않자 은행 대여금고는 없느냐고 물었다고 했다. 세 시간을 수색하고는 은행 통장과 나의 수첩 등을 빈 케이크 상자 하나에 넣어 갔다고 했다. 3명의 수사관이 나와서 케이크 상자 하나를 가지고 허겁지겁 가는 모습이 기자 카메라에 잡혀 방송되었다고 했다. 기자까지 동행하여 태산이 울리는 것처럼 왔다가 생쥐 한 마리 잡아 가는 코미디가 되어 버린 것이었다. 그들은 내가 경제부처 요직에서 일했기 때문에 금괴와 보석이 많을 것으로 판단하였던 것 같았다.

압수수색 다음날 친구의 소개로 변론을 맡기로 약속한 변호사를 찾아갔다. 청와대에 근무했던 그는 약속과 달리 변론으로 해결될 사건이 아니라면서 선임을 사양했다. 청와대 하명 사건을 수사하는 경우는 범죄의 내용보다 정치적 상황이 중요하다고 하면서 지금 청와대와 관계가 원활하지 않는 자기가 맡는 것은 상황을 악화시킬 수 있다는 것이었다. 그러면서 혹시 청와대 고위층과 연결이 되면 그곳과 접촉해 볼 것을 권유하며 다른 변호사를 소개했다. 평소에 알고 있던 청와대 특별보좌관과 전화로 접촉해 보았다. 그는 관여하기 어렵다고 했다. 처음 찾아갔던 변호사가 추천하여 선임한, 대검찰청 부장 출신의 다른 변호사도 수사가 본격적으로 시작되자 선임을 해지하자고 했다. 나는 D 조선과 관련하여 돈 받은 것도 없고 특별히 부정한 일을 저지른 것도 없으니 걱정하지 말고 변론을 맡아 달라고 간곡히 부탁하였다. 변론비를 더 지급하겠다는 나의 간청에 그는 소송수행은 다른 변호사가 맡는 조건으로 구속영장 단계까지만 맡기로 타협했다. 변호사도 맡기를 꺼리는 것을 보고 무언가 거대한 장벽을 느꼈다.

검찰은 D 조선의 전 현직 두 사장을 이미 구속한 상태에서 계속 내가 알지도 못하는 사실들을 언론에 흘려 나를 부정한 일을 많이 하고 부패한 공직자로 몰고 갔다. 압수수색이 있은 다음 날은 "D조선 비리 눈감아주고 개인 이익 챙겨"라는 제목으로 TV 뉴스가 떴고 그다음 날 모든 신문도 같이 보도했다. 이어서 "측근을 연봉 1억 원의 D조선 고문에 앉혀"라는 뉴스가 떴다. 그리고는 "친척에게 부당하게 공사 수주"라는 뉴스도 떴다. 계속해서 내가 알지도 못하는 사실이 뉴스에 뜨는 동안 주말에 부른다던 검찰은 소식이 없었다. 나는 부르지 않고 참고인들을 불러 조사하고 혐의들을 언론에 흘리면서 그들이 그린 그림에 따라 혐의를 언론과 함께 사실로 만

들어갔다. 구체적으로 무슨 혐의로 어떤 수사가 진행되는지 알 수가 없었고 그저 언론보도를 통해서만 무슨 일이 진행되는지 추측만 할 수 있었다. 억지로 변론을 맡은 변호사는 오히려 나에게 수사가 어떻게 돌아가는지를 물었다. 검사와 변호사 그리고 출입 기자는 그들만의 세계에서만 통하는 눈에 보이지 않는 카르텔을 이루고 있는 것 같았다. 나는 보도를 통해 안 사실에 대한 증거자료들을 찾아 정리하며 소환을 대비했다.

검찰은 처음부터 국가반역자라도 잡는 듯이 내 집과 사무실뿐 아니라 함께 일하는 비서와 운전기사를 압수 수색한 다음 가까운 지인들과 친구들 심지어 고향에 있는 종친까지 광범위하게 압수수색을 하고 불러가 심문을 했다. 압수수색이 있은 지 한 달이 더 지나도 검찰은 나를 소환하지 않았다.

추석이 되어 아내와 함께 강화도 바닷가 펜션에 갔다. 해 질 녘 어지러운 마음으로 아내와 함께 산책하러 나갔을 때 수평선 멀리 낙조가 붉게 타올랐다. 바다 건너 석모도에 어둠이 내렸다. 아내와 나는 바닷가 횟집에서 조개탕과 함께 소주를 마셨다. 무엇을 어디서 어떻게 해야 하나….

다음 날은 교동도에 가서 갯벌 건너 북한 땅을 바라보며 시간을 보냈다. 교동도 전통시장에 들어가 시골스러운 작은 식당에서 자장면을 먹었다. 아내는 나에게 아무것도 묻지 않았다. 나도 무엇이 어떻게 돌아가는지 아무것도 알 수 없었다. 연휴가 끝나는 날, 변호사가 다음 날 검찰에 출두하게 되었다고 알려왔다. 부른다고 했던 날보다 한 달 반이나 지나 불렀다.

검찰에 출두하는 날 아침에 바쁘게 식사를 마치고 부패범죄특별수사단이 있는 서울고등검찰청사로 갔다. 검찰이 변호사를 통해 미리 얘기해준 대로 현관에서 10여 미터 떨어진 곳에서 차를 내렸다. 수십 명의 기자가 진을 치고 있는 현관으로 걸어갔다. 수많은 사진 기자들의 카메라 플래시가 정신없이 터졌다. 나는 삼각형으로 표시된 포토 라인에 서서 정신을 가다듬었다. 그리고 준비한 대로 말했다.

"부끄러운 일 안 하고, 부정한 돈 안 받고, 평생을 나라 위해 일했습니다. 보도된 내용은 사실과 다릅니다."

그러고는 압수수색 때 보았던 수사관이라는 사내가 검찰청사로 끌고 들어가더니 수사팀장인 부장검사실로 데려갔다. 커피를 한 잔 주었다. 평소에도 커피를 잘 마시지 않는데 그날 커피 맛은 아주 썼다. 부장검사는 야릇한 표정으로 수사에 협조해달라는 말했고 나는 그러겠다고 말했다. 이어서 녹화 장치가 설치된 특별조사실로 들어갔다.

신문에 들어가기 전에 수사팀의 차장이라는 검사는 애써 정중하게 태도를 가다듬더니, 그들은 합리적인 의심을 기초로 수사를 한다고 하면서, 모든 것을 사실대로 대답해 달라고 했다. 준비한 신문 사항에 따라 3명의 담당 검사가 번갈아 가며 물었다. D 조선에 대한 경영감사를 왜 했는지부터 물었다. 나는 K 은행은 D 조선의 주채권은행으로서 법률상 감사 권한이 없어서 컨설팅 계약에 따라 컨설팅을 했다고 말했다. 그것도 K 은행이 자발적으로 한 것이 아니라 국회가 국정감사에서 D 조선의 방만 경영과 사장의 경영 부정을 지적하며 감사를 요청해서 감사 대신 컨설팅을 하게 된 것이라고 대답했다. 그들은 그것을 계속 사실상의 감사가 아니냐고 몰아가며 그들이 마련한 질문 순서에 따라 되풀이하여 물었다. 마주 보고 앉은 검사 옆에서 수사관은 문답 내용을 워드프로세서로 쳤다.

감사냐 컨설팅이냐에 대해 서로 평행선을 달리는 문답을 한 시간 가까이하다가 이미 구속된 D 조선 사장의 경영비리 문제로 넘어갔다. 검찰은 감사 결과 사장의 비리를 발견하고도 검찰에 고발하지 않은 이유를 물었다. 우리는 채권은행으로서 컨설팅을 한 것이기 때문에 비리에 관해 고발할 권한과 의무가 없었다고 대답했다. 그들이 묻는 사항 대부분은 내가 했던 일 중에 사소한 것들이

어서 기억에 없는 것들이었다. 그들은 참고인을 불러 그들의 그림에 필요한 진술들을 먼저 받고 그것을 토대로 만든 질문을 되풀이하여 물었다. 나에게 반복하여 물어서 얻은 사실 중 필요한 것을 엮어 그들에게 필요한 그림을 그려갔다. D 조선이 우뭇가사리로 휘발유를 뽑는 벤처기업에 강압적으로 투자하게 한 혐의에 관해 물었다. 과거 내가 일했던 부처의 출입 기자였던 벤처기업인을 D 조선 사장에게 소개한 것도 아물거리는데 그 벤처기업에 50억 원을 투자하도록 강압했다는 말은 더구나 알 수 없었다. 참고인들의 진술은 그들도 수사 대상이 될 수 있다는 겁박과 회유에 따른 유도 질문에 따라 대답한 것이라는 느낌이 왔다. 참고인들의 진술과 다른 나의 대답에 대해서는 검사가 생각하는 대답이 나올 때까지 반복적으로 물었다.

 세 시간 정도의 조사를 하다가 점심때가 되어서 한 시간 쉬기로 하고 설렁탕을 시켜 먹었다. 식사 후 30여 분의 여유가 있어 수사관을 따라 옥상에 올라갔다. 북쪽으로는 북한산이 멀리 보였고 남쪽으로는 관악산이 보였다. 알 수 없는 세상에 와서 알 수 없는 일을 당하며 먼 산을 바라보니 세상 모든 것이 어리둥절했다.

 오후에는 경영비리가 문제 되었던 사장의 후임으로 새로 선임된 K 사장으로 하여금 국회의원 총선거 때 여야 의원 7명에게 각각

200만 원 전후의 후원금을 주게 한 것을 물었다. 검찰은 후원금을 전달한 D 조선 임원의 진술을 근거로 강압적으로 선거 후원금을 주도록 한 것으로 몰고 가는 신문을 시작했다. 검찰은 신문을 시작할 때부터 계속 같은 방법으로 기억에 없는 것들은 참고인의 진술로 채워나갔고, 애매한 것들은 그들 의도대로 신문과 답변을 반복하여 그림을 채웠고, 부인하는 내용은 그들이 필요한 진술이 나올 때까지 계속 물었다. 참고인의 진술을 부인하기 위해서는 내가 증거를 대야 했는데 아닌 것을 아니라는 말 이외에 아닌 증거를 대는 것은 여간 어려운 것이 아니었다.

사람들은 그저 지금까지 살아온 대로 세상을 산다. 그저 사는 일상이 쌓여 삶이 된다. 그래서 사람들은 그저 사는 일상들을 많은 부분 기억하지 못한다. 그런 일상 중에서 특별한 일 즉 특별한 사건이거나 행사이거나 아니면 범죄처럼 특별한 의도가 있는 경우 이외에는 기억하지 못하는 것이 보통이다.

검사는 사람들이 기억하지 못하는 일들을 그들의 의도된 구도에 따라 계속 반복적으로 신문하고 필요한 진술들을 모아서 하나의 이야기를 만드는 사람들이었다. 평생 살아오면서 이런 인간은 처음 보았다. 어디 할 짓이 없어 허구한 날 남을 함정으로 몰아넣기 위해 사람을 옭아매는 것을 일로 삼는지. 한심하고 가련한 생각도 들었다.

　검사의 신문에 해명하면 할수록 오히려 새로운 신문이 늘어나고 혐의도 늘어났다. 계속 반복되는 검찰의 신문으로 시간이 흐를수록 참고인들의 진술과 나의 진술이 섞여서 새로운 그림이 되어갔고 나 자신도 아니라는 주장 이외에 명백한 물증이 또한 없었다. 처음에는 아니었던 것이 나중에는 비슷한 것 같이 되었고, 어떤 것은 생각 없이 한 말이 빌미가 되어 올가미에 걸리는 결과가 되기도 했다. 그들이 오랜 경험을 통해 직업적으로 쳐놓은 덫은 견고했다. 저녁도 설렁탕으로 시켜 먹고 밤 11시 넘도록 14시간에 걸쳐 조사가 진행되었다. 영혼과 육신 모두 탈진되고 나중에는 사실과 진술과 주장이 뒤섞여 나 자신도 무엇을 말했는지 혼동이 왔다. 변호사 사무실에서 나온 젊은 변호사가 배석했지만 도움이 되지 못했다. 검찰수사는 근본적으로 피의자에게 불리한 구조였다.

　마지막으로 나에게 경제부처의 요직을 두루 거쳤는데 땅 한 평, 주식 한 장 없이, 아파트 한 채에 눌러산다는 것을 국민 누가 믿겠느냐고 물었다. 숨기거나 차명으로 보유한 재산을 사실대로 부는 것이 서로가 고생을 덜 하는 것이라고 했다. D 조선의 사장 둘을 이미 구속한 상태에서 결국은 나도 구속될 것인데 헛수고를 하지 말라는 경고였다. 그들은 처음부터 어떤 사건이 있어서 나를 부른 것이 아니라 사건을 만들기 위해서 나를 불렀다는 것을 추리할 수 있는 질문이었다. 그들의 목표는 피해자의 고발에 따라 정해진 피의 사실을 밝히는 것이 아니라, 피의 사실을 찾아내 나를 감옥에 보내려는 것이라는 느낌이 왔다.

그렇게 14시간에 걸친 조사로 만들어진 진술조서를 자정인 12시가 되기 직전에 읽어보라고 했다. 고쳐 달라고 하는 곳 일부는 고쳐주었지만, 기본적인 그림에 손을 대는 것에는 그들의 태도가 완고하였다. 일부 내용이 내가 말한 뜻과 달라 손도장을 찍고 싶지 않았지만, 시간도 자정을 넘었고 영혼과 육신이 모두 탈진한 데다가 달리 버틸 대안도 없어 새벽 1시가 지나고는 손도장을 찍지 않을 수 없었다. 아닌 것을 아니라고 하고 모르는 것을 모른다고 하는데 그렇게 오래 걸렸다. 명백하게 돈을 받은 것이 있었거나 잘 못 한 것이 있었다면 그렇게 오래가지 않았을 것인데 오히려 명백한 것들이 없었기 때문에 더 오래 걸렸다.

새벽 3시경에 검찰청을 나오는데 그때까지 기자들 몇 명이 현관에서 기다리고 있었다. 플래시를 터뜨리며 물었다. 혐의 사실을 인정했느냐고. 나는 아니라고 짧게 말하고는 큰 애가 준비한 차에 올랐다. 집에 오니 새벽 3시가 훌쩍 넘었다.

맥주에 소주를 탄 소맥을 한잔하고 잠에 떨어졌다.

조사를 받은 지 일주일 후에 검찰은 언론을 통한 여론재판을 발판 삼아 D 조선의 경영과 회계 부정에 대한 수사와 연계하여 배임 등 4개 혐의로 서울중앙지방법원에 구속영장을 청구했다. 부패범죄특별수사단이 생기고 처음으로 수사한 D 조선 경영 부정 사건과 관련하여 나와 참고인 30여 명에 대한 3개월여에 걸친 수사의 결과였다.

구속영장 심사를 받으러 가는 날 아침 8시에 수사관이라는 두 사내가 내 아파트로 와서 구인영장을 들이밀며 함께 가자고 했다. 그들과 함께 아파트 주차장으로 내려갔다. 수사관들이 나를 자동차 뒷좌석 가운데 끼워 태웠다. 법원으로 갈 줄 알았는데 차는 검찰 청사로 갔다. 의아했으나 왜 이곳으로 왔는지 묻지는 않았다. 10시가 다 되어서야 서울중앙지방법원으로 갔다. 후문으로 들어갔는데도 어떻게 알았는지 기자들이 우루루 몰려와서 혐의를 인정하느냐고 물었다. 나는 강한 어투로 대답했다.

"검찰이 나 때문에 국민의 세금을 너무 많이 쓰는 것 같습니다. 너무 과하다고 생각합니다."

플래시가 터지고 질문이 쏟아졌으나 더 말하지는 않았다.

서울중앙지방법원 법정에서 구속영장 실질심사가 시작되었다. 검사가 구속영장 청구이유서를 읽었다. 검찰은 피의자인 내가 D 조선 사장의 경영비리를 발견하고도 검찰에 고발하지 아니한 것과, 나의 지인이 경영하는 벤처기업(해조류에서 휘발유를 뽑는 기술을 상용화한)에 D 조선이 50억 원을 투자하도록 강압하여 50억 원 상당의 손실을 입혔다는 사실을 주요 혐의로 내세우며 혐의 사실을 피의자가 부인하니 증거인멸의 우려가 있어 구속 수사가 필요하다고 주장했다.

내 변호사는 벤처 투자를 강압한 것이 아니라, D 조선이 신재생에너지 사업에 진출하기로 했다는 사실이 언론에 보도된 후, 과거 피의자가 일했던 부처에 출입하던 기자였던 벤처기업 사장의 부탁으로 D 조선 사장을 소개해 주었을 뿐이다, 그 벤처기업은 원유가격이 배럴당 100달러까지 올라갔을 때 정부 연구기관이 정부의 자금 지원을 받아 성공한 신기술을 사업화한 것이다, D 조선이 내부 검토를 거쳐 50억 원을 투자하였으나 원유가격이 배럴당 50달러 이하로 떨어지자 사업이 부진하게 된 것이며, 성공하면 대박이 터지고 실패하면 원금도 떼이는 벤처 투자의 특성상 이것을 배임으로 보는 것은 사리에 어긋난다, 피의자는 고위공직을 지냈고 주거가 확실하여 증거인멸이나 도주의 우려가 없어 구속은 부당하다고 변론했다.

검사는 분위기가 불리하다고 판단했는지 판사에게 "수사를 끝내지 못한 피의 사실 중에는 영화 장면 같은 일이 여러 개 있습니다."라고 소리치며 서류를 높이 들고 흔들었다. 무엇을 의미하는지 알 수 없었지만, 구속영장을 발부해 달라는 과장된 행동이라 짐작했다. 내가 영화의 주인공이 된 것 같았다. 이 법정이 영화의 한 장면은 아닐까? 내가 진짜 현실에서 이곳에 있는 걸까? 믿을 수도 없고 믿기지도 않는 상황이었다.

오전 10시에 시작하여 오후 2시까지 네 시간에 걸친 심사를 마치고 검찰 조사실로 돌아가 감금된 상태에서 심사 결과를 기다렸다. 수사관이 시켜주는 설렁탕으로 점심과 저녁을 때우고 멍하게 앉아 창밖만 바라보았다. 어둠이 내리고 어둠이 짙어가는 동안 한없이 기다렸다. 자정이 지나고 달력의 날짜가 내일로 넘어갔는데도 아무 소식이 없었다. 나를 지키던 수사관이 결과가 늦어지면 영장이 기각되는 경우가 많다며 야릇한 표정을 지었다. 기각하려면 범죄의 소명이 부족하다거나 아니면 도주나 증거인멸의 우려가 없다는 사실을 판정해야 하므로 심리에 긴 시간이 걸린다고 말해 주었다. 수사관의 말이 맞았다. 다음 날 새벽 3시에 기각판결이 났다고 알려왔다. 검찰의 구인이 풀려 현관으로 내려가니 그때까지 기다리던 기자들이 카메라 플래시를 터뜨리며 소감을 물었다. 나는 작심하고 말했다.

"너무 황당한 사건이라고 생각합니다. 국민의 공복인 검찰이 주인인 국민을 이렇게 마구 다루어도 될까요?"

집에 돌아와 정신을 가다듬으니 어느새 박명이 다가오고 있었다. 어떻게 이런 일이 있을까? 돈을 챙긴 것도 없고 특별한 범죄 동기도 없는, 보통 사람의 보통 일이 죄가 된다니. 내 인생에서 지우고 싶은 힘들고 슬픈 하루였다.

구속영장이 기각되자 검찰은 이례적으로 기자회견을 열어 즉시 보강 수사를 해 2차 구속영장을 청구하겠다고 밝혔다. 기자들에게 '피의자는 평생 사익만 추구한 전형적인 부정 공무원'이라고까지 발표했다. 구속영장이 기각되면 불구속으로 기소하는 게 일반적인데 검찰은 반드시 나를 구속하고야 말겠다는 의도를 공개적으로 표출한 셈이었다. 구속기소를 하라는 상부의 명령이 내려졌구나. 나의 본능이, 나의 육감이 먼저 눈치를 챘다.

검찰은 먹잇감을 물었다가 놓친 사냥개처럼 더 잔인하게 달려들었다. 영장 심사에서 3명의 검사가 돌아가며 혐의를 장황하게 개진하고도 기각되자 악에 받친 것 같았다. 나의 수첩에 적혀 있는, 지난 정부 5년간의 행적과 관련된 모든 기관과 사람들을 3개월간 조사했다. 30여 곳을 추가로 압수수색 했고, 300여 명을 불러 먼지를 털듯이 혹독하게 조사했다. 본건인 D 조선과 관계없는 일인데도 내 수첩에 기록된 대기업 회장부터 금융기관장과 친구와 종친과 어떤 경우에는 그들의 아내까지 불러 조사했다. 6조지기에서 검사는 수갑 채워 '불러 조지기'라더니만 나의 인간관계를 파탄시키는 게 목표인 것처럼 나를 아는 모든 사람을 검찰청으로 불렀다. 검찰청 정문만 들어서도 가슴이 떨린다. 복도를 걸어가는 동안 두려움이 증폭되고, 조사를 받는 동안 숨이 멎을 것 같은 공포를 느낀다. 나도 그럴진대 나의 친구와 종친과 그들의 아내는 얼마나 무서웠을까? 그들에게 평생 씻을 수 없는 큰 죄를 짓게 되었다.

검찰은 D 조선 사건과 관계없는 K 은행의 W 산업에 대한 대출, 모모 국회의원 후원금 납부, 퇴직 후의 친구 회사 고문 활동, 시골 종친회 활동 등에 대한 별건 수사를 통해 8개 혐의를 더 만들어 두 번째로 나를 소환했다. 추가로 참고인들을 불러 만든 60개의 진술조서와 12,000쪽이나 되는 증거기록을 기초로 추가 신문을 진행했다. 1차 소환 때보다 진술조서와 증거서류가 몇 배나 되니 그만큼 신문 사항도 많았다.

내가 모 국회의원의 청탁을 받고 부하 직원을 강압하여 W 산업에 470억 원을 부당하게 대출했다는 혐의에 대해 집중적으로 신문했다. K 은행은 매년 120여조 원의 대출을 하는데, 그 0.01% 수준인 100억 원대의 개별대출은 특별한 문제가 생기지 않는 한 알지 못한다. 나는 대출은 물론이고 그 국회의원의 이름조차 제대로 기억나지 않았다. 내가 대답할 수 있는 말은 '모릅니다', '아닙니다' 외에는 없었다.

어린 시절 은어를 잡으러 자주 강에 갔었다. 물이 깊은 곳에 가서 몽둥이로 물을 치면 은어는 얕은 곳으로 피해 간다. 계속 몰면 도망갈 곳이 없어진 은어는 머리를 모래에 처박는다. 나는 모래에 머리를 처박고 만 은어가 되었다. 분노가 차올랐지만 어린 날의 은어처럼 나 역시 도망갈 곳이 없었다.

검찰은 수사의 시발점인 D 조선의 50억 원 벤처 투자와는 아무런 관계가 없는 W 산업에 대한 470억 원 대출 등에 대한 별건 수사로 찾은 8개의 혐의를 추가하여 총 12개 혐의로 2차 구속영장을 청구했다.

2차 구속영장 실질 심사검사를 받던 날에도 아침 8시에 수사관 두 명이 우리 집에 왔다. 지난번처럼 나를 검찰청사에 먼저 구치했다. 나는 10시에 서울중앙지방법원으로 끌려가서 오후 2시까지 구속영장 실질 심사를 받았다. 1차 구속영장 심사 시 담당 판사는 진지한 표정으로 변호사의 변론과 나의 진술을 경청하는 모습을 보였는데 이번 판사는 무관심한 표정을 보이다가 나중에는 졸기까지 했다.

영장 심사가 끝나고 나는 다시 검찰청으로 돌아와 감금되었다. 다음 날 새벽 1시경에 구속영장이 떨어졌다. 대검찰청 부패범죄특별수사단이 수사를 시작한 지 6개월 만에 결국 구속영장이 발부되었다. 비가 올 때까지 지낸다는 인디언 기우제처럼 검찰은 나를 구속할 때까지 수사를 계속했고, 법원도 결국은 검찰을 따라갔다. 거대한 국가권력이 작은 국민 하나를 구속하기 위해 수단 방법을 가리지 않고 권력을 휘둘렀다. 구속 수사하라고 지시받은 사건이 아닐까 하는 의구심이 현실이 되었다.

구속영장이 발부된 새벽 2시 검찰 호송차에 실려 서울구치소로 갔다. 차에서 내리니 밤바람이 유달리 차가웠고 모든 것이 어둠 속에 잠들어 있었다. 철문 앞에서 교도관을 기다리는 동안 수사관이 담배 한 개비를 주며 마지막으로 피우라고 했다. 오래간만에 담배 연기 한 모금을 들이켰더니 머리가 핑 돌았다. 수사관이 나를 교도관에게 인계하고 전등불 아래로 사라졌다.

교도관의 안내로 구치소 철문 안으로 들어갔다. 등 뒤에서 들리는 철그럭 소리가 검은 새벽을 깨웠다. 불빛 희미한 마당을 가로질러 어떤 건물 안으로 들어가 어떤 복도를 걸어서 어떤 방에 들어갔다. 교도관은 입고 있던 옷과 시계와 휴대전화 모두 상자에 담으라고 했다. 그러고는 녹갈색 죄수복과 런닝셔츠, 팬티, 양말, 고무신을 주었다. 키와 몸무게를 재고 혈압도 측정했다. 죄수복 차림으로 수용 번호 47이 적힌 번호판을 들고 머그샷mug-shot을 찍었다. 샤워장으로 데리고 가더니 샤워를 하라고 했다. 물기를 닦고 나오니 모포와 베개를 주었다. 교도관이 안쪽의 철문을 열고 긴 복도를 따라 나를 데리고 갔다. 복도는 길었고 초겨울 새벽바람은 차가웠다. 어디가 어딘지도 모른 채 어떤 방에 들어갔다. 나는 12월 1일 새벽 3시경에 서울구치소 독거방 10동 1방에 수용되었다.

한 평 반 정도의 독거방은 양팔을 벌릴 수 있는 정도의 폭에 사람이 발을 뻗고 누울 수 있는 정도의 길이에 작은 화장실이 딸렸고, 철판으로 만든 출입문은 교도관이 밖에서만 열게 되어 있었다. 방바닥은 얼음장보다 더 차가웠다. 무엇이 무엇인지 어디가 어디인지 모르겠고 모든 것이 캄캄하기만 했다. 담요 한 장은 깔고 수의를 입은 채로 남은 한 장의 담요를 덮고 누웠다.

아무 생각도 나지 않았다. 눈물이 쉼 없이 흘렀다. 잠을 이룰 수도 없었고, 잠이 올 것 같지도 않았다.

너는 하나님께 소망을 두라 그가 나타나 도우심으로 말미암아 내 하나님을 여전히 찬송하리로다

참으로 길고 참으로 슬픈 하루였다.

검찰이 집요하게 수사한 배후에 10년 전 대통령 선거 후보 경선이 있다는 생각이 들었다. 그때 야당의 유력한 두 대권주자가 상대방의 사생활에 대해 도를 넘는 폭로를 주고받았다. 그중에서 가짜 목사 관련 폭로가 문제였다. 어떤 목사가 다른 목사를 가짜라고 폭로하면서 그 가짜 목사가 여성인 상대 후보와 특별한 관계라고 주장했다. 그 여성 상대 후보는 천벌을 받을 거짓말이라고 하면서 폭로를 한 목사를 선거법 위반으로 고발했다.

수사를 받게 된 목사는 폭로 내용을 내가 일하는 쪽의 후보 캠프로부터 받았다고 진술했다. 폭로 내용을 제공한 우리 캠프 사람이 긴급체포 되면서 그의 포켓에서 100만 원짜리 자기앞수표가 나왔는데, 그것을 내게서 받았다고 진술한 게 문제였다. 그때 내가 맡은 일은 폭로 사건과 관계없는 선거공약 개발이었고, 수표추적 결과 다른 사람의 예금계좌에서 발행된 것이 확인되었지만, 그 예금계좌를 가진 사람에게 내가 다른 용도의 자금을 제공한 것이 문제가 되어 함께 수사를 받았다. 나는 빠졌지만 결국 가짜 목사 사건을 일으킨 목사와 정보를 제공한 우리 캠프 사람이 구속되어 징역을 살게 되었다.

내가 캠프에 참여했던 후보가 경선에서 이김으로써 대통령 선거에 나가 당선되었다. 선거가 끝난 후 승자의 포용 대신 폭로에 대한 보복을 주고받은 게 문제라면 문제였다. 대통령 선거가 끝나고 얼마 지나지 않아서 국회의원 총선이 있었는데 후보 공천을 하면서 예전에 반대편에 섰던 국회의원을 줄줄이 탈락시켰다. 그런데 다음 대통령 선거에서 반대편 후보가 당선되었고 반격이 시작되었다. 가짜 목사 폭로와 관련된 사람들은 반격을 피할 수 없었다. 폭로를 주도했다고 의심받은 두 사람은 뇌물수수와 직권남용으로 구속되었고 출옥 후 한 사람은 스스로 생을 마감했다. 나도 K 금융그룹 회장 임기를 1년 넘게 남겨놓고 물러났다. 100만 원짜리 자기앞수표가 포켓에서 나왔던 사람도 공기업에서 물러났다. 물러나면서 그 자리를 내가 추천해 주었다고 기자에게 말했고 그 사실이 보도된 것이 설상가상이었다. 어느새 나는 사실과 달리 가짜 목사 고발 사건의 배후 인물 중 하나가 되어 버렸다.

내가 K 금융그룹 회장에서 물러난 후, 지난 정부에서 추진했던 4대강 정비 사업에 참여한 건설회사의 비자금과 정치자금에 관해 검찰의 자금 추적조사를 통해 나도 내사를 받았다. 그러나 특별한 문제없이 넘어갔다. 그러다가 감사원이 K 금융그룹을 감사했고, K 은행이 채권은행으로서 관리하던 D 조선을 분식회계 혐의로 검찰에 고발했다. 그 수사 과정에 내가 말려 들어가게 된 것이었다.

III

구속되던 날 밤을 뜬눈으로 새우고 오후에 검찰에 불려 갔다. 녹갈색 죄수복을 입고 흰 고무신을 신고, 줄을 맞추어 교도관을 따라 긴 복도를 걸어가서, 신발 깔창을 빼고, 발 수색을 받은 다음 검색실에 들어갔다. 몸을 수색하고, 수갑을 채우고, 포승줄로 팔을 묶고, 네 명씩 연승을 한 다음 마당에 대기한 호송버스에 태웠다. 나는 고령자라 수갑만 차고 호송버스 맨 뒤쪽에 앉았다.

서초동 검찰청 구치감 앞에 내릴 때 수갑을 차고 수의를 입은 내 모습을 기자들이 촬영하는 순간 극도의 모멸감을 맛보았다. 나의 이름은 교도소에서는 '47번', 검찰에서는 '피의자'였고 짐승처럼 묶여서 끌려다녔다. 외부와 차단된 상태에서 CCTV로 녹화를 당하면서 자정이 가깝도록 조사를 받다 보니 첫날부터 영육이 탈진했다. 다음날도 오전부터 외부와 전화 한 통 못 하고 자료 한 장 없이 조사를 받았다. 법률이 보장하는 인권과 방어권은 사실상 박탈된 상태였다. 검찰이 6개월여에 걸쳐 받은 수많은 참고인의 진술로 치밀하게 짜서 만든 구속영장 속 피의사실을 보강하고 빈자리를 메꾸기 위한 조사였다. 그들 앞에는 헌법도 인권도 의미가 없었다.

구속된 지 3일째 되던 날은 토요일이었다. 토요일에는 검찰이 부르지 않아 오전에 아내와 큰애가 면회를 왔다. 증거인멸을 방지한다는 명목으로 접견은 아내와 자식에게만 허용되었다. 그러나 그들은 10분간 그저 눈물만 흘리다가 돌아갔다.

　감옥에서 맞은 첫 일요일은 꿈인지 생시인지 혼돈이 왔다. 꿈은 아닐까. 내가 꿈속에 들어온 건 아닐까, 눈을 감기만 하면 감방도 수의도 수갑도 모두 사라지지 않을까, 제발 꿈이었으면. 나는 진심으로 꿈이기를 바랐다. 내 방은 복도 쪽 첫 방이라 햇빛도 들지 않고 방바닥은 냉골이었다. 모포를 깔고 앉아도 12월의 찬 기운이 바로 올라왔다. 바깥으로 통하는 창문은 제대로 닫히지 않아 외풍이 심했다. 담요 하나로 온몸을 감쌌다. 아무도 못 만나고, 아무 데도 못 가고, 아무것도 못 하는, 숨 막히는 고독과 슬픔과 분노와 수치의 공간이자 시간이었다. 태어나서 한 번도 경험해 보지 못한 상황이라 어찌할 바를 몰랐다. 자해행위를 방지하기 위해 24시간 불을 켜놓고 CCTV가 감시하고 있었다. 사방이 철창과 시멘트벽으로 막힌, 한 평 반이 안 되는 좁은 공간에서 나는 숨을 쉬기도 어려울 정도의 폐쇄공포를 느꼈다.

　매일 수갑을 차고 검찰청에 가서 자정이 되도록 수사를 받았다. 증거인멸을 핑계로 필요한 사람을 만나거나 전화하거나 필요한 물증들을 찾거나 할 수 없도록 구속해 놓고 수사하는 것은 처음부터 불공정한 게임이었다. 헌법은 그들의 발아래 있었다.

문명국 혹은 선진국이라 불리는 국가에서는 살인죄같이 물리적으로 증거인멸이나 도주의 우려가 확실하게 있는 경우를 제외하고는 피의자의 방어권을 보장하기 위해 불구속 수사를 원칙으로 한다. 구속하더라도 보석금을 내면 자유로운 상태에서 수사도 받고 재판에 임하도록 한다. 미국에서는 기소하기 전에 피의사실을 언론에 흘려 보도되게 하면, 배심원들에게 선입견을 준다는 이유로 '오염된 사건tainted case'으로 분류되어 기소 불가능 사건이 될 수도 있다. 그러나 우리나라는 사실상 사전 피의사실 누출과 구속 수사와 구속 재판이 원칙이 되어버려 문명 이전의 세상과 마찬가지였다. 피의자가 검찰에 출두할 때 포토라인에 세움으로써 언론이 먼저 인격 살인부터 하게 한다. 이거야말로 언론과 검찰이 카르텔을 이뤘다는 확실한 증거 아닌가. 미국의 유명한 미식축구선수는 살인 혐의의 심증이 확실했지만, 거액의 보석금을 내고 풀려나 변호사와 함께 효과적으로 변론함으로써 증거 부족으로 무죄가 되었다.

철창 속 좁은 방에 가두어 외부와 차단하는 구속은 수사 절차의 하나가 아니라 사실상 고문이고 가혹한 형벌이다. 매일 문밖으로 출역을 나가고 신앙생활에 참여하고 그림과 서예 등 취미활동이 허용되는 징역보다 구속이 10배나 힘들다고 했다. 나는 구속된 후

거의 식사를 못 했고, 매일 밤잠을 못 이루고 악몽을 꾸었다. 누군지도 모르는 사람의 총에 맞아 피를 흘리는 꿈을 꾸다가 벌떡 일어나기도 하고 닥치는 대로 아무에게나 기관총을 난사하는 꿈을 꾸기도 했다. 구속은 나를 극도의 절망에 이르게 했고, 절망이 계속되다가 체념에 이르게 했다. 그즈음 수사를 받다가 생을 마감한 국군 보안사령관과 현직 검사장의 일이 남의 일 같지 않았다. 나와 그들의 죽음 사이가 한 걸음도 채 안 되는 것 같았다.

10일간의 구속 수사가 끝나고 재판이 시작되었다. 3명의 검사와 5명의 수사관이 6개월에 걸쳐 수많은 참고인을 부르고 증거물을 수색하고 압수하여 만들어낸 90개에 이르는 참고인 진술서와 17,000쪽에 달하는 증거서류는 그 자체가 공포였다. 검찰이 방대한 진술서와 증거서류를 만들 때 나에게는 어떤 기회도 주어지지 않았다. 좁은 감방에서 방대한 진술서와 증거서류를 파악하고 변론자료를 만들어 변호사에게 제공하는 동안 영혼은 고갈되어 갔고 육신도 허물어져 갔다. 유리한 증거를 찾을 수 있는 길은 모두 봉쇄되었다. 무죄 추정의 원칙과 방어권을 보장하는 법률은 철저히 무시되었다. 법치국가에서 어떻게 검사가 법 위에 있을 수 있을까? 판사는 왜 그런 불법을 보고 말이 없을까?

폐쇄공포와 불면증으로 고혈압과 당뇨가 악화하였고 평생 경험하지 못한 심한 변비까지 생겨 하루를 견디기도 고통스러웠다. 몸무게가 10kg이나 빠져 면회 오는 사람들이 몰라볼 정도까지 되었다. 여기저기 피부가 발갛게 부풀고 가려워서 의료과에 갔더니 감옥독이라고 하며 특별한 약이 없다고 했다. 수많은 사람이 방과 모포와 기구에 남기고 간 세균들에 적응할 때까지 나타나는 증상이라는 것이었다. 나의 육신은 우리에 갇힌 짐승으로 사는 일에 길들어 갔다.

구속된 지 한 달 만에 고혈압과 당뇨병이 악화되고 우울증도 생겼다는 진단을 받았다. 나는 사람이 그립고 말이 고파 내가 원해서 독거방이 아닌 혼거방에 갔다. 병동의 혼거방은 4인실인데 내가 간 방에는 나를 합쳐 3명이 있었다. 녹갈색 죄수복 대신 옅은 하늘색 바탕에 짙은 푸른색 세로줄이 있는 환자복으로 바꿔 입었다. 환자복 입은 내 모습이 프랑스 영화 속 빠삐용 같다는 생각이 들었다. 살인죄의 누명을 쓰고 파리에서 대서양 건너 기아나의 정글 속 교도소에 갇힌 푸른 줄무늬 죄수복의 그 빠삐용.

같은 방에 수용된 한 사람은 목사라고 했고 또 한 사람은 부동산 중개인이라고 했다. 목사라는 사람은 혈액원에서 혈액을 병원으로 수송하는 사업을 하다가 두 번째 사기죄로 고발되어 들어왔다고 했고, 부동산 중개인은 아무 말이 없었다. 스스로 얘기하지 않으면 묻지 않는다는 감옥의 불문율에 따라 나 역시 캐묻지 않았다. 그들은 언론보도를 통해 나를 잘 알고 있다고 했다. 용케도 감옥에서 신문을 볼 자유는 허용되고 있었다. 목사라는 사람은 과민성 우울증으로 몇 번 졸도하여 병동으로 오게 되었다면서 휠체어를 타고 다녔는데 방에서는 멀쩡하였다. 부동산 중개인은 매주 수요일 외부병원에 나가 혈액 투석을 받았는데 얼굴이 검어서 진짜 신장병 환자 같았다. 셋이 함께 밥을 먹고 이야기를 하고 방 청소와 설거지도 당번을 정해 하루씩 하게 되니 사람 사는 것 같았다.

내가 잠버릇이 나빠서 이를 갈고 코를 곤다며 양해를 구했더니 이구동성으로 자신들도 코를 고니 신경 쓰지 말라고 했다. 감옥 와서 처음으로 제대로 잠을 잘 수 있게 되었다. 그것도 밤 9시에. 일요일에는 사기죄 목사의 인도로 방에서 주일예배를 보고 설교도 들었다. 두 번째 감옥에 들어왔다는 그는 감옥에 대해서 모르는 것이 없었다. 옛날 남로당 당수 박헌영이 자기 똥을 먹는 방법으로 혈액 검사에서 이상 반응이 나오도록 만들어 병보석으로 풀려났다고 얘기하며 병동의 환자 다수는 가짜 환자라고 했다. 내게 눈을 찡긋하며 자기도 가짜라는 것을 암시했다. 어느새 감옥생활에 적응했는지 그러려니 하고 무심하게 지냈다.

사람 냄새를 맡으며 한 달 정도를 살았는데 재판이 본격적으로 열리고 증인 신문을 위한 변론자료도 만들어야 하는 상황이 되자 진술서와 증거자료를 좁은 방에 펴 놓고 보기가 어려웠다. 더구나 밤 9시가 되면 취침해야 하므로 혼자 밤늦게까지 변론문서 작성하는 일도 불가능하였다. 몸 상태가 한 달 만에 상당히 좋아지기도 했고 변론서 작성을 위해 의료과의 진단을 거쳐 다시 일반 독거방으로 옮겨 갔다.

증인 신문이 시작되자 법원에 출정하는 날을 빼고는 매일 변론문서 작성에 매진했다. 밤 9시 취침 시간부터 다음 날 아침 6시 기상 시간까지는 밝은 전등은 꺼지고 겨우 글자를 읽을 수 있을 정도의 어둑한 조명등만 켜져 있다. 그런 상황에서도 나는 새벽까지 때로는 밤을 새워 변론자료를 준비했다. 나에게 적용된 배임, 직권남용, 정치자금법 위반, 제삼자 뇌물 같은 혐의들은 살인이나 뇌물처럼 단순한 사건이 아니라서 범죄의 구성요건을 알기 어렵고 복잡하기까지 해 변론문서를 만드는 일이 여간 힘들지 않았다. 문명국에는 없는 배임죄를 핵심으로 검찰이 제출한 12개 혐의의 긴 공소장과 90개에 달하는 참고인 진술서와 17,000쪽의 방대한 증거서류는 한 번 읽어보는 것도 벅찼다.

혐의가 12개나 되지만 돈 한 푼 받은 적 없었다. 일상의 일이 죄가 되었으니, 죄가 성립된다는 논리를 만든 검사들도 힘들었겠지만,

그것이 죄가 안 된다는 논리를 세우기는 더 어려웠다. 확실하게 돈을 받았거나 스스로 죄를 지었다고 생각되면 단순히 사실을 시인하면 끝나는데, 검찰이 만든 방대한 진술서와 증거서류를 거꾸로 뒤집는 진술과 증거를 제시해야 하니 예삿일이 아니었다. 살인이나 뇌물같이 사건이 명백하게 그려지는 것이 아니어서 변호사도 내가 만들어 준 변론자료에 의지할 수밖에 없으므로 내가 주도적으로 재판을 준비하고 이어가야만 했다.

한 주에 2번씩 3개월에 걸쳐 이루어진 재판은 42명의 증인 신문을 중심으로 진행되었다. 내가 아는 사실과 다른 증언을 하는 사람을 보거나, 기억에 없는 증언을 들을 때는 맥이 빠졌다. 함께 일했던 사람들은 손발을 떨면서 검찰에서 작성한 진술서 내용 그대로 증인석에서 진술했다. 내가 알아보라거나 챙겨보라고 한 것은 하라고 지시했다거나 지시로 받아들였다고 증언했고, 그렇게 받아들인 이유는 내가 평소에 일을 강하게 추진하였기 때문에 지시로 생각할 수밖에 없었고, 또 인사권도 갖고 있어서 그렇게 느꼈다고 말했다.

기가 막히고 억장이 무너지는 증언들이 나를 허탈에 빠지게 했다. 참을 수 없어서 내가 직접 신문하려 했더니 검사는 증인과 내가 상하관계에 있었던 것을 문제 삼아 이의를 제기하였고, 판사가 이의를 받아들여 변호사를 통해서만 신문하도록 제한했다. 판사는 애매하거나 모호한 것도 피고인 나에게 불리하게 판단하여 나의 반론 의지를 꺾었고, 수시로 나의 방어권을 무시했지만 달리 방법이 없었다.

K 금융그룹에서 비서로 일했던 증인 둘은 그들의 느낌과 추측으로 10가지가 넘는 과장되거나 거짓된 증언을 했다. 그들은 내가 벤처기업 대표를 D 조선 사장에게 소개하도록 한 것은 그 사장에게 벤처기업 투자를 압박하는 것으로 받아들였고, W 산업에 대한 대출이 어떻게 되고 있는지 알아보라고 한 것은 해 주라는 뜻으로 이해했다고 증언했다. 내 부덕 때문이라 생각하니 지나온 나의 삶이 부끄러워졌다. 그들이 거짓 증언을 한 것은 그들이 가진 어떤 약점 때문이었다는 얘기를 들었지만, 어쩔 방법이 없었다. 더구나 증언 전날 검사는 그들을 다시 불러 증언 내용을 재확인하기까지 하였다고 했다. 명백한 불공정 재판이었지만 내가 할 수 있는 대응 수단은 '아닌 것을 아니라고 말하는' 그것밖에 없었다. 법정에서 분한 마음을 표출하는 방법은 그들을 쏘아보며 네가 인간인가 의심하는 분노의 눈 화살을 발사하는 것뿐이었다. 그러고는 체념하고 기도하는 것뿐이었다.

감옥에서 죄수들은 검사는 소설가라고 하고, 판사는 평론가라고 하며 비아냥거린다. 비가 올 때까지 기우제를 지내는 인디언과 같이, 검사는 하명 받으면 피의자가 구속될 때까지 먼지떨이 수사를 해 소설을 쓰고, 판사는 그 소설에 문제가 있다는 걸 알면서도 바로잡지 않고 식민 통치와 권위주의 통치의 슬픈 유산에 순치되어 평론가 노릇에 머무른다는 것이다. 무죄 추정의 원칙과 불구속 수사 원칙을 지켜 피의자의 인권과 방어권을 보장해 주면서 재판을 주도적으로 끌고 가야 할 판사가 방관자적 역할을 하고 있으니, 때리는 시어미보다 말리는 시누이가 더 밉다는 격으로 판사가 더 밉다고들 했다. 감옥에 오기 전에는 한 번도 해 보지 못한 생각이었다. 타인의 처지에 공감하고 이해하는 일은 정말 어렵다. 나 역시 감옥에 들어오기 전에는 높은 담장 안에 갇힌 사람들의 인권에 관해 관심을 가진 적이 없었다.

나와 변호사의 노력에도 불구하고 원심에서 검찰은 7년 징역을 구형했다. 법원은 본건인 D 조선에 관련된 배임 등 8건은 무죄로 하였지만, 별건으로 2차 구속영장에서 추가된 W 산업에 대한 은행 대출과 관련된 배임 등 4건은 유죄로 판결하여 4년 징역형을 선고했다.

*

추석 전날은 최후진술서를 이렇게 고치고 저렇게 고치며 하루를 보냈다.

종일 방바닥에 앉아 마분지 밥상에서 글을 쓰다 보니 어깨도 허리도 팔도 모두 아팠다. 워드프로세서를 사용하지 못해 볼펜으로 써야 해서 아주 힘들었다. 더구나 먹지를 중간에 넣어 변호사에게 줄 서류도 함께 만들어야 하니 손목 인대가 엄청 아팠다. 먹지란 과거 복사본을 만들기 위해 쓰던 먹이 발라진 새까만 종이다. 용지 사이에 끼우고 꾹꾹 눌러쓰면 아래 있는 종이에 글씨가 복사된다. 요즘은 보기도 힘든데 구치소에서는 아직 팔고 있었다.

글 쓰는 것을 멈추고 문에서 화장실까지 다섯 걸음 정도를 왔다 갔다 하며 걸었다. 다섯을 세고 뒤돌아 또 다섯을 세고 백 보를 셌다. 태극권 하듯 팔다리를 흔들고 윗몸을 흐느적거리며 걸었더니 몸이 개운하게 풀렸다. 다시 마분지 책상 앞에 앉아 진술서를 썼으나 해 질 녘이 될 때까지 마치지 못했다.

*

추석날 길게 뻗은 구치소 지붕에 아침햇살이 쏟아졌다. 가을바람이 소슬히 불었고 슬프도록 맑은 하늘에는 구름 한 점 없었다.

높은 담벼락 너머 수리산이 담 밑까지 가까이 다가왔다. 비둘기 두 마리가 창밖 풀밭에 내려앉았다.

어릴 때 산골에서 보낸 추석날이 생각났다. 내가 살았던 고향 집은 남향이었는데 뒤로는 산을 등지고 앞으로는 논밭이 펼쳐져 있었다. 논밭 너머 봉우리 세 개가 연이어진 안산이 있었다. 집 뒤에 수령 백 년이 넘는 감나무가 두 그루 서 있고 감나무 뒤에 대밭이 있었다. 목화도 많이 키웠는데 열매가 익어서 벌어지면 하얀 솜털이 탐스럽게 모습을 드러냈다. 어머니는 물레를 자아 실을 뽑아서 밤이 이슥하도록 베틀에서 무명을 짰다. 그 무명에 검은 물을 들이고 재봉틀을 돌려 지은 새 옷이 나의 추석빔이었다.

한동네에 사는 십촌 이내 일가들이 모여 차례를 지내고 밤, 대추, 배와 같은 햇과일과 함께 햅쌀밥을 먹고 송편을 먹었다. 읍내 장에서 사 온 새 고무신을 신고는 아버지를 따라 삼촌들과 형님들과 함께 성묘하러 산에 올랐다. 앞산에 올라 증조부모 산소부터 시작해 뒷산 넘어 선산에 있는 고조부모와 그 윗대 조상의 산소까지 돌고 나면 어느새 해는 서산 위에까지 가 있었다. 산길에서 밤을 따 신발로 까서 먹는 재미가 좋았다.

한가위 보름달이 높이 뜨면 동네 친구들이 모여 밤늦도록 숨바꼭질하며 놀았다. '한가위만 같아라.'라는 말처럼 일 년 중 가장 기쁘고 즐거운 시기였다. 지금은 항상 한가위처럼 풍요롭게 살고 있으니 천지개벽이 따로 없다 할 것이다.

눈을 감고 오늘의 내가 있기까지 수억 년, 수만 대의 조상들을 생각해 보았다. 할아버지 할머니의 할아버지 할머니, 또 그 할아버지 할머니의 할아버지 할머니를 끝없이…. 태초에 천지가 창조되고 아담과 이브가 창조된 후 나는 언제 어디서 누구로부터 비롯되었을까. 수억 년, 수만 대를 어떻게 이어서 감옥에 있는 나까지 오게 되었을까? 갑자기 서글퍼졌다. 내가 왜 감옥까지 있어야 한단 말인가?

점심때 사소들이 비빔밥을 만들어 입구 쪽에 있는 수용자에게 조금씩 나누어 주었다. 배식하고 남은 김치와 나물과 소시지를 모아두었다가 잘게 썰어 밥과 함께 고추장에 비빈 후 플라스틱 반찬통에 담고 뚜껑을 잘 닫아서 뜨거운 물에 30분 정도 덥혀서 만든 것이었다. 추석 특식으로 송편도 두 개 나왔다. 나는 미리 사 둔 초코파이를 내 오른쪽 독거방과 왼쪽 혼거방 그리고 두 명의 사소에게 나누어 주었다. 감옥에서도 한가위를 즐겁게 보내고 싶은 가난한 마음들이었다.

추석날 오후는 평소보다 더 고요했다. 아무 일도 일어나지 않았고 아무 소리도 들리지 않았다. 공기마저 무겁게 가라앉았다. 해가 수리산을 넘어가자 한가위 둥근달이 구치소 지붕 위에 높이 떴다. 추석 달밤의 정취를 즐기기 위해 전깃불을 끄고 싶었지만, 방안에는 스위치가 없었다. 두 손으로 쇠창살을 잡고 아련한 옛일과 가족들을 생각하며 뚫어지게 달을 바라보았으나 어릴 적 산골에서 보았던 계수나무도 토끼도 보이지 않았다.

한가위 보름달 아래 창살 속에 내동댕이쳐진 채 내 삶은 〈장녹수〉를 불렀다.

가는 세월 바람 타고 흘러가는 저 구름아
수많은 사연 담아 가는 곳이 어드메냐
첫 절이 끝나기도 전에 보름달이 눈물에 가렸다.

부귀도 영화도 꿈인 양 간 곳 없고
어이타 녹수는 청산에 홀로 우는가

마지막 절은 통곡이 되었다. 마지막 절을 부르고 또 부르다가 목이 메어 소리도 죽었다. 그래도 송편과 비빔밥이 고마운 추석이었다.

*

　추석 다음 날도 하늘은 높았다. 시간은 밀려오는데 할 일이 없었다.
　6시에 일어나 밤 9시에 잠자리에 들 때까지, 7시, 12시, 오후 5시, 세 번 밥 먹는 것 빼고 할 일이 없었다. 할 일이 없을수록 영혼은 더 분주해지고 생각은 더 많아졌다. 오늘은 국민학교 시절이 생각났다. 봄이면 들에 나가 꼴을 베어오고, 여름이면 뙤약볕 아래서 콩밭을 매고, 여름방학이 되면 아침과 오후에 소를 먹이고, 가을이면 나락을 베고 고구마를 캐고, 겨울이면 산에 가서 땔나무를 하던 일들. 가을 운동회 날 달리기에서 1등을 해 '상'자가 찍힌 공책을 타서 의기양양하게 엄마에게 자랑했던 일. 할아버지 할머니와 아버지 어머니 그리고 고모와 삼촌과 형제들. 그때는 3대가 함께 살았다. 머슴과 식모까지 합치면 열다섯 명이 넘었다. 5남 1녀가 함께 살며 싸우는 것도 중요한 일과였고 아버지한테 매를 맞는 것도 하나의 일상이었다.
　할 일이 있다는 것이 얼마나 소중한지 그리고 일이 많아 바쁘다는 것이 얼마나 복 받은 것인지 감옥에 와서 절실히 깨달았다. 밀려오는 시간을 견디기 위해, 있는 일은 일부러 천천히 불편하게 했고,

없는 일은 만들어서 했다. 오후에는 그저께 새로 입은 내의를 빨았다. 의자로 사용하는 양변기를 아래위로 비누질하여 반질반질하게 닦았다. 화장실 바닥을 물로 씻고 걸레로 닦아 방바닥같이 만들었다. 초코파이 상자 뚜껑을 잘라내고 종이를 겹으로 발라 작은 반짇고리를 만든 다음 양말을 담았다. 우유 팩을 씻어서 약을 담는 용기를 만들었고, 두유 팩으로는 제비집(선반 대용으로 벽에 붙이는 종이 용기가 제비집 같다고 그렇게 불렀다)을 만들었다. 지난달에 만들어 붙인 제비집을 뜯어내고 새 제비집을 달았다. 새 제비집에 치약과 로션을 담았다.

해가 수리산을 넘어갈 즈음 저녁 식사를 앞두고 복도 안쪽에서 손나팔을 만들어 조심스럽게 통방(다른 방 수용자와 대화하는 것을 말하는데 교도관의 눈을 피하여 가끔 이루어진다)하는 소리가 들렸다.

"재섭이 형…. 재섭이 형!"

작은 소곤거림이었다.

"재섭이 형…. 들려요?"

이번에는 조금 큰 소곤거림이 들렸다.

"누구냐 준석이냐?"

"예, 준석이에요. 형 멸치볶음 하나 빌려줄 수 있어요?"

"알았어. 한 봉지 보내줄게."

그때 호통 소리가 들렸다.

"통방하지 마세요!"

교도관의 목소리였다. 다시 조용해지고 한참이 흘렀다.

"형! 사소 통해 보내줘요."

"응 알았어."

더 작은 소곤거림이었으나 교도관이 또 들은 모양이었다.

"통방하지 말라니깐! 조용히 해요!"

다시 조용해졌다. 더이상 소곤거림은 들리지 않았다. 구치소에서는 통방도 안 되지만 물건을 나누어 쓰거나 돈을 빌려주는 것이 금지되어 있다. 그러나 멸치볶음 참치 콜라 빵 등을 주간 단위로 살 수 있는 날짜와 수량을 정해 팔기 때문에, 모자라는 경우는 서로 빌려 쓰기도 한다.

통방 소리가 또 들릴까 싶어서 귀를 기울였다. 사람이 그립고 말이 고픈 수용자들이라 복도에서 일어나는 작은 일에도 귀를 쫑긋 세우고 우르르 창살문으로 몰려나온다. 모이를 주면 우르르 모이는 닭장 안의 닭들처럼.

이번에는 더 작은 소곤거림이 들렸다.

"사소! ……… 사소!"

아까 그 사람들이 하는 소곤거림이었다. 복도 안쪽으로 가는 발걸음 소리가 들렸다. 이번에는 교도관에게 들키지 말았으면! 다시 이쪽으로 오는 발걸음 소리가 들리더니 조용해졌다. 주임이 혹시 졸고 있었을까? 멸치볶음 빌리기가 세 번의 시도 끝에 드디어 성공한 것 같았다.

"갓 블레스 유!"

그렇게 하루가 가고 또 해가 졌다.

*

일곱째 날 금요일. 대체 공휴일에도 창살 너머 하늘은 높고 푸르기만 했다.

해가 중천에 떴을 때 독거방 수용자들은 교도관 인솔 하에 모포 두 장을 들고 철문을 지나 피자 판 모양의 운동 마당으로 나갔다. 격주로 10분 정도 주는 모포 털이는 사람과 만나서 말을 나눌 수 있는 기회였고, 상큼한 청량제였다.

나는 검사장이었던 옆방 사람과 함께 독거 운동장에 들어갔다. 열 명 넘게 모포 털이 하러 나왔는데, S 그룹, L 그룹, B 그룹 회장과 함께 전 산업부 C 장관과 복지부 K 장관도 있었다. 장관들과 재벌 회장들이 두 명씩 짝을 이루어 모포를 마주 잡고 퍽 퍽 소리가 나도록 터는 모습이 볼만했다. 담장에 부딪친 퍽 퍽 소리가 크게 메아리쳤다.

평소 독거 수용자 운동장을 사용하는 최고수(사형집행 대기자들을 그렇게 불렀는데 최근 20여 년 사형집행이 없어 숫자가 많았다)들도 입구 쪽 옆에 따로 모여 모포를 털었다. 북쪽 높은 담장 구석에 작은 창문 두 개가 높이 달린 건물이 있는데 교수형장이라고 했다. 죄수의 형이 확정되면 교도소로 이감해 징역형을 집행하는데 사형의 경우 집행방식이 교수(목을 졸라 죽임)이기 때문에 구치소 내에 교수형장이 있다는 것이다. 빨간 표찰을 단 최고수가 지나갈 때는 서로 얼굴을 피하지만 어쩌다 눈인사를 나눌 때도 있었다. 반지하방에 어렵게 사는 모녀를 잔인하게 목 졸라 죽인 사건이 지난해 있었는데 그 살인범은 어쩌다 나와 눈이 마주치면 미소를 짓기도 했다. 희미한 그들의 표정은 의미를 파악하기 어려웠지만 체념이 깃들어있는 것 같기도 했다.

교수 형장을 바라보며 삶과 죽음의 거리를 생각했다. 나는 언제 죽게 될까, 죽기 전에 이 억울함을 풀 수 있을까. 전직 장관들, 재벌 회장들과 사형수들이 같은 공간에서 같이 모포를 터는 행위가 어쩐지 부자연스럽다는 생각이 들었다. 이런 부자연스러운 장면이 어디에서 비롯되었을까. 오래오래 곰곰이 생각했다.

　10년 전 야당의 대통령 후보 경선 때 잉태된 불화는 정치적 보복으로 끝나지 않았다. 5년 후 반대파가 정권을 잡자 지난 정부가 추진한 사업은 모조리 취소했다. 홍수 예방과 수자원 관리를 위해 건설한 한강, 낙동강, 금강, 영산강의 보를 녹조를 방지한다는 명분으로 보 문을 열어 주위 농업용수를 고갈시키기도 하고, 신혼부부를 위한 보금자리주택 건설사업도 취소해 아파트값을 상승시키기도 했다. 정권을 잡았으나 불화가 심했고, 분열된 의원 중 일부가 야당과 합세했다. 지인 여자가 국정에 관여했다며 국정농단으로 몰아 최초의 여성 대통령을 탄핵했고 이어진 선거에서 정권은 좌파에게 넘어갔다. 전직 두 대통령은 함께 일하던 장관 및 재벌 회장들과 함께 적폐로 몰려 법정에 서게 되었다.
　어느 날 법정으로 가는 호송버스에 올랐더니 맨 앞자리에 여자 대통령을 탄핵으로 몰고 간 바로 그 여자가 앉아 있었다. 내 앞자리에는 우리나라 최고 재벌 회장이 앉았다. 전 여자 대통령은 빨간불을 깜박이는 승합차를 타고 우리가 탄 호송버스에 앞장서서 가고 있었다. 적폐 청산 과정에서 전직 대통령, 전직 장관, 재벌 회장 등 100명이 넘는 고위 공직자와 기업인들이 총 100년이 넘는 징역형을 받았다.

　100명이 넘는 전직 고위 공직자와 기업인들이 서울구치소에 함께 갇힌 전대미문의 사태를 두고 수감자들은 서울구치소 수용자로 '의왕 민국'(서울구치소가 경기도 의왕시에 있다)을 건국하면 유럽에서도 중위권 국가는 될 수 있을 거라고 수군거렸다. 대통령에, 각료에, 대기업 회장까지 있으니 그럴법한 이야기였다. 한 명의 대통령은 내가 있는 사동의 대각선 방향에 있는 여자 감옥에 있었다. 장관들은 서쪽 사동에, 재벌 회장들은 동쪽 사동에 갇혔다. 나를 감옥에 오게 만든 배후로 추정되는 청와대 사람들이 내 방의 아래층과 위층에 있으니 참으로 장난 같은 일이 아닐 수 없었다. 다른 한 명의 대통령은 서울 동쪽에 있는 감옥에 갇혀있었다.

　술에 취하면 보이는 것이 없어지는데, 권력과 돈에 취해도 앞을 제대로 보지 못하는 것 같았다. 돈을 가진 사람은 돈으로, 권력을 잡은 사람은 권력으로 모든 것을 해결하려고 하다가 낭패를 당하는 경우는 역사에서도 허다하다. 정적에게 관용을 베풀고, 반대자를 포용한 로마제국의 이야기는 그저 전설 같은 이야기일 뿐인가. 서로 공격하고 보복하던 같은 진영의 두 대통령이 함께 감옥살이하며 보수우파를 궤멸로 몰고 간 이런 행진은 참으로 부끄러운 역사가 아닐 수 없다. 모진 놈 옆에 있다가 벼락 맞는다는 속담처럼 두 대통령 옆에 있다가 정을 맞아 졸지에 감옥살이하는 사람들의 억울한 심정을 누가 알겠는가? 참으로 웃고픈 비극의 행진이 아닐 수 없었다.

IV

10분간의 모포 털이가 끝나고 운동장을 나섰다. 최고수들은 그들이 정해놓고 드나드는 마당에서 키운 상추, 쑥갓, 고추를 봉지에 싸서 들고 나왔다. 우리는 철문을 거슬러 지나서 각자의 사동으로 왔다.

운동이 끝나면 항상 옆방 전직 검사장과 함께 이야기하는 것이 큰 낙이었다. 오늘도 주임에게 시간을 좀 달라고 부탁했다.

"주임님! 말 고픈 사람들 10분간만 이야기하다가 들어갈게요."

"그러세요. 긴 연휴라 더 길게 있어도 돼요."

우리는 주임의 허락을 받아 교도관실 앞 복도에 있는 의자에 앉았다. 주임 교도관은 평소에도 우리의 처지를 마음 아파하는 사람이었다. 옆방 검사장은 사법고시에 합격하여 특수부에서 검사로 일하다가 미국 하버드 로스쿨까지 나온 엘리트였는데 오래전 친구를 도와준 일이 문제가 되어 구속된 사람이었다. 우리는 1년 가까이 서로 의지하고 얘기하며 지내면서 연민의 정을 느끼고 위로하는 관계가 되었다.

"미국에서 법을 공부하셨는데 미국의 사법제도에 대해 알고 싶습니다."

나는 최후진술을 작성하는 데 선진국의 사법제도를 참고하고 싶어서 그렇게 물었다.

"사법제도는 본래 인간의 사적인 복수를 금지하고 국가가 그 복수권을 대신 행사하게 되면서 시작된 것입니다. 근대 사법제도는 로마 시대에 국가의 복수 대행권 즉 국가의 형벌권으로 확립되어 영국의 마그나 카르타를 거치며 지금의 제도로 발전하였지요. 열 명의 도둑을 놓쳐도 한 명의 억울한 사람을 만들지 않는다는 로마제국의 법철학을 근간으로 하였지요. 그리고 국가의 형벌권은 시민의 복수 청구 즉 고발이 있는 때에, 시민의 대표가 정한 법과 절차에 따라 행사되어야 하고, 또 시민이 선출한 권력의 견제 아래 절제되어 행사되어야 한다는 것이 시민이 피 흘려 쟁취한 마그나 카르타의 정신입니다. 국가가 자의적으로 나서면 한 명의 도둑을 잡으려다가 열 명의 억울한 사람을 만들 수 있기 때문이지요. 이러한 배경에서 검찰은 시민의 편에서 기소권을 갖고, 수사기관의 과도한 수사와 인권침해를 견제하고, 재판은 상식을 가진 시민 배심원이 유무죄를 평결하는 것이 민주주의의 종주국인 영국과 미국의 제도입니다.

선진국의 사법제도는 처음부터 최선이 아니라 차선의 원칙이 채택된 것이라고 볼 수 있지요. 맑은 물에는 물고기가 못 사는 법이니까요.

검찰이 수사도 하고 기소도 하고 판결이 마음에 들지 않는다고 상소도 마음대로 하는 문명국가는 없습니다. 형벌권의 범위도, 윤리적 비난의 대상이 되는 도덕률의 영역, 징계나 과태료를 부과하는 행정벌의 영역, 그리고 징역을 보내어 공동체로부터 격리시키는 형사벌의 영역은 엄격하게 구분하고, 형사벌도 사회질서 유지를 위해 필요한 최소의 경우로 절제되어 행사됩니다. 어떤 검찰총장은 대통령 부인이 300만 원짜리 명품 가방을 받은 것이 문제가 되자 "현명치 못한 처신이 곧바로 형사 처벌 대상이 아니다"라고 했는데 그 말이 맞지요. 문제는 그런 절제가 보통 사람에게는 적용이 안 된다는 것이지요."

"그러면 우리의 사법제도는 어디에서 비롯된 것입니까?"

"우리가 처음으로 경험한 근대국가의 사법제도는 제국주의 일본이 식민지 조선을 통치하는 수단에서 비롯된 것입니다.

제국주의 일본은 식민지 조선인의 저항을 제압하기 위해 형벌권의 영역을 광범위하게 확대하고 형벌권의 적용도 가혹했습니다.

나무를 베어서 불을 때면 영림서가, 담배를 키워서 피우면 전매서가, 농주를 담아서 먹으면 세무서가 잡아가고, 여기에다가 식민지배에 협조하지 않으면 사상이 불온하다고 경찰서가 잡아갔지요. 4개의 '서'자 달린 기관 위에 수사권과 기소권을 함께 가진 강력한 식민지 검찰을 두어, 사실상 잡아가고 싶은 사람은 마음대로 잡아가고 징역도 살릴 수 있었지요.

그때 그들이 말하는 내지內地 사람들 즉 일본인들에게는 사실상 형벌권의 범위나 집행이 조선 땅과 달랐다고 합니다. 수사할 때도 일본 내지인에게는 가혹한 고문은 하지 않았다고 하지요.

또 도쿄제국대학, 와세다대학과 게이오대학 등 일류대학 엘리트들은 주로 국가정책을 다루는 행정부로 가고, 사법부에는 중간 정도의 주오대학 출신이 주류를 이루고 있다고 합니다. 조선인에게는 친일파의 자손이 아니면 국가정책을 다루는 행정부의 진출을 허용하지 않았다고 해요. 특히 동경의 중앙 부처는 사실상 문이 닫혀있었고 기껏해야 서울에 있는 조선총독부 정도였기 때문에, 대부분의 조선 인재가 판검사가 되어 그들의 좋은 머리로 조선인을 옭아매는 법률 기술자가 되어 식민 통치의 도구로 활용되었다고 합니다.

1948년 대한민국 정부가 수립된 후에도, 검찰과 법원은 기본적으로 일제시대의 유산을 그대로 이어받았고, 일제의 전통에 따라 우수한 인재들이 사법부에 많이 가게 되었지요."

"건국 이후 사법제도의 개선을 위한 노력은 없었습니까?"

"건국 이후 남북이 분단되고 새로운 질서를 만드는 과도기적인 과정에서 일제 강점기의 유산을 정리할 만한 여유가 없었고, 이어지는 권위주의 통치 시대를 겪으면서 후퇴된 것도 있다고 볼 수 있습니다.

유신통치 시대에는 식민 통치 시대보다 한 발 더 나갔지요. 사회에 긴장 분위기를 조성하기 위해 경범죄 처벌법을 고쳐서 경찰이 가위를 가지고 다니며 머리가 길다고 깎고 치마가 짧다고 단속하기도 했습니다. 대학생들에게는 긴급조치를 만들어 유신체제를 반대하는 데모를 못 하게 하고, 저항 세력을 제압하기 위해 공직자와 기업인들에게는 경제범죄를 살인죄보다 더 가혹하게 처벌하는 특정범죄가중처벌법을 만들어 공포 분위기를 조성했습니다.

권위주의 체제를 유지하기 위한 도구로서 권력의 하명을 받으면 구속 수사를 원칙으로 하여 반드시 죄를 찾아 구속 기소를 하는 특별수사부가 생겨났지요. 자기가 수사한 것을 아무 견제 장치 없이 자기가 기소하고, 판결이 검찰의 구형과 다르면 제한 없이 상소할 수 있는 검찰은 어느 선진국에도 없지요. 전직 대통령 두 명이 구속되고 100여 명이 넘는 사회 지도층이 100년을 넘는 징역을 받게 됨으로써 우리나라 검찰은 '제왕적 검찰'로 불리게 되었고, 정치인들이 툭하면 정치문제를 검찰로 가져감으로써 '검찰공화국'으로까지 오게 되었습니다."

"그러면 미국과 유럽은 어떠합니까?"

"2,000년 넘게 지중해를 내해로 삼은 로마 대제국은 포용과 관용의 로마법이 바탕을 이루었다고 합니다. 정치적 범죄에 대하여는 최대한의 관용을 베풀었고 국가에 공로를 끼친 사람은 로마 영내를 벗어나는 조건으로 사면을 하였다고 해요. 그 전통을 이어받은 서구 문명국에서는 정치사범에 대하여는 불구속으로 재판하고, 살인범 같은 흉악범보다 가중처벌 하지 않습니다. 미국에서는 경제사범은 불구속으로 수사하고 오히려 징역보다는 벌금형을 중심으로 처벌하고 있습니다. 우리는 재벌과 고위층에 대하여는 구속 수사를 원칙으로 하고, 5년 이상 징역에 해당하는 살인죄보다 더 무겁게 징역형을 내리게 만든 특정범죄가중처벌법은 거꾸로 간 역사였습니다. 그 가중처벌법과 특별수사부를 주도한 통치자의 딸도 대통령이 되어서 살인죄의 5배가 넘는 30년의 징역을 선고받았으니 역사의 아이러니가 되었습니다."

"그러면 검찰권의 과도한 행사를 견제하는 방법은 없습니까?"

"물론 검찰제도를 선진국과 같이 개혁하는 것이 선행되어야 하겠지만, 현재의 법 제도에서도 법원이 제대로 역할을 하였다면 검찰 공화국이 될 수 없지요. 법원이 엄정하게 무죄추정의 원칙에 따라 사실적인 도피와 물리적인 증거인멸의 경우에만 구속영장을 발부하고, 계좌추적의 경우도 법이 정하는 취지대로 필요한 최소한으로 즉 특정인의, 특정 점포의, 특정 기간의 거래에 대해서만 추적할 수 있는 영장을 발부한다면 검찰권의 과도한 행사를 견제할 수 있고, 사생활의 자유와 인권 보장의 대의가 확립될 수 있겠지요. 금융실명거래법은 우리나라에만 있는 법으로서 당초 입법 때부터 금융거래 정보의 과도한 추적을 막기 위하여, 금융거래 조회는 수사의 단서가 아니라 범죄의 증거를 위해 하도록 제한적으로 마련된 제도입니다. 여기에 더하여 보석도 매우 어렵게 만들어 피의자의 방어권은 사실상 무력화되어 있습니다. 법원이 검찰의 수사권은 최대한으로 확대해 주는 만큼 피의자의 방어권은 최소한으로 축소함으로써 사실상 무죄추정이 아니라 '유죄추정'의 위헌을 저지르고 있지요. 한 명의 도둑을 잡으려다가 열 명의 보통 사람을 잡는 어리석음이 여기에서 나오지요."

"그럼 우리는 어떻게 해야 합니까?"

"지금 검찰은 법이 정하는 일만 하기에는 너무 우수하고 힘이 강해졌습니다. 그림 맞추기와 같이 사건을 법과 판례에 맞추어 보면 되는 일에, 너무 우수한 인재가 몰려 너무 창의적으로 일한다는 것입니다. 미국의 경우 유죄의 판단도 평범한 시민으로 구성한 배심원들이 하도록 함으로써 상식을 벗어난 재판이 없도록 제도적인 장치를 두고 있습니다. 오히려 배심원에는 전문가를 배제하고 있지요. 우리는 창의적인 머리로 사실을 인식하고 법률을 해석하여 새로운 죄를 창조함으로써, 피해자도 없고 고발자도 없는 일을 사건으로 만들고 죄를 부과하는 경지까지 이르게 되었습니다. 머슴이 주인을 다스리고, 설거지한다고 그릇 깨는 격이 되었지요.

검찰권의 독립이라는 이름으로 국민이 선출한 권력 위에 서서 법의 지배라는 명분으로 누구의 견제도 받지 않고 창의적으로 법률을 해석함으로써 헌법이 보장하는 자유와 인권을 무력화시키고 자기 영역을 보호함으로써 '제왕적 검찰공화국'까지 가게 되었습니다. 선진국에서는 창의적인 엘리트들이 검찰에 많지 않고 우리와 같은 특수부도 없습니다. 독일에서는 창의적인 법률 적용이 '법률왜곡죄'가 될 수도 있습니다. 물론 반역·간첩·마약 등 피해자의 복수청구가 없는 특별한 경우를 위해서는 특별수사부가 필요하겠지요.

오늘의 '제왕적 검찰공화국'에까지 온 데는 일제 식민지 잔재를 청산하지 못한 역사의 실수가 있었고, 그리고 권위주의 권력에 순응한 굴종이 있었습니다. 머슴이 주인을 다스려서는 안 됩니다. 법과 정의의 이름으로 법과 정의가 파괴당하는데도 그것을 견제하는 장치는 없고 아무도 말하지 않습니다."

"그러면 지금 상황에서 다른 방법은 없을까요?"

"지금 상황에서 현실적인 대안이 하나 있지요. 검찰을 수사검찰과 기소검찰로 분리하는 것이지요. 검찰의 수사업무와 경찰의 수사업무를 합쳐서 수사청을 신설하여 법무부 장관 소속으로 두면 업무도 효율적이고 검찰도 빼앗기는 것이 없으므로 반대할 이유가 없지요. 물론 경찰은 반대하겠지요. 그리고 과도한 수사권 행사에 대한 법원의 효율적인 견제가 필요하겠지요. 합리적으로 검찰권이 개편되고 수사권 행사에 대한 견제가 이루어지면 법조 카르텔의 시장 규모가 축소되니 검찰뿐만 아니라 법조 카르텔 참여자 모두가 소극적인 게 아닌가 합니다. 세상이 다 선진화되고 있으니 검찰도 언젠가는 그런 방향으로 개편되리라 생각해요."

누구나 열심히 살고도 당할 수 있음을 당하기 전에는 모른다. 수갑을 차고 구속당하는 사람을 남의 집 불로 구경하며 때로 열광하기도 한다. 당해보지 않은 민중은 정의와 법치를 외치는 검찰을 지지하고 헌법이 정하는 기본적인 인권을 침해당하는 것을 보고도 침묵한다. 언론은 검찰과 합세하여 재판도 받기 전에 보통 사람의 인격 살인을 하고 있다. 선진국에서는 피의 사실 공표가 엄격히 금지됨으로써 우리 같이 수사 과정을 중계방송하는 것 같은 사회부와 법조팀이 존재하지 않는다. 많은 시간이 흘러갔지만 식민 통치와 권위주의 통치의 슬픈 유산은 토속화 되어가고 있다.

그는 이어서 말했다.

"어떤 전직 대법원장이 직권남용으로 구속 수사를 당하자 '검찰은 없는 것을 있는 것으로 만드는 조물주'라고 하였습니다. 그는 47개 혐의에 증거기록이 17만 쪽이나 되는 방대한 양의 '트럭 기소'를 당했지만 3,200쪽에 달하는 대하소설 같은 판결문은 '전면 무죄'였습니다. 창의적인 사실 인식과 법률 해석으로 세계 최고 반도체 기업 L 회장이 계열기업을 합병한 것을 상속세 회피를 위한 배임으로 기소하여 10년간 100회 넘게 재판함으로써 세계 최고 기업의 지위를 무너뜨리고는 전면 무죄가 되었는데 책임지는 사람은 아무도 없었습니다. 어떤 검사가 금융감독원장이 되더니 많은 기업인들이 검찰에서 문제 삼으면 배임죄로 잡혀가는 것을 보고 "배임죄는 삼라만상을 처벌한다"라며 폐지를 주장하기에 이르렀으니 참으로 희극이라고 아니할 수 없지요. '삼라만상'을 다스리는 '조물주'로 살다가 국회의원에 출마한 P 변호사는 검사장 출신의 남편 변호사가 1년에 40억 원을 번 것이 문제 되자 전관예우를 받았다면 160

억 원은 벌었어야 한다고 주장했지요. 어떤 전직 법조 기자는 천억 원이 넘는 주택개발 이권을 챙기기 위해 법조인에게 한 사람당 50억을 뿌렸다고 해서 '50억 클럽' 사건까지 터졌지요. 검사 판사 변호사 법조기자에게는 법조에서 공정과 상식이 통하지 않아 억울한 사람이 많을수록 시장의 파이는 커지는 역설이 있습니다. 요즘은 혐의가 짙은 피의자도 꼿꼿하고 당당하게 법원에 출두하고, 정치인은 마음에 들지 않는 검사와 판사를 탄핵하는 지경에 이르렀습니다. 공정과 억울을 함께 가진 법조 카르텔의 두 얼굴을 말하는 것이지요."

수감자들은 검사보다 판사가 더 밉다고도 한다. 검사들이 함부로 구속영장을 청구하고 기소하더라도 판사들이 헌법이 보장하는 무죄추정 원칙과 피고인의 방어권을 실질적으로 보장하면 창의적인 조물주가 존재할 수 없으리라 생각하기 때문이다.

내가 다닌 고교 후배인 이태석 신부가 남수단에서 의료선교를 하다가 선종하였는데 그의 고귀한 삶을 기리기 위해 고교 동문들이 동상을 세우게 되었다. 나도 300만 원을 기부하기로 약정했는데, 기업을 경영하는 어떤 동창이 대납한 일이 있었다. 그 동창이 과거 내가 일하고 있던 K 은행으로부터 대출받을 때 담보 비율을 통상 70%인데 80%—실무적으로 처리된 일이라 나도 몰랐던 일—를 적용한 것을 이유로 사후 뇌물수수로 기소하였는데 창의적인 검사보다 그것을 뇌물로 인정한 판사의 식견이 더 미웠다.

나에게 창의적이었던 검사들이 살아있는 권력에 대해서도 창의적으로 수사하고 기소할 수 있을까? 검사를 조물주라고 부른 그 대법원장은 판사일 때 법과 원칙에 따라 재판했을까? 우리나라같이 사실상 제한 없이 금융거래를 추적하고, 구속 수사를 통해 피고인의 방어권이 사실상 봉쇄하고, 우리나라의 특정범죄가중처벌법을 적용한다면, 미국에서는 얼마나 많은 대통령과 고위공직자와 대기업 회장이 감옥에 갈까? 전처를 살해한 심증이 확실한 데도 불구속 재판을 받고 물증이 없다는 이유로 무죄 판결을 받은 미식축구선수 OJ 심슨이 한국에서 재판받았다면 무죄가 되었을까? 억지로 억울을 만드는 검사, 그 억울을 죄로 만드는 판사, 그 억울을 미끼로 큰돈을 버는 변호사, 그 억울을 온 세상에 퍼 나르는 기자 그들은 지은 업을 저승에서 어떻게 감당하려는지? 창의적인 법을 적용하는 검사와 판사를 처벌하는 세상은 올 수 없을까? 로마같이 열 명의 도둑을 놓쳐도 한 명의 억울한 시민을 잡지 않는 정의를 볼 수 없을까? '창의적인' 법률 적용으로 '삼라만상'을 다스리는 '조물주' 같은 저들 아래 살아야 하는 우리들 국민이 박복하다는 생각을 지울 수 없었다.

시계를 보니 벌써 30분이 넘었다. 우리는 평소보다 길게 이야기하도록 허락한 주임에게 특별히 감사하다고 말을 하고 방에 들어왔다.

따사로운 가을 햇살이 방을 가득 채우고 있었다.

*

여덟째 날 최후진술서 마무리에 매달렸다. 어제 옆방 검사장에게 배운 것들이 나의 주장을 펴는 데 많은 도움을 주었다.

징역을 결정하는 판사에게 제출하는 문서이니 글씨는 정성을 들여 써야 했다. 한 부는 재판부에 제출하고, 한 부는 변호사에게 주고, 또 한 부는 내가 보관해야 하므로 3부를 작성해야 했다. 워드프로세서를 못 쓰니 구치소에서 파는 변론 용지 3장 사이에 먹지 2장을 넣고 볼펜으로 눌러쓰는 것은 여간 힘이 드는 게 아니었다.

최후진술서를 쓰다가 팔이 아파 그만두고 명상을 했다. 명상에서 깨어나 찬송을 불러 흐느적거리는 내 영혼을 위로했다. 나중에는 일어서 팔다리와 몸을 흔드는 막춤을 추었다. 아무렇게나 추는 춤이라도 명상이나 노래보다 원초적 본능에 더 평화를 주었다. 해가 수리산을 넘었다. 또 하루가 흘렀다.

지난 원심에서 밤잠을 설치며 애통한 마음으로 작성한 최후진술서도 아무 소용이 없었다. 그때 소송 실무를 맡았던 젊은 변호사는 전면 무죄를 믿었고, 아니라도 집행유예는 될 것으로 생각했다. 아무리 그래도 내가 돈을 받은 것도 없고 득을 본 것도 없고 보통 사람으로 보통의 일상을 산 것이 죄가 되면 얼마나 되겠느냐고 생각했다. 그는 선고가 있기 전날 내 아내에게 내일 저녁 식사를 준비하라고까지 말했지만, 예상과 달리 4년 징역의 선고를 받았다.

판사나 검사의 경력이 없는 그 젊은 변호사는 선고 며칠 뒤 접견을 와서 내 손을 잡고 울었다. 그는 전면 무죄가 될 수 있었으나 과거 검찰총장이 직접 지휘하여 수사하고 기소한 사건을 지방법원에서 전면 무죄 판결을 내린 전례가 없었다는 것이 문제가 된 것 같다고 말했다. D 조선 관련 본건 4개는 무죄로 하고, 별건 8개 중 은행 대출 관련 배임 등을 유죄로 하여 징역 4년을 선고한 것은 항소심에 가서 통상의 관례에 따라 3년 이하의 징역을 받으면 집행유예로 나간다는 뜻도 있다고 해석했다. 차라리 1차 구속영장 청구로 구속되었더라면 먼지떨이 수사를 당하지도 않고, 별건 8개 혐의는 추가되지 않을 수 있었고, 그랬더라면 집행유예는 확실했을 것이라 말하며 나를 위로했다.

*

연휴 아홉째 날 일요일! 시간은 조금씩 빨리 갔고 적막에도 익숙해졌다.

사소가 아침 식사를 배급하고 있었는데 복도에서 고성이 들렸다.

"왜 깍두기 이렇게 조금 줘?"

"모두에게 골고루 나누어 줘야 해서 그래요."

"그래도 너무하잖아. 좀 더 줘."

"어쩔 수 없어요. 안 돼요."

"뭐야 이 새끼!"

그러고는 깍두기 그릇을 복도에 내동댕이치는 소리가 따당 탕탕하고 울렸다.

"왜 새끼라고 해요."

그러자 교도관이 뛰어왔다.

"뭐야 왜 그래?"

교도관이 오자 조용해졌다. 교도관이 깍두기를 조금 더 주게 했다. 공평하게 배식하도록 항상 교도관이 감독하는데 오늘은 교도관이 없는 사이 싸움이 벌어진 것이다. 아무것도 못 하는 교도소에서 말싸움이라도 일어나면 수용자들에게는 최고의 재밋거리가 된다. 모처럼의 재밋거리가 교도관 때문에 짧게 끝나 아쉬웠다.

아침 식사를 마치고 혼자 주일예배를 드리고 명상과 독서로 하루를 보냈다.

*

연휴 마지막 한글날도 햇살은 화사했고 하늘은 높았다.

오후에 TV에서 『누구를 위해 좋은 울리나』를 방영했다. 내가 대학생 때 보았던 영화였다. 사랑하는 여자를 탈출시키고 총을 쏘며 적진에 홀로 남아 최후를 맞는 게리 쿠퍼의 장렬한 모습은 가장 오래 남은 감동이었는데 또 보았다. 잉그리드 버그만은 그때부터 최고로 좋아하는 배우였다.

누구를 위해 좋은 울릴까? 오늘은 나를 위해 울리지만, 내일은 너를 위해서도 울릴 것이다. 그리고 언젠가는 세상의 모두를 위해!

*

10일 연휴 내내 하늘은 높았고 햇빛은 찬란했고 달빛은 교교했다. 가난한 영혼은 죽음이 이웃한 컴컴한 계곡에서 쉬지 않고 기도

하며 참았고, 곤고한 육신은 작은 공간에서 부지런히 허우적거리며 견디었다. 육신이 곤고할수록 영혼은 더 분주하게 움직였고 영혼이 분주할수록 육신은 더 깊이 가라앉았다.

    사람은 넘을 수 없는 벽에 부딪히면 체념을 배우고 체념은 새로운 차원의 평화를 준다. 빼앗기지 않으려 애쓸 때는 불안하지만 빼앗기고 나면 빈 공간이 남는다. 모든 것이 중지되고 금단의 벽에 갇힌 체념의 육신과 영혼에는 과거에 경험하지 못했던 무한의 허무와 영원의 소망이 채워졌다. 그리고 때 없이 흐르는 눈물!

「어이타 녹수는 청산에 홀로 우는가」
    그래도 허무와 소망과 눈물의 240시간은 그들이 정한 대로 그렇게 흘러갔고 끝이 났다. 접견 한 번과 사소들의 비빔밥 조금과 송편 두 개 그리고 모포 털이는 상큼한 청량제였다.

    10일 연휴가 끝난 다음 날도 여명은 청계산을 넘어 눈부시게 밝아왔다.

*

연휴 다음 주에 애통의 절규를 담은, 볼펜으로 눌러쓴 〈최후진술서〉를 변호사를 통하여 재판부에 제출했다.

『존경하는 재판장님 그리고 판사님.

의로운 재판관은 정의롭지 않게 매를 맞은 사람의 눈물을 닦아주고 한을 풀어주는 사람이라고 합니다.

피고인은 일제시대 끝자락에 태어나 전쟁의 폐허 속에서 어린 시절 산골에서 자랐고 도시에 유학 와서 고교와 대학을 다녔습니다.

한일회담을 반대하고 유신체제에 도전하는 데모를 하고. 그 데모를 막는 최루탄 속에서 대학을 마치고는, 아프리카보다 가난했던 조국을 잘사는 나라로 만드는 대열에 참여하여 평생을 살았습니다.

우리 경제가 1997년 아시아 외환위기와 2008년 글로벌 금융위기를 맞아 풍전등화같이 위험할 때 온몸 부딪쳐 싸웠습니다. 강자가 살아남는 것이 아니라 살아남는 자가 강자가 되는 위기였습니다. 과거에 경험해 보지 못한 엄혹한 위기였습니다.

우리는 글로벌 금융위기를 기회로 삼아 선진국들이 마이너스 성장을 할 때 플러스 성장을 했고, 수출은 위기 전 세계 12위에서 위기 후 7위로 5단계를 뛰었으며, 국가 신용등급은 유사 이래 처음 일본을 추월했습니다. 해외언론은 우리의 위기 대응 정책을 "교과서적 사례"라 했고, 우리의 노력에 대해 "서울 관료들에게 경의를"이라고 평가했습니다. 그리고 피고인은 공직자로서 최고의 영예인 청조근정훈장을 받았습니다.

공직에서 은퇴한 후 조용히 살다가, 4대강 정비 사업에 참여한 건설회사의 비자금과 정치자금에 관한 자금 추적조사에서부터 시작하여, 신재생에너지 사업의 국책과제 선정 과정과, K 은행에서 다룬 대출 등 지난 정부 5년간에 행한 모든 일과 퇴직 후 있었던 골프와 해외여행까지 글자 그대로 먼지 털기 식의 검찰 수사를 받고 두 번에 걸친 구속영장 청구 끝에 배임과 직권남용 등 12개의 혐의로 구속기소 되었습니다.

밤낮도 없이 주말도 없이 일하며 아파트 한 채에 눌러앉아 평생을 일했습니다. 돈을 받은 것도 없고, 득을 본 것도 없으며, 감옥을 각오하고 범죄를 저질러야 할 동기도 없었습니다. 혐의들은 모두 중요한 일이 아니거나 너무 작은 일이라 기억에 없거나 잘 모르는 일들이었습니다. 지금 법정에 서고 보니 땅 한 평, 주식 한 장, 회원권 한 개 없이 살아온 한평생이 허무했습니다.

국가권력이 개인을 표적으로 삼아, 구속 사유가 나올 때까지 압수수색을 하고, 구속될 때까지 동료와 친구와 친지와 종친을 무한

정 불러 조사하는 경우가 어느 문명국가에 있을까요? 재판도 하기 전에 두 차례나 포토 라인에 세워 사진을 찍히게 하여 인격 살인을 하는 검찰이 어느 선진국에 있을까요? 수첩을 압수하여 기록된 행적과 사람들을 모조리 조사하는 것은 헌법이 보장하는 사생활의 자유를 침해하는 것이 아닐까요? 피의자와 관련된 친지들까지 금융거래를 광범위하게 추적 조사하는 것은 금융실명거래법의 취지를 위반하는 것이 아닐까요? 어떤 사건이 아니라 어떤 사람의 행적과 금융거래를 샅샅이 조사하는 것이 문명국 검찰의 수사라 할 수 있을까요? 헌법이 보장하는 자유와 인권을 침해하는 검찰은 누가 어떻게 처벌해야 할까요? 12개의 혐의가 있다는 것은 한 개도 확실한 혐의가 없다는 게 아닐까요? 조선인을 압제하던 일제 식민 통치와 반대자를 제압하던 권위주의 통치의 슬픈 유산을 보는 것 같아 한없는 슬픔을 느꼈습니다.

존경하는 재판장님 그리고 판사님.

배임과 직권남용 등 12개 혐의에 대해 법정에서 모두 다투었지만 여기서 다시 하고 싶은 말만 간단히 드리겠습니다.

먼저 D 조선의 경영부실과 관련된 본건 4개 혐의는 원심에서 모두 무죄가 되었는데도 검찰이 항소하였기 때문에 두 가지만 말씀드리겠습니다.

첫째 피고인은 K 금융그룹 회장 겸 K 은행 은행장으로 근무할 때, 해조류로 휘발유를 뽑는 신재생에너지 사업을 영위하는 B 벤처기업의 대표를, K 은행이 채권은행으로 관리하던 D 조선 N 사장에게 소개한 적이 있었습니다. B 벤처기업의 대표는 피고인이 정부에서 일할 때 출입 기자였던 사람이며, 해조류로 휘발유를 뽑는 기술은 원유가격이 배럴당 100달러가 넘을 때 정부 지원 자금으로 정부 연구소에서 개발한 것이었고, D 조선은 당시 신재생에너지 분야에 진출하기 위해 투자 대상을 찾고 있는 상황에서, 신재생에너지 벤처 사업에 50억 원을 투자하게 되었고, 그 후 원유가격이 배럴당 50달러 이하로 하락함으로써 사업이 중단 상태에 들어갔습니다. 이 시기에 D 조선 사장의 방만 경영이 국회 국정감사에서 문제가 되어 국회의 요청에 따라 경영 컨설팅을 하였고 이를 통해 경영 부실을 발견하여 D 조선 사장을 다음 주주총회에서 해임 조치를 하였습니다. 검찰은 이것을 B 벤처기업에 대한 50억 원 투자를 압박하기 위해 경영감사를 하였고 이를 통해 발견한 사장의 비리를 검찰에 고발하지 않았다고 연결 지었습니다. 그리고 그 사장을 배임과 횡령으로 수사하는 과정에서 피고인이 부당하게 투자 압력을 행사한 것으로 진술하게 함으로써 배임으로 기소된 것입니다.

둘째 피고인은 지난 국회의원 총선거 때 법률의 범위 안에서 여야 국회의원 7명에게 각각 300만 원의 후원금을 주도록 새로 선임된 D 조선의 후임 사장에게 권유한 바가 있습니다. 당시 국회에서 항상 D 조선의 경영에 대한 논란이 있었고, 다른 금융그룹도 관행적으로 후원금을 납부하고 있었기 때문에, 피고인도 D 조선과 업무관계가 있는 국회의원들에게 후원금을 지원하도록 한 것이며, 개인적인 이해관계에 따른 것이 아니었습니다. 검찰은 피고인이 후임 사장에게 사장 선임의 대가로 2,100만 원 상당을 뇌물로 받아 후원금으로 지급한 것과 같다고 보고 뇌물죄로 기소한 것입니다.

다음으로 D 조선과 관계없이 추가로 수사한 별건 8개의 혐의 중 원심에서 유죄판결이 난 세 가지만 말씀드리겠습니다.

첫째 피고인은 국회의원의 부탁으로 그의 지역구 기업인 W 산업의 K 은행 470억 원 대출에 대해 알아본 적이 있었습니다. 감정가격이 520억 원인 공장부지를 담보로 잡고 부행장이 위원장인 대출심사위원회의 심의를 거쳐 대출이 이루어진 것이었는데 3년 후 W 기업이 부도가 나고 법정관리로 들어가게 되었습니다. 검찰은 대출 당시 공장부지의 청산 가치(가격이 아닌 회사 청산 때의 추상적 평가액)가 270억 원이었다는 이유로 은행에 200억 원의 손실을 발생시켰다고 기소하였고 원심에서 유죄가 되었습니다. 피고인은 그 대출을 직접 결정하지 않았고, 그 국회의원과 지연도 학연도 없으며 그때 처음 만난 사람이었고, 대출 당시 감정가격이 대출금액을 상회하였으므로 배임으로 볼 수 없다고 생각합니다.

둘째 피고인이 고교 시절부터 친하게 지내던 친구의 기업에 대한 K 은행의 대출을 챙겨본 일이 있었습니다. 친구의 기업은 피고인이 K 은행에 가기 전부터 거래하고 있었고, 요즘은 과거와 달리 은행 자금이 남아돌아 우량기업이나 담보대출의 경우는 금리를 입찰할 정도로 대출 경쟁을 하는 시대가 되었기 때문에, 고객지원 차원에서 챙겨본 것이며 또한 선박을 담보로 잡았고 연체도 없었습니다. 피고인은 K 은행을 물러난 후 그 회사에 고문이 되었는데, 이때 고문료 대신 회사로부터 신용카드를 받아 사용하였고, 회사 골프 회원권으로 회원 대우를 받았고, 해외사업 때문에 그 친구와 함께 3번 해외에 출장을 간 적이 있었습니다. 그리고 아프리카 남수단에서 선교, 의료, 교육 활동에 헌신하다가 선종한 피고인의 고교 후배 이태석 신부의 동상 건립을 추진하면서 약속한 300만 원의 기부금을 당시 동창회장이었던 그 친구가 나의 부탁 없이 대납한 적이 있었습니다. 검찰은 K 은행의 선박 대출을 할 때 담보 비율을 통상 적용하는 선박 가액의 70%보다 높은 80%를 적용하여 특혜를 주고, 퇴직 후 3년간 회사 카드 사용, 골프 회원권 이용, 해외지사 방문, 기부금 대납 등으로 총 3,000만 원 상당의 사후 뇌물을 받았다고 기소하였고 법원은 유죄로 판결했습니다.

끝으로 피고인은 고향의 종친회장을 맡고 있었는데, 고향에서 토건업을 하는 부회장이 종친회 기부금을 매년 50만 원씩 6년에 걸쳐 300만 원을 내 이름으로 납부하였는데, 이것을 그 부회장이 그 지방에 있는 D 조선 계열건설회사의 하도급 공사를 한 것과 연결해 뇌물로 걸었습니다.

존경하는 재판장님!
법은 보통 사람들의 보통 생활을 보호하기 위한 것이 아닌가요? 보통 시민의 생각과 너무 거리가 먼 검사들의 법 해석과 적용은 식민지와 권위주의 시대의 청산되어야 할 유산이 아닌가요?
검찰이 두 번에 걸쳐 구속영장을 청구하고 혐의가 12개나 된다는 것은 한 개도 확실하게 죄가 되지 않는다는 것을 반증하는 게 아닌가요? 6개월여에 걸쳐 30여 곳을 수색하고 300여 사람을 수사한 것은 하명에 의한 표적 수사를 증거하는 것이 아닐까요?
저를 기소한 것이 너무 과도하고 상식을 벗어난 것이라고 생각되지 않습니까? 살인죄가 5년 이상의 징역인데 검찰은 7년을 구형하였으니 저의 죄가 살인한 것보다 더 나쁘다는 것입니까? 피고인의 사건과 관련된 기업인과 국회의원과 친구와 종친은 모두 집행유

예나 불기소처분을 받았습니다. 더구나 피고인에게 적용된 혐의의 핵심인 배임죄는 문명국에는 없는 범죄이며 우리 국회에 이미 폐지 법률안이 제출되어 있다는 점을 고려해 주시기를 바랍니다.

피고인이 가난한 조국을 잘사는 나라로 만드는 대열에서 평생 일했던 대가가 살인죄보다 더 무거운 감옥살이입니까?

땅을 밟고 하늘을 보는 것을 감사하며 감옥살이한 지 1년이 흘렀습니다.

상한 갈대를 꺾지 아니하며 꺼져가는 등불을 끄지 아니하는, 진실로 정의로운 판결을 기도합니다.

간절한 마음으로 꿇어 엎드려 진술 올립니다.』

간절한 최후진술에도 불구하고 원심에서 무죄가 된 D 조선의 배임까지 유죄가 되어 5년 징역에 벌금 5천만 원과 추징금 7천만 원을 선고받았다. 나의 최후진술은 오히려 반성 없는 변명으로 받아들여지고 말았다. 그 재판장은 항소심에서 형이 경감되는 통례와 달리 고위층 사건에 대해서는 형을 높이는 것으로 악명이 높았는데 그 판사를 만난 것 또한 불운이었다.

나는 대법원에 상고하였는데 담당 변호사는 항소심에서 재판장을 잘못 만나 그렇게 되었다고 하면서 대법원에서는 무죄 취지의 파기환송이 가능하다고 하였다. 만약 파기환송 되지 않고 기각된다면 대법원 청사를 폭파 하겠다고까지 장담하였다. 결과는 변호사의 예상과 달리 기각되었고 폭파도 없었다.

한평생 못사는 조국을 잘사는 나라로 만들기 위해 주말도 밤낮도 없이 일하며 아파트 한 채에 눌러앉아 살다가 돈을 챙긴 것도 득 본 것도 없는데 인격과 돈과 자유를 다 빼앗겼다. 검사와 판사는 5년의 자유와 함께 벌금과 추징금으로 1억 2천만 원을 뺏어갔고, 대검 부장 출신 변호사는 영장 심사 단판에 1억을 챙겼고, 고법 부장 판사 출신 변호사는 지법과 고법 재판 두 판에 두 번만 직접 출석하고 3억을 챙겼고, 대법관 출신 변호사는 최종심에 서류 한번 제출하고 1억을 챙겨갔고, 법조기자는 수없는 판에 걸쳐 부정확한 보도로 인격을 살해했다. 경제는 선진국이 되었고, 한류는 세계가 열광하는데, 법조는 억울이 클수록 시장이 커지는 문명 이전의 카르텔을 강고하게 지키고 있었다. 이승에서 지은 죄를 저승에서 어찌하려는지 저들이 차라리 측은하다는 마음이 들었다. 그래도 살던 아파트와 타던 자동차는 남긴 것에 감사했다. 변호사를 선임하지 않았더라면 그나마 돈이라도 조금 남았을 텐데.

상고가 기각되고 서울남부교도소로 이감되어 징역을 3년째 살던 중 W 산업은 법정관리를 거쳐 다른 기업에 1,400억 원에 매각

되었고, 별도로 470억 원에 담보된 공장 부지는 528억 원에 매각되어, K 은행은 전체 대출금 1,100억 원을 모두 회수하고도 828억 원을 남겨 '대박이 터졌다'라는 신문 보도를 감옥에서 보았다.

징역 5년의 두 핵심 배임죄 중 D 조선의 배임은 무죄와 유죄를 오갔고 W 산업의 배임은 손실은커녕 대박이 터졌다. 나는 '대박이 터진 배임죄'에 대해 대법원에 재심을 청구했는데 그들은 판결을 미루며 2년이 지나 기각시켰다. 배임 행위를 할 때 손실 발생 가능성이 있으면 범죄는 기수가 된다는 판례가 근거였다.

그렇게 4년 8개월 감옥살이하고 출옥하였다.

*

노을이 팔당대교에 내리기 시작했다. 바람에 일렁이는 갈대의 사각거리는 소리만 들렸다.

나는 열심히 살고도 왜 그렇게 되었을까? 돈 챙긴 것도 득 본 것도 없고 양심에 걸리는 것도 없었는데. 그런데 죽음의 음침한 골짜기에서 4년 넘게?

누구나 열심히 살고도 당할 수 있음에도 아무도 나서지 않았다. 슬픈 유산이 토속화시킨 '조물주'의 가혹에 대한 무관심! '비가 올 때까지' 지내는 기우제의 제물로 잡혀가는 형제를 보고 환호하는 비정! 한 명의 도둑을 잡으려고 열 명의 시민을 잡는 반문명에 민중은 침묵하고 있다.

법의 정의는 무엇일까? 복수할 수 없을까? 배상받을 수 없을까? 구속 수사 앞에 무력화된 방어권은 언제 살아날까? 재판도 하기 전에 인격부터 살인하는 검언유착은 누가 깰 수 있을까? 수사와 기소를 분리하면 '조물주'의 힘을 뺄 수 있을까? 상식이 통하지 않고 억울함이 클수록 시장은 커지는 비정의 카르텔을 누가 깰 수 없을까? '조물주'에게 나처럼 그렇게 잡혀갈 내일의 시민을 생각하니 국민은 박복하다.

강변을 그와 함께 걸었다. 체념의 대못으로 차가운 바닥에 못 박혔던 그곳에서 그만이 친구였다. 아흔아홉 양을 두고 길 잃은 나를 찾은 친구! 상한 갈대를 꺾지 않고 꺼져가는 등불을 끄지 않는 그가, 지금까지 내가 잘된 것은 모두 내가 잘한 것으로 여긴 것이 교만이라고 했다. 그 교만의 대가가 이것이라고!

그리고 말했다.

『모든 육체는 풀과 같고 그 모든 영광은 풀의 꽃과 같으니 풀은 마르고 꽃은 떨어지되 오직 주의 말씀은 세세토록 있도다』

노을이 한강에 깔리고 강물은 유유했다.

내 삶의 최고 상급이었던 청조근정훈장을 한강에 던졌다.

어둠이 내리는 잔잔한 윤슬 속으로 풍덩 사라졌다.

일제$_{日帝}$와 전제$_{專制}$가 남긴 슬픈 유산은 나를 십자가에 못 박고 이렇게 끝났다.

아! 사랑했던 나의 조국이여!

2022년 겨울

작품 해제

개인의 역사가 소설이 될 때

허윤

이화여대 국문학과 교수

　근대문학은 한 개인이 집을 떠나 새로운 세계로 나아가면서 시작된다. 중세 시대의 고정된 질서에서 벗어나 거주, 직업, 이동의 자유가 보장된 근대 사회로의 이행은 집안이나 고향을 떠나 개인으로 존재할 수 있도록 했고, 문학 역시 개성을 지닌 인간에 주목하게 되었기 때문이다. 한국 근대문학의 기원으로 일컬어지는 이광수의 『무정』의 주인공인 고아 이형식이 다른 사람들의 도움으로 배움을 이어가며 근대 학문을 받아들이고, 유학을 다녀온 뒤 민족을 이끌 인물로 거듭난다는 결론은 이런 특성과 맞물린다. 잘 알려져 있다시피, 이형식은 이광수를 모델로 한 인물이기도 하다. 이형식의 삶의 궤적은 마찬가지로 고아인 작가 이광수와 닮았기 때문이다. 근대문학 초기에는 이형식과 같이 작가를 모델로 한 인물들이 많았다. 이들은 자신이나 지인들을 소설의 등장인물로 이야기를 만들어갔다. '모델 소설'이라고도 불렸던 이들 소설은 현실과 문학의 경계를 넘나들면서 이야기를 펼쳤다.

하지만 최근 한국문학은 다시 자신에 관한 이야기를 스스로 쓰는 소설들과 만나고 있다. 자전 소설이라 불리던 장르는 '자기서사', '오토픽션' 등으로 명명되며 소설 장르의 하나로 자리 잡았다. 독자들이 지금 펼쳐보고 있는 소설집 《최후진술》 역시 이러한 경계를 넘나들고 있다. 8편의 소설은 1인칭 주인공 시점으로 진행되며, 주인공 '나'는 작가 강만수와 동일인으로 여겨진다. 특히 소설은 1960년대부터 연대기적으로 배치되어 있어 마지막 페이지를 넘기면, 주인공의 삶 전반을 들여다본 것과 같은 기분마저 든다. 이 과정에서 《최후진술》의 독자들은 엘리트 관료이자 장관을 역임한 실제 인물 강만수와 소설을 쓰는 강만수, 소설 속 '나', '강 사무관' 등을 겹쳐 보게 된다. 이처럼 '나'를 주인공으로 한 소설은 자서전과 소설의 경계를 넘나들며 구성된다. 부가가치세 도입, IMF 구제금융, 2008년의 글로벌 금융위기 등 실제 사건을 구체적으로 다루고 있기에 더욱 그렇다. 소설을 읽으면서 한국의 경제정책과 방향을 둘러싼 비화를 읽는 듯하다. 이로 인해 이 소설집은 전 장관 강만수의 자서전처럼 느껴지기도 한다.

    필립 르죈[1]은 자서전을 "실제 인물이 자기 자신의 존재를 소재로 하여 개인적인 삶, 특히 자신의 인생 이야기를 중점적으로 이야기한, 산문으로 쓰인 과거 회상형의 이야기"라고 정의한다. 여기서 핵심은 작가-화자-주인공의 일치다. 이런 점에서 살펴보면 소설집 《최후진술》은 넓은 의미의 자서전에 속한다. 실제 인물이 작가가 되어 자신의 삶을 중점적으로 이야기한 회상형의 이야기이기 때문이다. 게다가 작가 자신이 직접 서술했다는 측면에서 구술 자서전과도 차이를 보인다. 구술 자서전에서는 작가와 화자 사이의 불일치가 발생한다. 화자는 실제 인물이지만, 작가는 구술을 듣고 기록하는 타인이다. 여기서 작가의 목소리가 구술자의 목소리인가, 구술기록자의 목소리인가 하는 문제가 발생한다. 평전이 아니더라도 구술을 청취하는 물리적 환경에서 저자-구술자는 청자-독자-기록자의 존재를 의식할 수밖에 없다. 그런 점에서 자서전의 '진실' 역시 소설만큼이나 유동적이고 상대적이다. 《최후진술》은 그런 점에서 더 적극적이다. '진실 같은 허구'와 '허구 같은 진실'의 경계에서, 소설은

---

1) 필립 르죈, 윤진 역, 『자서전의 규약』, 문학과지성사, 1998, 5면.

이 유동적이고 상대적인 진실을 보다 자유롭게 펼쳐 보일 수 있는 통로가 된다.

첫 번째 작품인 <동백꽃처럼>은 현재의 '나'가 50년 전의 첫사랑과 재회한 이야기다. 알츠하이머병에 걸린 첫사랑의 소식에 '나'는 그녀를 만났던 1967년으로 돌아간다. 서울과 부산을 오가는 열차에서 마주친 적이 있는 두 사람은 야간열차에서의 두 번째 만남에 서로 연락처를 교환한다. 하지만 이들의 짧은 연애는 해자, '시갈'과 연락이 끊기면서 끝난다. 이후 50년의 시간이 지나 해자의 가족력이 있어 형제들은 먼저 죽고, 본인은 수녀가 되었다는 설명이 도착한다. 이유를 알지 못한 채 연락이 끊어진 첫사랑과의 재회와 죽음이 겹쳐지는 이 소설은 인생의 황혼을 맞이한 나이의 '나'에게 회상의 계기가 된다. 이에 따라 소설집의 시간은 앞으로 되감아진다. 첫사랑을 뒤로 하고 도달한 곳은 행정고시 합격 후 처음 발령받았던 경주에서 있었던 일을 기록한 단편이다.

<쪽새미 애가>는 경주의 유흥가인 쪽새미를 배경으로 한 소설이다. 1970년 재경사무관으로 경주세무서에 부임한 '나'는 같은 하숙집에 사는 정주사와 쪽새미의 술집 '오륙구'에 드나든다. 성공하여 지역 도시에 내려가 느끼는 위화감이나 이질감 등을 고백한다는 측면에서 김승옥의 <무진기행>이 자아내는 애수와 유사한 분위

기가 소설의 핵심이다. 젊은 나이에 고위급 관리가 된 '나'는 새롭게 시작된 경주 생활에 낯설어하는 중이다. 이들은 '나'를 접대하기 위해 방석집이나 술집에 모시고 간다. 지역사회의 사소한 일탈이나 접대문화에 적응해나가던 중 경주를 방문한 장관과 국회의원 접대를 맡게 된 '나'는 국회의원들의 추태가 폭로 기사로 번져 그로 인한 책임을 추궁당한다. 사건이 일파만파 퍼지자 '나'는 사표를 쓰는 상황에 내몰린다. 그야말로 신임 공무원의 씁쓸함을 다룬 에피소드다. 독자들이 제출한 사직서의 행방을 궁금해하는 동안, 소설의 공간은 세종로로 옮겨간다.

<세종로 블루스>는 <쪽새미 애가>로부터 약 10년이 지난 1980년, 재무부 세제국 간접세과장이 된 '나'로 이어진다. 박정희 체제가 끝나고 새롭게 등장한 군사정권은 부가가치세의 도입을 둘러싸고 책임을 묻기 위해 '나'를 부른다. 정권이 교체되자 이전 정권의 정책에 대한 전면 재검토가 이루어지는 것이다. 이와 같은 장면은 소설집 내에서 몇 번 반복된다. 정부의 관료로서 국가를 위해 해야 할 일을 했다는 자세는 소설집에서 강조되어 나타난다. 장군의 질문에도 '나'는 "해야 할 말은 다 했다"며 자신의 입장을 굽히지 않는다. 국가를 위해 필요한 정책이었으며, 실효성이 있다는 주장이다.

"역사는 승자들이 기록한다. 민중은 패자들에게 돌을 던지고 피 흘림에 환호한다. 나라를 위해 진정으로 일한 사람이 파직당하고 감옥서 슬프게 삶을 마감하는 모순이 역사에는 많았다. 그렇다고 강자들이 진정한 승자가 될 수 있을까?" (<세종로 블루스>)

"나라를 위해 진정으로 일한 사람"으로서 '나'가 겪는 회한은 소설집 전체를 관통하는 정서이다. IMF 당시를 기록한 소설에서 "'환란전야'를 뒤돌아보며 나는 다시 한번 깊은 모욕의 슬픔에 빠져들었다"는 고백이 등장할 만큼, 민중도 아니고 승자도 아닌 중간자의 애환은 이 소설집에서 반복된다. 국가를 위해 일했지만 정권이 바뀔 때마다 부침을 겪었고, 그 경험은 승자의 역사에도, 민중의 역사에도 기록되지 않았다. 작가는 자신의 이 경험을 소설로 승화시켜 발표하고자 한다. 공식 역사를 보충하는 읽을거리로서 소설적 형상화를 고민하는 것이다. 그러니 자연스레 자서전과는 다른 위치에서 출발할 수밖에 없다.

과거 한국 사회에서 자서전은 성공한 기업가나 정치인 등이 썼다. 그들의 성공 신화를 직조하고, 이를 모델 스토리로 정형화하는 것이 보통이었다. 하지만 최근의 자서전은 그렇지 않다. 1990년대 이후 자서전은 여성, 흑인, 난민 등 주류 문학이나 역사에서 비가시화된 존재를 재현하도록 하는 자기 기록이 되었다. 서발턴 주체들의 글쓰기가 자서전의 형태로 조명되기 시작한 것이다. 한국에서도 1980년대부터 노동자 수기, 자서전 등 노동자-민중의 글쓰기가 주목받았으며, 이는 자기 정체성을 탐색하는 자서전인 동시에 사회적 억압으로부터 해방되는 글쓰기이기도 하다.[2] 이러한 흐름은 작은 역사에 대한 관심으로 이어졌다. 2000년대 이후 대문자 역사의 틈새를 메우는 구술 작업이 이어졌고, 구술사나 작은 역사에 대한 관심이 높아졌다. 소수자들의 자서전은 비가시화된 체험과 역사를 증언하고 거대서사를 보충하는 방식으로 이루어졌다.

물론 이 소설집이 소수자의 역사를 그리고 있다고 할 수는 없다. 소수자들이 공론장을 향해 말할 기회조차 갖지 못한 것과 달리, 저자는 고위 공무원이자 장관을 역임했고, 현대사의 분기점에서 활약해온 인물이기 때문이다. 여기서는 다만 '승자'와 '민중'의 이분법으로 설명되지 않는 지점을 이 소설집이 그리고 있다는 점을 강조하고 싶다. 승자의 역사와 민중의 역사 사이에서 이야기되지 않았던 지점을 서사화하는 것이다. 그의 자서전적이고 개인적인

---

[2] 심선옥, 「자서전의 역사와 원리, 그리고 자서전 쓰기 교육의 새로운 방향」, 『반교어문논집』 53, 반교어문학회, 2019, 181-212면.

이야기는 한국 사회의 변곡점에서 주요한 역할을 했던 중요한 기록인 동시에 지금까지 말해진 적 없는 역사이다. 그렇기 때문에 이 소설집은 자신의 정체성을 기술할 수 있는 서사적 방식으로서의 자서전이라기보다 자신의 생각을 공론장을 향해 발화하는 방식의 소설, 자기 서사에 더 가깝다.

미발표작인 <환란전야>는 IMF 차관을 둘러싼 풍경을 그린다. "부도 위기에서 나라를 구한 관료"라는 동료들의 자부심과 달리, 재경부 관리들은 고강도의 조사와 비난에 시달린다. 소설은 이를 정권이 교체되었기 때문으로 설명한다. 정권 교체에 따른 혼란은 《최후진술》의 중요한 주제이기도 하다. 여당과 야당은 엎치락뒤치락 바뀌지만, 관료를 비롯한 공무원들은 자신의 자리에서 묵묵히 일할 수밖에 없다. 정치는 이전 정권에 대한 평가를 동반하고, '나'는 그 대상이 된다. 이러한 장면은 1980년 <세종로 블루스>에서도, 1998년 <환란전야>에서도 벌어진다. 나라를 위기에서 구했다는 기쁨도 잠시, 대검찰청 중앙수사부에 간 '나'는 외환위기와 관련된 조사를 받는다. 이 과정은 긴 문답으로 이어진다. 소설적 재미를 반감시킨다고 할 수도 있을 이 긴 응답은 작가가 세상을 향해 하고 싶었던 말들을 서사화한 것이다.

국가와 사회로부터 '배신당한' '나'의 비애는 <애비는 어이하라

고>에서 증폭된다. 3년간의 투병 끝에 딸이 죽는 아픔을 고백한 이 작품은 2008년의 글로벌 금융위기와 맞물린다. 리먼브라더스의 파산은 대외의존도가 높은 한국경제에 큰 영향을 미쳤고, '나'는 이 문제를 해결하기 위해 "외로운 싸움"을 이어나갔다. 경제 위기 상황에서 장관으로 복무하며 글로벌금융위기를 극복하는 일선에서 일했던 것이다. 하지만 개인인 '나'에게 비난이 쏟아졌고, 가족들 역시 큰 아픔을 겪었다. 악플에 댓글을 달며 싸우던 딸은 암이 발견되어 치료를 위해 미국까지 건너갔지만, 속수무책이었다. 소설집에 실린 여러 작품 중 유일하게 가족의 이야기를 다룬 이 작품은 작가의 삶에서 중요한 변곡점이 된 딸의 죽음과 저자의 장관 시절을 회고한다. 국가는 위기를 극복했지만, 개인의 희생은 인정받지 못했고, 가족은 큰 상처를 받았다. 역사의 거대한 흐름 사이에서 보이지 않는 개인의 삶에 주목한 작품이다.

　소설집의 표제작이기도 한 중편 <최후진술>은 '나'의 재판과 수감 생활을 다룬 중편이다. 표제작인 만큼, 실상 이 소설집의 기원이 되었다고도 볼 수 있다. 왜 소설을 쓰는가, 혹은 써야만 하는가라는 물음에 응답하는 이 작품은 작가 강만수가 가장 하고 싶은 이야기라고 할 수 있다. 소설은 약 4년여의 수감생활을 마치고 출소한 다음날의 풍경에서 시작해서 항소심 결심공판으로, 서울구치소로 이어진다. 앞선 작품들이 한국 경제를 제일선에서 움직인 고위 공무원의 삶을 다루었다면, <최후진술>은 그 모든 지위와 명예를 위협당한 사람의 이야기다. 작가의 세밀한 묘사력은 <최후진술>에 와서 빛을 발한다. 손에 잡힐 듯 그려지는 서울구치소의 풍경은 이 작품이 자서전보다는 소설의 장르적 특성에 적합하다는 것을 보여준다. 구치소에서의 운동 시간, 면회 오는 가족들의 모습, 접견실을 오가는 긴 복도 등을 통해 드러나는 구치소의 분위기는 평생을 엘리트로 살아온 '나'가 겪은 혼란과 분노와 직조된다. 감정을 직접적으로 토로하는 섬세한 문장은 재판 과정으로 이어진다. 소설은 정권이 바뀌고 압수수색을 받는 장면으로 이어진다. '부패한 공직자'라는 프레임하에 조사가 이루어졌고, 검찰 조사와 재판 과정에는 언론이 집중적으로 따라붙었다. 10일간의 구속 수사와 6개월의 조사 끝에 독거방이 외로워서 혼거방을 요청할 정도로, '나'는 약해졌다. 결국 최고위층 엘리트였던 '나'는 감옥의 죄수가 되었다. 아이러니하게도 소설의 재미는 감옥 생활에 대한 묘사를 통해 더해진다. 운동이나 식사와 같은 구치소의 일상, 죄수들 사이의 교류 등 독자들은 구치소 안의 생활을 들여다볼 수 있다. 검사장, 그룹 회장, 장관 등이 사형수와 함께 모포를 터는 장면에서는 실소를 금치 못하게 된다. 하지만 소설의 중심은 재판을 둘러싼 검찰권에 대한 이야기에 초점이 맞춰져 있다. 대화 형식으로 길게 기술된 검찰권력에 대한 내용은 소설의 주제를 직접적으로 제시한다. 이어지는 최후 진술 전문 역시 소설 형식으로 보아서는 무모한 시도로 읽힐 수도 있다. 생각이나 주장을 길게 기술하는 사변소설에 가까울 만큼, 한국의 법 집행과 검찰 제도에 대해 자신의 생각을 길게 펼쳐놓고 있기 때문이다. 하지만 이 진술이 작가에게는 소설을 쓴 목적이기도 할 만큼, 중요한 것이리라. 독자는 이 최후 진술을 통해 사법개혁에 대한 작가의 생각을 살펴볼 수 있다.

긴 재판과 감옥 생활을 경험함으로써 전체 소설집의 정조는 슬픔과 분노를 경유한다. 소설 제목에서 직접적으로 지시하는 것처럼 애가, 블루스 등 비애의 정조가 깔려있다. 이는 작가 강만수가 자서전이 아니라 소설을 선택한 이유와도 맞물린다. 인간에게는 누구나 글쓰기의 욕망이 있다고 말한다. 특히나 자신의 삶을 스스로 서사화하고자 하는 욕망은 강렬한 것이다. 작가 강만수는 직접 자신이 문학을 통해서 삶을 형상화하기로 결정한다. 자서전을 비롯한 수필과 일기, 편지, 대담, 자전적 소설에 이르기까지를 포괄적으로 다루는 개념인 '자기서사'(self-narratives)는 "화자가 자기 자신에 대한 이야기를 사실에 입각해서 진술하며, 자신의 삶 전반을 회고하고 성찰하면서 자기 삶의 궤적과 의미가 무엇인가를 밝히는 특징을 가진 글쓰기 양식을 뜻한다."[3] 이러한 자기서사는 기억과 기록을 바탕으로 하지만, 기억의 선택적 망각과 더불어 허구적 요소가 가미될 가능성이 있으며, 말하지 않은 것을 통해서 오히려 진실을 확인하는 경우도 있다. 이처럼 "기록 보관소 속의 허구"와 "허구 속의 기록 보관소"가 공존하는 자기서사를 읽어내는 작업은 그가 쓰고 말한 것을 문자 그대로만 보지 않으면서도 그 행위성(agency)을 읽어내는 것을 의미한다.[4] 작가의 '나'의 눈으로 그려낸 소설집《최후진술》에서 우리는 자기서사의 가능성과 만날 수 있다.

독자는 8편의 소설을 통해서 전국민이 모두 익숙하게 알고 있다고 생각하는 역사적 사건, IMF나 글로벌금융위기 등에 대한 또 다른 기록을 확인하게 된다. 거대한 역사의 흐름은 한 개인의 삶과 겹쳐진다. 청년, 새내기 공무원, 재경부 과장, 장관, 수감자로서 작가의 삶이 한국사회의 변화와 함께 펼쳐진다. 물론 <케네디공항의 해프닝>이나 <어떤 총리>와 같은 작품은 중간중간에서 정서를 환기시킨다. 공무원들의 일상을 다소 명랑하게 다룬 소품이다. 이 작품은

---

3) 박혜숙, 「여성 자기서사체의 인식」, 『여성문학연구』 제8호, 한국여성문학학회, 2002, 8-10쪽.
4) 변광배, 「오토픽션의 이론: 기원과 변천 및 글쓰기 전략」, 『세계문학비교연구』 36, 세계문학비교학회, 2011, 221-223면.

국가사적 위기 상황을 다루는 작품들 사이에 배치되어 긴장을 누그러뜨리는 역할을 함으로써 소설집에 리듬을 더한다. 공무원이 되면서부터 작가가 된 지금까지, 소설가 강만수의 지극히 개인적인 삶은 실상 한국 사회와 거대한 흐름 안에 있었다. 오히려 흐름을 만들어냈다고도 볼 수 있다. 정권에 따라 '아'와 '피아'가 식별되는 국가 단위의 세계 이전에 정치에 관계 없이 일하는 공무원이 있다는 것을 외쳐 말하는 이 소설집은 그런 점에서 지금까지 이야기된 적 없는 지점을 탐구하고 있다. 국가의 거대서사가 정치사나 경제사 중심으로 요약될 때, 직접 현장에서 일한 사람들의 이야기는 전면에 드러나지 않는다. 사람들은 공무원의 존재에 대해서는 인식할 기회가 없는 것이 보통이다. 반면, 이 소설집을 읽으면 정책이나 행정부 뒤를 지탱하고 있는 국가의 얼굴을 생각하게 된다. 어떤 중대한 상황이든, 그 뒤에는 사람이 있다는 것을 생각나게 하는 것이다. 독자는 《최후진술》을 통해 그동안 접해본 적 없던 이야기에 귀를 기울일 수 있게 되었다. 개인의 역사가 소설이 될 때, 우리의 이야기가 더 풍성해지는 것이다.

작가의 말

내 삶의 최후진술을 광장에

소설집 《최후진술》은 광장에 외치는 내 삶의 「최후진술」이다.

감옥이 내가 소설을 쓰게 만들었다. 감방에는 검은 고독과 고뇌와 고난의 끝없는 시간만 가득했다. 하루 1시간 운동 그것도 빨갛게 쓰여진 날은 죽음 같은 24시간의 어둠이 짓눌렀다. 「시대의 아픔」으로 갇힌 감방에서 피를 토하며 쓴 소설은 죽음 같은 계곡에서 나를 살아남게 만든 종교였다. 60권이 넘는 노트에 쓰여진 글들은 그 종교의 경전이었다.

어떤 전 대법원장이 구속되자 자기를 구속시킨 검사를 '조물주'라고 불렀다. 먼지까지 털어 있는 것은 없이 하고 없는 것은 있게 하여 죄를 창조하는 「조물주」의 그 '가혹' 때문에 썼다! 어떤 검사 출신 금융감독원장이 "배임죄는 삼라만상을 처벌한다"고 말했다. 비가 올 때까지 지내는, 그래서 비가 오고야 마는 「인디언 기우제」같이 죄가 나올 때까지 「삼라만상」을 헤집는 그 '비정' 때문에 썼다! 그리고 그 가혹과 비정으로 만들어진 「카르텔」에서 거래되는 보통시민의 '억울' 때문에 썼다.

삼성과 현대가 세계 일류가 되고 대한만국이 「세계 7위 수출대국」이 되었는데 오직 우리의 「가혹과 비정과 억울의 트라이앵글」은 언제나 그렇게 강고하게 머물러 있다. 후대들은 당하지 않았으면 하는 오지랍에 쓰지 않을 수 없었다. 돌을 던지던 광장의 민중에게 외치지 않을 수 없었다.

나의 글이 소설이 되는지에 대해 많은 이야기와 고뇌를 거쳤다. 대학과정보다 길었던 금단의 시간에 국문학 교수에게 배웠고 작가의 검토를 거쳤다.

소설은 기본적으로 나와 남과 상상의 이야기를 섞어 탄생시킨 '허구'라고 했다. 여기 소설집의 모두는 감옥에서 구성을 하고 쓴 것을 나와서 퇴고하여 탈고한 것들이다. 이 소설집의 이야기들은 나의 경험을 바탕으로 했기 때문에 소재에 있어서는 '자전적自傳的'이고 '사실적史實的'이지만, 광장의 민중에게 외치고 고발하는 것이기에 주제와 구성에 있어서는 '타전적他傳的'이고 '허구적虛構的'이다. 어디 까지가 자전적이고 무엇이 타전적인지는 독자의 영역이다.

인류사에 두 기적이 있다고 한다. 하나는 나라 잃고 2천년을 유리하다가 다시 나라를 세운 이스라엘이고 또 하나는 아프리카보다 가난한 나라에서 한 세대 만에 산업화와 민주화를 이루고 반세기에 선진화까지 이룬 한국이다.

박세리가 선진국 백인들 스포츠인 골프에서 세계챔피언이 되고, 영국 비틀즈에 열광하던 세계 사람들이 BTS에 환호하는 세상을 상상이나 했으랴? 삼성TV가 일본 SONY TV를 제치고 현대자동차가 미국 Ford보다 잘 팔리고, 대한민국이 소득 30,000달러-인구 50,000,000 이상의 「30-50클럽」에 일본을 제치고 종합 국력 6위에 들 줄을 누가 알았으랴?

세계가 놀라는 그 기적을 이루기 위해 노력한 많은 사람들의 수고와 땀이 정치의 소용돌이에 휩싸여 내동댕이쳐지거나 민중의 돌팔매를 맞기도 했다. 영웅들의 대설大說과 소외자들의 소설小說은 있지만 정작 그 기적의 전선의 중심에서 수고하고 땀 흘리는 사람들이 고뇌하고 고난 당하는 이야기는 별로 없다. 우리 문학도 이젠 「난쟁이」와 「삼포」의 소외자들 이야기와 함께 기적의 일선에서 분투한 사람들의 이야기도 써야 할 때가 되었다. 소외자들의 「한」과 「궁상」을 넘어 향도그룹의 「고뇌」와 「품격」의 이야기를! 그래서 「햄릿」과 「파우스트」 같은 이야기도 나오고!

당초 광장의 주목도를 높이기 위해 신춘문예를 작정하고 원고를 썼다. 나에게 소설을 가르친 스승은 당선 가능성은 120% 없다고 했다. 밀레의 「만종」에서 소변기를 눕혀 놓은 뒤샹의 「샘」으로 미술의 흐름이 변했듯이 소설도 그렇다는 이유에서다. 그리고 고시 공부 하듯 신춘문예를 준비하는 젊은 후배들의 비좁은 세상에 끼어드는 것이 좀 그렇기도 했고.

우회를 하기로 했다. 아직도 「만종」을 심사해주는 곳에 사람의 공통 소재 첫사랑을 이야기한 작품으로 등단한 후, 서너 편의 작품을 발표한 다음, 단행본으로 <최후진술>을 발표하는 방법이었다. 기성 작가가 된 후에 광장에서 외치라는 것이었다. 그래야 탈이 없을 거라고 했다. 그 권고에 따라 그 길을 걸었는데 올해 들어 「삼성 이재용 회장의 전면 무죄 판결」을 계기로 검찰개혁이 시대의 공감을 얻게 됨에 따라 《월간조선》에 중편으로 개작한 <최후진술>을 연재하게 되었다. 그리고 소설집 《최후진술》이 나오게 되었다.

또 아득히 오래 전 이보 안드리치의 <드리나강의 다리>와 존 스타인벡의 <분노는 포도처럼>이 노벨문학상을 받았을 때 나도 그런 유장한 비극과 강물 같은 분노의 작품을 써 보고 싶다는 생각으로 낙향하였던 씨앗이 한계상황을 맞아 움을 틔우고 돋아난 것도 동기가 되었다.

소설집 《최후진술》에는 시대순으로 5개의 단편과 2개의 엽편 그리고 한 개의 중편이 실려 있다.

단편 <동백꽃처럼>은 등단 작품으로서, 1960년대 데모와 최루탄으로 얼룩진 대학생활을 그린 것인데 <최후진술> 발표를 위한 관문이었다. 단편 <쪽새미 애가>는 1970년대 행정고시를 합격하고도 하숙비 정도의 월급으로 살아가는 후진국 대한민국 공무원의 비애를 그렸고, 단편 <세종로 블루스>는 한국소설가협회가 선정한 <2024년 신예작가>로 뽑혀 발표한 단편인데 1970년대 미군철수에 따른 자주국방의 재원마련을 위해 부가가치세를 도입했지만 1980년대 신군부의 피 바람에 당하는 공무원의 수난을 그렸다. 그리고 「가혹과 비정과 억울의 트라이앵글」을 고발하는 중편 <최후진술>

을 《월간조선》 2025년3월호에서 5월호까지 세번 연재하였다.

새로 발표하는 네 작품 중, 엽편 <케네디공항의 해프닝>은 외교관들의 에피소드를, 엽편 <어떤 총리>는 고위 공직사회의 엉뚱스런 삽화를 그린 것이다.

단편 <환란전야>는 1997년 IMF외환위기의 숨은 진실과 함께 IMF구제금융으로 국가부도를 막고도 유사이래 최초의 여야 정권교체로 희생되는 공직자들의 슬픈 이야기다. 특히 정치 공세로 왜곡된 환란의 진실은 역사의 정의를 위해 진실은 기록되어야 한다고 생각한다. 환란 이후 나는 10년 야인으로 살았다.

단편 <애비는 어이하라고>는 2008년 글로벌 금융위기를 '민중의 돌팔매'를 맞으면서 '교과서적 사례'로 극복하는 과정을 그리고 '딸을 잃은 참척의 아픔'을 그린 것이다. 우리는 세계적 위기를 기회로 삼아 세계 7대 수출국으로 발돋움하고, 소득 3만달러 선진국이 되고, 인류사 최초로 수원국에서 원조국으로 등극한 기적은 조명되어야 할 가치가 있다.

미군 철수를 배경으로 도입한 부가가치세에 관한 <세종로 블루스>, 국가부도의 위기를 맞아 도입한 IMF구제금융에 관한 <환란전야>, Citibank와 GM과 같은 강자가 쓰러지는 글로벌금융위기를 맞아 세계 수출 7위의 강자가 된 데 관한 <애비는 어이하라고>는, 우리가 맞은 세 차례의 국난을 극복하는 도전과 응전의 서사시이다.

　마지막으로 내가 소설을 쓰도록 만들고 이 소설집의 제목으로 뽑은 중편 <최후진술>은 「시대의 아픔」에 말려 0.01%도 동의하지 못하는 감옥살이를 그린 이야기이다. 가난한 나라를 잘사는 나라로 만들기 위해 한평생을 일하고 최고훈장을 받은 나를 감옥살이로 갚은 원망스런 조국에 대한 마지막 봉사로 생각하고 쓴 씻김굿의 제물이다. 「가혹과 비정과 억울」을 씻어낼 굿판이 언젠가 벌어질 것 같아서!

　정치인은 정치를 하고 공직자는 정책을 하고 민중은 정치와 정책 사이 일상을 산다. 나는 평생 정책을 추진하기 위해 정치인과 민중을 설득하며 살았지만 때론 타협하고 물러섰다. 정치가 정책을 받아들이고 민중이 따라오면 우리는 앞으로 나갔고 타협한 경우는 조금 나갔고 좌절한 경우는 현재에 머물렀다.

　사랑했던 나의 조국이여!

　그대는 산업화와 민주화와 선진화의 기적을 얻었지만 그대를 위해 평생을 수고하고 땀 흘린 나는 명예와 돈과 삶을 다 빼앗겼다.

　그 자리에 이 소설집《최후진술》만 댕그라니 남았다.

　피를 토하며 광장의 민중에게 외치는 내 삶의 「최후진술」이다.

서글프고 후회스럽다.

어찌 잊으랴! 다시는 보지 말아야 할 일제(日帝)와 전제(專制)의 유산을! 금단의 벽 속의 그 고독과 애통과 수치를! 또 무슨 일을 당하려고 그러느냐며 소설 쓰기를 말리는 아내의 절규를!

언제 오려나! 보통 사람이 보통으로 살 수 있는 세상을! 열의 도둑을 놓쳐도 한 명의 억울한 시민을 만들지 않는 세상을! 억울을 사고 파는 가혹과 비정의 카르텔이 없는 세상을!

일본을 제치고 「30-50클럽」에 세계 6위로 등극한 대한민국에 아직도 강고하게 자리잡은 슬픈 유산 「가혹과 비정과 억울의 트라이앵글」을 누가 깰 수 있을까?

이 소설집이,

인류사의 기적을 이루기 위해 수고하고 땀 흘리고도 정치에 매도되었거나 돌팔매를 맞은 사람들의 울적한 영혼을 위한 서사시가 되고, 진혼곡이 되고, '최후진술'이 되기를,

문학동산에 작지만 빨간 낙엽 하나, 나라일 사람에게 나 작은 빗방울이 그린 작은 동그라미 하나, 특히 그 가혹과 비정과 억울을 불사를 작은 불씨 하나라도 되기를,

감옥에서도 항상 친구가 되어 주신 예수님의 이름으로 기도합니다.

감옥에 있을 때 4년여 나에게 소설을 가르쳐 주고 지금은 천국으로 떠난, 나의 고종사촌 동생, 이화여대 국문학과 고 김미현 교수의 영전에 이 소설집을 헌정한다. 그를 이어 평설을 써준 이화여대 국문학과 허 윤 교수께 큰 감사를 보낸다. 소설의 구성에서부터 문장 하나까지 지도해 준 고은주 작가께 무한 감사를 드린다. 함께 도움을 준 고승철 작가 이현신 작가께도 감사를 드린다.

끝으로 《월간조선》 권세진 팀장의 주선과 편집, 유미정 기자의 디자인 그리고 정장열 발행인의 지원에 큰 감사를 드린다.

천국에 간 딸과 참척의 아픔을 함께 안고 사는 아내에게 《최후진술》을 바친다.

내가 '땅끝에서' 부르짖을 때마다 '높은 바위'에 오르게 하시던 하나님! 내가 '미지근'하여 '음침한 골짜기'에 빠지게 하시더니, 거기서 '뜨거운' 믿음 주시고, '공의롭지 못한' 세상 고발하고 '기적의 은혜' 증거하는 소설 쓰게 하심을 내 무엇으로 갚으랴!

2025 뜨거운 여름
강만수

초판 1쇄 발행 2025년 8월 20일
—
발행인 정장열 | 글 강만수 | 편집 권세진 | 디자인 유미정
표지 및 본문 사진 강만수
—
발행 (주)조선뉴스프레스
주소 서울시 마포구 상암산로 34 디지털큐브빌딩 13층
등록 제301-2001-037호 등록일자 2001년 1월 9일
문의 tel. (02)724-6875 / fax. (02)724-6899 / 값 22000원
ISBN 979-11-5578-513-3(13890)